전설의 보스 2

전설의 보스 2

초판1쇄 인쇄 | 2021년 4월 22일
초판1쇄 발행 | 2021년 4월 27일

지은이 | 이원호
펴낸이 | 박연
펴낸곳 | 한결미디어

등록 | 2006년 7월 24일(제313-2006-000152호)
주소 | 서울시 마포구 모래내로 83 한올빌딩 6층
전화 | 02-704-3331
팩스 | 02-704-3360
이메일 | okpk@hanmail.net

ISBN 979-11-5916-139-1 979-11-5916-138-4(set) 04810

ⓒ한결미디어

전설의 보스 2

세상은 넓다

이원호 지음

한결미디어
HANGYEOL
MEDIA

차례

1장
신세계

나이트클럽.

번쩍이는 불빛. 소란스러운 군중. 무대 위에 몰려 있는 남녀. 음악이 귀를 울렸지만 시간이 지나자 진동만 느껴졌다.

프람의 안내를 받은 진성이 안쪽 자리에 앉았다. VIP 좌석이다. 다가온 종업원에게 술과 안주를 시킨 진성이 주위를 둘러보았다.

"물 반, 고기 반이군."

영어로 말했을 때 프람이 이를 드러내고 웃었다.

"이곳이 호치민에서 가장 잘나가는 클럽입니다. 여기 나온 아가씨들은 A 급이지요. 대학생, 직장인이 많습니다."

"내가 젊어진 것 같다."

"사장님은 젊으십니다."

"프람, 나이가 몇이야?"

"29살입니다, 사장님."

"경찰에서 어떤 일을 맡고 있나?"

"보안부서에 있습니다. 직책은 경위지요."

그때 술이 놓여졌다.

소음이 컸기 때문에 둘은 소리치듯이 이야기를 한다. 여자들이 둘의 주위를 힐끗거리며 지나간다. 추파다. 손짓만 해도 다가올 것 같다.

"프람, 아시아상사에서 얼마를 받나?"

다시 진성이 묻자 프람이 이를 드러내고 웃었다.

"예, 매월 150불씩 받습니다."

프람이 웃음 띤 얼굴로 말을 이었다.

"경위인 제 월급이 얼만지 아십니까?"

"말해봐."

술잔을 든 진성이 지긋이 프람을 보았다. 그때 프람이 대답했다.

"월 50불 정도입니다."

"그렇군."

아시아상사의 근로자 월급이 20불 정도인 것이다. 진성이 한 모금에 술을 삼켰다.

말은 들었지만 베트남의 사회는 부패했다. 돈이면 다 된다는 것도 과장된 말이 아닌 것 같다. 그러나 단순하고 순수하게 느껴지기도 한다. 숨기지 않고 말하는 것을 보면 그렇다.

진성이 프람의 잔에 술을 따라주며 웃었다.

"프람, 한국인 안내를 맡은 적 있나? 지금 나처럼 말야."

"없습니다. 이런 안내는 처음입니다."

"여자들이 자꾸 우리를 쳐다보고 지나가는데 관심이 있다는 표시인가?"

"예, 사장님. 마음에 드시는 여자가 있으면 제가 데려오겠습니다."

"돈을 줘야하나?"

"예, 데리고 가는 데 10불이면 됩니다."

"하룻밤에 10불?"

"예, 차비로 1, 2불 더 주면 행복해합니다."

"그렇군."

"여자들은 콜걸이 아닙니다. 모두 직장에 다니는 여자들입니다."

고개를 끄덕인 진성이 주위를 둘러보았다. 여자 천지다. 거기에다 다 미인이다. 진성의 시선을 받은 여자들이 웃거나 한쪽 눈을 감기까지 했다. 손가락 하나만 까딱해도 이쪽으로 올 기세다.

"이것 참, 힘드네."

마침내 시선을 뗀 진성이 고개를 저으면서 말했다.

"다 마음에 들어서 고를 수가 없어."

그러다 고른 여자가 마리다.

주위를 왔다 갔다 하던 여자를 고른 것이 아니다. 진성이 화장실을 가다가 기둥 옆 자리에 앉아 있던 마리를 본 것이다.

마리는 친구 둘과 앉아 있었는데 반팔 셔츠에 바지 차림이다. 긴 머리를 뒤에서 묶어 올렸고 화장기가 없는 얼굴, 날씬한 몸매다.

손으로 턱을 고인 채 앉아 있던 마리가 지나던 진성을 보더니 잠깐 눈이 반짝였다가 고개를 돌렸다. 서너 걸음 지나갔던 진성이 몸을 돌려 마리에게 다가가 물었던 것이다.

"나하고 합석하지 않겠어?"

영어. 옆쪽 친구들이 눈을 둥그렇게 떴지만 마리는 얼굴에 웃음을 띠더니 고개를 저었다.

"노."

그때 진성이 고개를 끄덕이고 몸을 돌렸다.

"뭐라고 하셨어요?"

프람이 그것을 보았던 모양이다. 돌아온 진성에게 물었기 때문에 사실대로 이야기해주었더니 벌떡 일어섰다. 그러더니 5분도 안 되어서 마리를 데려왔다.

"마리라고 한답니다."

마리를 옆자리에 앉힌 프람이 시침을 떼고 말을 이었다.

"나머지는 사장님이 물어보시지요."

그렇게 주선이 된 것이다.

"난 진이야."

먼저 진성이 제 소개를 했다.

"한국인이고 사업을 해."

그때 마리가 똑바로 진성을 보았다.

"난 초등학교 교사예요."

"어디서? 호치민시에서?"

"아니. 서쪽으로 1백 킬로쯤 떨어진 시골에서."

마리의 영어는 유창했다.

"호치민에는 회의 때문에 왔다가 여기 놀러온 거죠."

"여기 비쌀 텐데."

"여자는 반값을 받아요. 그리고 내 친구가 지배인을 알아서 공짜로 들어왔어요."

1인 입장료가 5불이다. 근로자 임금의 4분의 1이다. 술값도 맥주 1병에 1불이다. 비싸다. 시중의 3배다.

고개를 끄덕인 진성이 다시 물었다.

"초등학교 몇 학년을 가르쳐?"

"4학년요."

진성이 턱으로 앞쪽의 프람을 가리켰다.

"저 사람이 뭐라고 해서 여기 온 거야?"

"VIP라고."

"그래서 온 거야?"

"안 가면 경찰서로 데려간다고 했어요."

그때 프람이 고개를 돌려 이쪽을 보았다. 쓴웃음을 짓고 있는 것이 들은 것 같다. 그것을 본 진성이 소리 내어 웃었다.

"마리, 너 큰일 났다."

"뭐가요?"

"네가 나를 따라가지 않는다면 저 사람이 경찰서로 데려갈 테니까."

"절 데려갈 건가요?"

"그러고 싶어."

"어디로요?"

"호텔로."

"날 데려가도 당신이 실망할 건데."

"그건 네가 알 수 없지."

"대가를 주려는 건가요?"

"그렇지 않으면 내가 강간범이지. 경찰도 문제가 될 거야."

"그렇군요."

"따라갈 거야?"

"조건을 받아주면."

"말해."

"우리 교실에 책상이 모자라요. 책상 15개만 사줘요."

"얼만데? 달러로 말해."

"사줄 건가요?"

"말해봐."

"현금은 안 받아요. 물건으로 받겠어요."

"내일 호텔방에서 가져가."

그때 프람이 웃음을 참으려는 듯 고개를 돌렸다. 마리가 진성의 시선을 잡더니 말을 이었다.

"학교로 보내주세요."

"책상 15개?"

"네. 가격이 75불쯤 될 거예요."

"으음. 비싸군."

"……."

"책상값이 비싸단 말야. 너하고는 상관이 없어."

"10개로 해요. 그럼 50불이네."

"학교로 갖다달라고? 운송비가 꽤 나가겠는데."

"우리 마을에 비품 도매상이 있어요. 거기에서 사면 돼요."

"좋아. 책상 10개로 하지."

"내일 아침 9시에는 보내주실 수 있죠? 오후 1시까지는 집에 도착해야 되거든요."

"아, 그럼."

그때 프람이 고개를 돌려 진성을 보았다. 이제 나갈 때가 되었지 않으냐는 표정이다.

클럽 앞에 주차된 후앙의 벤츠에 탔을 때부터 마리는 얼어붙었다.

뒷좌석에 나란히 앉았지만 손가락도 움직이지 않는다. 프람이 운전석 옆 자리에 앉아 진성에게 물었다.

"내일 아침 몇 시에 모시러 올까요?"

"9시."

대답했던 진성이 되물었다.

"자넨 경찰청에 가지 않나?"

"출장 처리하면 됩니다."

어느덧 차가 호텔 앞에 멈춰 섰고 셋은 차에서 내렸다.

프람, 마리, 그리고 진성이다.

방 앞에서 프람이 돌아갔고 둘은 방 안으로 들어섰다.

응접실, 회의실, 대기실까지 딸린 스위트룸이다. 방 안으로 들어선 마리는 다시 얼어붙었다. 응접실에 선 채 앉지도 않는다.

"앉아."

진성이 소파를 가리키고는 욕실로 다가가며 말했다.

"나 씻고 올 테니까 넌 저쪽 욕실을 써. 거기 가운도 있을 테니까 갈아입어도 돼."

"누군데?"

소피아가 묻자 수화기에서 프람의 목소리가 울렸다.

"마리라고 미토 부근의 야고라 마을 초등학교에서 교사로 있는 여자입니다."

"나이트에서 만났단 말이지?"

"예, 진 사장이 직접 골랐습니다."

"미인이야?"

"예, 미인입니다."

소피아가 전화기를 고쳐 쥐었다. 응접실에 혼자 앉은 소피아는 가운 차림이다. 벽시계가 밤 11시를 가리키고 있다. 소피아가 다시 묻는다.

"내일 스케줄은 어때?"

"9시에 호텔에 가기로 했습니다."

그러고는 프람이 덧붙였다.

"물론 제가 수행합니다."

"잘됐어."

어깨를 부풀렸다가 내린 소피아가 말을 이었다.

"진성은 예민한 인간이야. 우리가 끌어들여야만 하는 놈이라구. 눈치채지 못하도록 자연스럽게 행동해."

전화기를 내려놓은 소피아가 길게 숨을 뱉었다.

소피아는 아시아상사 영업부장이지만 당의 경제개발위원이기도 하다. 당원인 것이다. 후앙도 같은 경제개발위원회 위원이다. 아시아상사도 당이 운영하는 공기업이나 같은 것이다.

그래서 나이도 위인 프람한테 지시할 수도 있는 위치다.

욕실에서 나온 마리는 가운 차림이다.

가운 깃을 여미고 허리끈을 매었지만 날씬한 몸매가 드러났다. 무릎 밑의 맨다리가 날씬했고 슬리퍼를 신은 발가락도 가지런했다.

머리를 풀어 내렸기 때문에 길고 검은 머리칼이 등까지 덮었다. 갸름하고 작은 얼굴, 맑은 눈, 콧날이 곧았고 조금 엷은 입술이 단정한 미인이다.

화장기가 전혀 없는 맨얼굴이어서 더 신선하게 느껴졌다.

주춤대며 다가온 마리가 앞쪽에 앉았을 때 진성이 물었다.

"술 마실 수 있겠어?"

"맥주라면 좋아요."

"그러지."

진성이 일어나 선반에서 위스키 병과 맥주를 차례로 날라 탁자에 놓았다. 냉장고에서 아이스박스도 꺼내놓고 마른안주도 가져왔다.

그것을 보던 마리도 일어나 잔과 냅킨을 꺼내 놓는다.

"배고프면 룸서비스 시켜줄게, 말해."

"배 안 고파요."

탁자에 벌려놓은 술과 안주도 많았다. 과자까지 꺼내놓아서 그럴 듯하다.

맥주 캔을 건네주면서 진성이 말을 이었다.

"침실이 2개야. 난 저쪽에서 잘 테니까 넌 저쪽으로 가."

진성이 손으로 마리 뒤쪽을 가리켰다.

"따로 자도 책상은 사줄 테니까."

위스키를 삼킨 진성이 지그시 마리를 보았다.

진성이 위스키를 3잔 마시는 동안 마리는 맥주 1캔을 마셨다.

"마리, 베트남에 대해서 긍지를 느끼고 있어?"

"네."

바로 대답했던 마리가 반짝이는 눈으로 진성을 보았다.

"그건 왜 물으시는데요?"

"어떤 긍지를 느끼는지 말해봐, 마리."

"우린 마침내 외세를 물리치고 베트남을 통일시켰습니다."

"그렇지."

"우리는 존경하는 지도자가 있어요, 비록 돌아가셨지만."

호치민이다, 위대한 지도자. 염소수염을 달고 있는 마른 몸매의 영감님. 진성도 안다.

진성이 고개만 끄덕였고 마리의 목소리에 열기가 띠어졌다.

"지금의 지도자도 호치민 동지의 유훈을 이어가고 있어요."

"알고 있어."

"우리는 앞으로 아시아 제일의 국가가 될 거예요."

술기운이 오른 마리의 얼굴은 상기되었고 눈이 번들거리고 있다.

그때 진성이 불쑥 물었다.

"내가 조금 겪었지만 베트남 정관계가 부패했어. 알고 있지?"

마리가 숨을 들이켰기 때문에 어깨가 치켜 올라갔다가 내려갔다. 진성의 시선을 받은 마리가 입을 열었다.

"그럴 수도 있죠, 인간사회니까요. 그것이 정상이라고 생각해요."

"시작 단계에서부터 썩는 것 같은데."

그때 외면한 마리가 위스키 병을 집더니 잔에 술을 따랐다. 진성은 잠자코 시선만 주었고 술잔을 든 마리가 입을 열었다. 여전히 외면한 채다.

"하지만 모두 애국자들이에요."

"……"

"외국인한테서 받은 뇌물은 세금이에요, 우리나라 국고에 들어오니까요."

"……"

"베트남은 지금까지 한 번도 외세에 굴복한 적이 없는 민족이에요. 이제 통일까지 되었으니까 곧 아시아 제일, 세계 제1의 국가가 될 겁니다."

16

"훌륭해."

진성이 고개를 끄덕였다.

"너 같은 국민이 있는 한 베트남은 발전할 거다."

다음 날 아침.

눈을 뜬 진성은 창밖이 환해져 있는 것을 보았다. 벽시계를 보았더니 오전 8시 10분.

순간, 어젯밤의 일이 한 토막씩 눈앞에서 스치고 지나갔다.

술을 마시다가 진성이 먼저 자리에서 일어나 방으로 들어온 것이다. 위스키 병을 거의 비웠을 때다. 마리도 술에 취했지만 자세는 반듯했다. '먼저 잔다.' 해놓고 방으로 들어왔으니 마리가 어떤 표정이었는지도 보지 않았다.

침대에서 나온 진성이 욕실에 들어가 씻고 나왔을 때는 10분쯤 후다. 응접실로 나온 진성이 탁자가 깨끗이 치워져 있는 것을 보았다.

앞쪽의 침실문은 닫혀 있다. 마리의 침실이다. 인기척이 없었지만 진성은 냉장고로 다가가 생수병을 꺼내들었다. 마리가 9시에는 떠나야 한다고 했으니 곧 응접실로 나올 것이다.

8시 반이 되었을 때 마리의 침실 문이 열리는 대신 전화벨이 울렸다.

전화기를 든 진성이 응답하자 여자 목소리가 들렸다. 소피아다.

"사장님, 잘 쉬셨어요?"

"아, 잘 쉬었어요."

진성의 시선이 저도 모르게 마리의 침실 쪽으로 옮겨졌다.

"오늘 스케줄은 어떻게 되세요?"

소피아가 물었기 때문에 진성이 호흡을 골랐다.

"아, 오늘은 시골로 가보려고."

"시골요?"

진성은 마리의 시골 학교가 미토 부근 야고라 마을이라는 것을 기억해 냈다. 미토다.

"그래요. 미토 근처로."

"알겠습니다. 차를 보내드릴게요. 그리고 프람도 함께 수행시키겠습니다."

"고마워."

전화기를 내려놓은 진성이 다시 마리의 방을 보았다. 아직도 인기척이 없다.

자리에서 일어선 진성이 문으로 다가가 노크를 했다. 대답이 없다. 두 번 노크를 더 하고 난 진성이 문을 열었다. 열린다.

문을 연 진성은 방이 비어 있는 것을 보았다. 침대 시트도 깨끗이 정돈되어 있다. 혹시나 하고 진성이 욕실에 대고 불렀다.

"마리."

대답이 없다. 떠난 것이다. 방 안을 둘러본 진성은 마리가 아무것도 남겨 놓지 않은 것을 보았다. 깔끔하다.

"어젯밤에 데리고 잔 여자가 미토 근처에 산다니까요."

소피아가 웃음 띤 얼굴로 말을 이었다.

"아마 그 여자를 태우고 가는 것 같습니다."

"진성이 너를 경계하는 것 아냐?"

후앙이 묻자 소피아가 고개를 끄덕였다.

"당연하죠. 진성이 간단하게 미끼를 물 위인은 아닙니다."

"맞아."

후앙의 얼굴에도 웃음이 떠올랐다. 아시아상사의 사장실 안이다. 후앙이 말을 이었다.

"진성의 도지무역은 연간 매출이 4억 불이 넘는 대기업이야. 도지무역 오더 절반만 가져와도 우리 베트남 연간 수출액의 10퍼센트를 차지하게 돼."

"이제 진성의 약점을 하나 알았지 않습니까?"

소피아가 눈을 가늘게 뜨고 후앙을 보았다.

"여자죠. 여자를 배척하는 남자는 불구자뿐입니다."

"이번에 가능성을 확인한 셈이지."

마리를 방으로 끌고 간 것을 말한다.

후앙이 어느새 정색하고 말을 이었다.

"소피아, 잘 들어."

"네, 사장님."

"넌 아시아상사 영업부장 이전에 당의 경제개발위원이야. 조국을 위해서 모든 것을 바쳐야만 한다."

"알고 있습니다."

"구엔 총리께서도 도와주시겠다는 연락을 받았어."

"총리 각하께서요?"

놀란 소피아가 물었을 때 후앙이 고개를 끄덕였다.

"어제 오후에 카이동 총리실 비서실장한테서 연락이 왔어. 도지무역이 오더를 준다면 정부 차원에서 적극 협력하겠다고 총리가 말씀하셨다는 거야."

그때 소피아가 길게 숨을 뱉었다.

"책임이 무거워서 어깨가 가라앉는 것 같아요."

"지금 진성은 어디 있나?"

"미토로 내려가는 중이에요."

"여자하고?"

"아마 그렇겠지요."

"프람이 따라가고 있지?"

"예, 같이 있으니까 수시로 연락이 오겠지요."

소피아가 고개를 들어 벽시계를 보았다.

오전 9시 반이다.

프람이 뒤를 보았기 때문에 진성이 차에 오르면서 말했다.

"그냥 가자. 출발해."

"같이 오지 않습니까?"

호텔 앞.

프람은 마리를 기다리고 있는 것이다. 차 뒷좌석에 오르면서 진성이 말했다.

"마리는 오지 않아. 그러니까 마리 고향으로 가자구. 미토 부근의 야고라 마을이라고 했던가?"

"아, 예."

프람이 운전석 옆자리에 앉으면서 고개를 돌려 진성을 보았다.

"그럼 미토로 가겠습니다, 사장님."

눈동자가 흔들리고 있는 것은 마리의 행적이 의심쩍었기 때문일 것이다.

"나흘째인데."

이동철이 눈썹을 모으고 정수연을 보았다.

도지무역의 총무부장실 안. 사무실은 한흥상사 건물을 사용하고 있다.

"언제 오신다고 했지요?"

"그건 확실하게 말씀 안 하셨어요."

앞쪽에 앉은 정수연이 두 손으로 무릎을 감싸 줬었다.

어제까지 조직 합병, 개편 작업이 끝난 회사는 아직 어수선했지만 정상 근무를 시작하고 있다.

"하긴 대장이 없어도 회사는 굴러가고 있으니까."

갑자기 쓴웃음을 지은 이동철이 말을 이었다.

"처음에는 불안했는데 시간이 지나니까 대장이 떠나도 제대로 굴러간다는 것을 깨닫게 되더구만요."

"저도 그래요."

정수연이 고개를 끄덕였다.

"보스가 언젠가 말해준 적이 있어요."

"무슨 말인데요?"

"경력을 쌓고 직급이 올라가면 그 직급에 맞는 처신을 하라고 했어요."

"……."

"과장이면 과장의 일, 부장이면 부장의 일, 사장이면 사장 일이 있다고 하더군요. 그 자리에 올라가면 스스로 찾아서 만들어야 된다고."

"이해가 가는군."

이동철이 길게 숨을 뱉었다.

"대장이 우리들을 교육시키고 있는 거야."

도지무역은 일단 오더 기반이 단단하고 이제 생산 시설도 확보되었다. 거기에다 인력까지 확보되었으니 관리에 집중하면 된다. 그리고 그것은 스스로 찾아서 해야만 한다.

이동철은 가방끈은 짧았지만 적응력, 순발력이 뛰어났다. 그래서 금방 또 깨달았다.

"그렇군. 대장도 지금 그 수련을 하고 있는 거야."

감동한 이동철이 고개를 끄덕이며 말을 잇는다.

"그리고 너희들도 스스로 일을 찾아서 하라고 떠난 거야. 젠장."

이미 리비아, 시리아, 이라크 오더는 수주된 것인 데다 신용장 문제도 없다.

리비아의 무스타파 오더는 따로 미국 측으로부터 받을 것이기 때문에 더 안전한 편이다. 더욱이 이런 오더일수록 마진율이 높아서 이번의 한흥상사 인수자금을 댔어도 여유자금이 있는 것이다.

한만수가 이끄는 인수단은 나흘 동안의 인수 업무를 종결하고 철수했다.

인수단의 재무팀장을 맡았던 주성호는 대기업인 대산상사 재무팀장이었다가 한만수의 법무법인으로 옮겨왔다. 그러고는 진성이 베트남으로 가기 전에 만나 도지무역의 재무부장에 임명한 인물이다.

한흥상사를 흡수한 도지무역은 영업1부장 정수연, 2부장 윤상화, 업무부장 이동철, 재무부장 주성호의 체제로 출범되었다.

"저곳입니다."

프람이 손으로 가리킨 곳은 낡은 슬레이트 지붕의 단층 건물. 1백 미터쯤 떨어져 있었지만 정문도 없는 학교 건물이 다 드러났다.

오전 11시 40분.

운동장에는 수십 명의 아이들이 뛰놀고 있었는데 축구를 하면서 몰려다닌다. 차가 다가가 정문 앞에서 멈춰 서자 아이들이 우, 몰려나왔다.

이쪽 동네에서는 벤츠 승용차 보기가 힘든 것이다.

"내리실 겁니까?"

프람이 물었을 때 진성이 차에서 내렸다.

이곳은 야고라 마을의 초등학교 앞. 마을에서 3백 미터쯤 떨어진 벌판에 세워져서 먼 곳에서도 선명하게 드러났다. 마치 폐창고 같은 건물.

그러나 학생들은 많다. 금방 수십 명이 몰려온다. 유리창도 없는 교사 창문으로 수십 명이 몸을 내밀고 이쪽을 본다.

프람을 앞세운 진성이 운동장으로 들어섰을 때 축구를 하던 아이들까지 몰려왔다.

"오 마이 갓"

쓴웃음을 지은 프람이 진성을 보았다.

이제는 교실 창문도 아이들로 꽉 찼다. 교사는 교실이 10개쯤 되었는데 유리창도 없는 수십 개의 창문이 이쪽을 구경하는 아이들로 꽉 차 있는 것이다. 수업을 하던 선생들도 아이들과 함께 이쪽을 본다.

그때 프람이 웃음 띤 얼굴로 말했다.

"우리가 저놈들의 구경거리가 되었습니다."

그때 교사에서 사내 하나가 나왔다.

흰 머리에 염소수염을 길렀고 마른 몸매의 사내다. 사내가 진성을 둘러싸고 있는 아이들에게 소리치자 아이들이 우, 흩어졌다. 그러고는 이쪽으로 다가온다.

"교장 선생인 것 같은데요."

프람이 말했을 때 다가온 사내가 물었다. 베트남어서 프람이 소리치듯 베트남어로 대답했더니 사내의 시선이 진성에게로 옮겨졌다.

"무슨 용무로 오셨습니까?"

영어로 묻는다. 다가간 진성이 대답했다.

"예, 난 한국에서 왔습니다. 학교 구경을 하려고요."

"잘 오셨습니다. 난 이 학교 교장입니다."

사내가 손을 내밀었다.

"탐만입니다, 선생님."

"진성입니다."

"학교가 낙후되어서 부끄럽습니다."

탐만이 주름투성이의 얼굴을 더 찌푸리며 말을 잇는다.

"외부 손님, 특히 한국인 손님이 우리 학교에 방문한 것은 처음입니다."

30분쯤 후.

진성과 프람은 교장실에 앉아 있다. 앞쪽에는 교장 탐만과 교감 등 선생이 앉아 있었는데 에어컨도 없는 방은 후덥지근했다. 창문에 유리창 대신 청색 모기장을 쳐 놓았지만 몇 군데가 찢어져서 테이프로 붙여놓았다.

탐만이 부채를 건네주어서 진성과 프람은 물론이고 방 안 모두가 부채를 부친다. 진성은 탐만의 안내로 학교를 둘러보고 온 것이다.

교실은 책상이 부족해서 절반은 마룻바닥에 앉았고 칠판은 다 낡아서 바탕이 하얗게 변했다. 분필이 없었기 때문에 선생들은 손톱 끝만큼 남은 분필에 붓 깍지를 끼워서 칠판에 쓴다.

책을 갖고 있는 학생은 절반밖에 되지 않는다. 노트를 가진 학생도 10퍼센트도 안 된다. 헌 노트 뒤에 쓰거나 백지를 모아 노트를 만들어 쓴다. 옷차림도 남루해서 거지 수준이고 10명 중 3, 4명이 맨발이다.

이건 학교도 아니다. 한국의 고아원도 이렇지 않다. 진성이 6·25 전쟁 때 피난민 학교의 옛날 필름을 우연히 본 적이 있다. 그때와 비슷하다.

24

그때 진성이 탐만에게 물었다.

"학교 비품은 어디서 구입합니까?"

"비품 말입니까?"

교감이 물었는데 의심쩍은 표정이다.

"왜 그러십니까?"

"책상이나 몇 개 기증을 하고 싶어서요."

"아!"

고개를 끄덕인 교감이 말을 이었다.

"미토시에 가면 비품 도매상이 있습니다. 칠판에서 책상, 운동기구까지 다 갖추고 있지요."

이제는 교감의 얼굴에 생기가 덮였다. 변화가 빠르다.

"여기서 5킬로 거리여서 차로 20분밖에 안 걸립니다."

진성이 교장에게로 고개를 돌렸다.

"교장 선생님, 저하고 같이 도매상으로 가실까요? 책상 몇 개를 골라 보시지요."

"기증하신다면 고맙게 받지요. 제가 모시고 가겠습니다."

교장이 교감에게 말했다.

"당신도 따라가지."

미토의 도매상 안.

근처에 학교가 많았기 때문인지 커다란 창고 안에 학교용 비품이 산더미처럼 쌓여 있다.

진성이 이끈 일행이 들어섰을 때 대머리에 비대한 체격의 사내가 다가오더니 교장 탐만에게 먼저 인사를 했다. 탐만이 사내에게 진성을 소개하자 곧 이쪽으로 다가왔다.

"어서 오십시오, 선생님."

영어가 유창하다. 사내가 말을 이었다.

"이곳에는 학교 비품이 다 있습니다. 없는 것이 없습니다."

사내가 손을 들어 안쪽을 가리켰다.

"책상을 몇 개 가져가신다고요? 저쪽에 있습니다."

그때 진성이 몸을 돌려 탐만을 보았다.

"교장 선생님, 같이 고르십시다."

오후 2시부터 수업이 있었기 때문에 마리는 1시 반에 교무실로 들어섰다.

이틀 동안의 휴가를 끝내고 온 것이다. 자리에 앉았을 때 옆자리의 키난 선생이 몸을 돌리면서 물었다.

"마리, 4학년 1반에 책상이 몇 개 부족하지?"

"그건 왜 물어요?"

마리가 물었을 때 교감 하룬이 안쪽에서 소리쳤다.

"마리! 이리 와!"

그러고 보니 교감 앞에 선생들 서너 명이 모여 섰고 교무실 분위기가 웅성거리고 있다. 야고라 초등학교는 학급이 12개, 학생 수가 655명이며 마리가 담임인 4학년 1반 학생 수는 52명이다.

마리가 다가서자 교감이 들뜬 목소리로 물었다.

"마리, 책상이 몇 개 부족하지?"

"24개요."

바로 대답한 마리가 눈을 가늘게 떴다.

"왜요?"

"내일 중으로 우리 학교에 책상 350개가 올 거야."

"350개요?"

숨을 들이켠 마리가 다시 물었다.

"교육부에서 오는 건가요?"

그때 교장 탐만이 교무실로 들어와 교감에게 말했다.

"이봐, 축구공 30개, 배구공 30개, 배구 네트가 지금 오고 있어."

"벌써요?"

교감이 자리에서 벌떡 일어섰다. 그러더니 멍한 표정으로 서 있는 마리에게 말했다.

"좋아. 책상 24개 내일 가져가."

교감이 서둘러 교무실을 나갔기 때문에 마리가 정신없이 자리로 돌아와 키난 선생에게 물었다.

"교육부에서 도대체 얼마나 비품을 지급한 거죠?"

"교육부가 아냐."

키난이 당치도 않는 소리라는 듯이 고개를 저었다.

"오전에 한국인 사업가 한 명이 벤츠를 타고 우리 학교에 왔어."

"……."

"그분이 교장, 교감을 데리고 미토의 교육자재 도매상에 가서 우리 학교 비품을 몽땅 주문하고 계산을 했어."

"……."

"책상이 350개, 각 교실의 칠판도 새것으로 다 바꿀 거야, 12개. 교무실 책상도 10개가 새로 들어오고 운동기구, 축구공, 배구공이 30개씩, 배구 네트, 분필이 5박스, 거기에다 노트가 2천 권, 연필이 300타, 주전자 50개, 컵

500개. 다른 것도 있는데 잊어먹었어."

"……"

"지나가다가 들렀다는데 교장 선생이 이름을 물었더니 그냥 진 사장이라고만 했다는군."

"……"

"교장이 상부에다 보고를 하고 난리가 났어."

그때 마리가 외면했기 때문에 키난은 말을 그쳤다.

돌아오는 차 안에서 프람이 진성에게 말했다.

"사장님, 교장과 교감이 고마워서 말도 제대로 하지 못하던데요."

진성은 미소만 지었고 프람이 말을 이었다.

"도매상도 그런 오더를 처음 받았을 것입니다."

시골의 학교용 비품 도매상으로서는 처음 받는 오더였을 것이다. 더구나 현금으로 지급한 오더다. 도매상은 1만 불짜리 수표를 받더니 은행으로 달려가서 확인까지 한 것이다.

오후 4시 반이 되어가고 있다.

호치민에서 미토까지는 차로 2시간 반 거리다. 의자에 등을 붙인 진성이 입을 열었다.

"내가 누구한테 칭찬받으려고 한 일이 아냐."

프람의 시선을 받은 진성이 말을 이었다.

"그러니까 더 이상 말하지 마."

그런다고 입을 다물 프람이 아니다. 그것을 진성도 안다.

오후 5시 반.

소피아가 프람의 전화를 받는다.

"저, 지금 호텔로 돌아왔습니다."

프람의 목소리가 들떠있었기 때문에 소피아가 전화기를 고쳐 쥐었다. 소피아는 지금 아시아상사의 사무실에서 전화를 받는다. 프람이 말을 이었다.

"마리가 근무한다는 미토 북쪽의 야고라 초등학교에 들렀습니다."

"마리하고 같이?"

"아닙니다. 우린 마리를 데리고 가지 않았습니다."

"어떻게 된 거야?"

"예, 저하고 진 사장하고 둘이 초등학교에 간 것입니다."

"그래서?"

"그 초등학교에 들러서……."

프람이 말을 이었다.

"책상 350개 등 학교 비품을 1만 불어치나 구입해서 학교에 기증했습니다."

"1만 불?"

"예, 칠판이 12개, 배구 네트, 주전자, 뭐, 기타 수백 개나 됩니다."

"……."

"진 사장이 1만 불짜리 수표를 냈더니 도매상이 놀라서 은행에 달려가 확인까지 했습니다."

전화기를 고쳐 쥔 소피아가 숨을 들이켰고 프람의 말이 이어졌다.

"교장, 교감이 도매상까지 따라갔거든요. 학교가 완전히……."

"잠깐."

말을 자른 소피아가 물었다.

"마리라는 여자는 어떻게 된 거야?"

그때 프람이 정신을 차리고 말했다.

"모르겠습니다. 학교에서도 만나지 않았거든요."

호텔 식당에서 저녁을 먹고 방으로 돌아왔을 때는 오후 7시 반이다.

옷을 갈아입고 욕실에서 나온 진성이 전화벨 소리를 듣는다. 전화기를 든 진성이 응답했더니 후앙의 목소리가 울렸다.

"사장님, 시골 잘 다녀오셨습니까?"

"예, 덕분에."

후앙의 짧은 웃음소리가 들렸다.

"오늘 좋은 일 하셨더군요. 진 사장님이 제 손님이어서 방금 정부로부터 저한테 감사 인사가 왔습니다."

"그렇습니까?"

"훌륭하십니다. 정부에서 곧 인사를 드린다고 합니다."

"아니, 사양하겠습니다. 내가 공개하지 말라고도 학교에 부탁을 했는데요."

"그건 불가능한 일입니다. 보고를 해야 되는 일이어서요."

"이런."

진성이 입맛 다시는 소리를 냈을 때 후앙이 웃음 띤 목소리로 말했다.

"존경합니다, 사장님."

베트남으로 쉬려고 왔지만 진성의 머릿속에는 잠재된 기억이 있다.

12년 전에 진성은 이곳에 있었던 것이다.

베트남은 전쟁 때 한국군이 파병되어 5천 명 가까운 전사자를 낸 곳이다. 그때 파병된 한국군이 벌어들인 달러가 '국가 부흥'에 큰 도움이 되었다.

가발을 수출해서 달러를 벌어들이던 시절이다.

용병으로 파병된 한국군은 오직 달러를 벌기 위해서 싸우다 죽었다. 그들이 베트남 전쟁에서 베트콩, 북베트남 공산당을 증오해서 싸웠겠는가? 미국과의 의리를 위해서?

아니다. 오직 달러를 벌기 위해서 파병되었다. 가난했던 때여서 월남 파병 지원병이 줄을 섰던 것이다.

전쟁이 끝난 지 10년이 되었지만 진성은 2년간의 파병 시절을 생생하게 기억하고 있다.

1975년 4월 30일.

베트남은 북베트남에 항복하면서 역사에서 사라졌다.

지금 진성이 머물고 있는 도시 호치민시는 그때는 사이공이었다. 전쟁 중이었지만 동양 최대의 환락도시. 휴가 때 방문했던 사이공은 진성이 그때까지 한 번도 보지 못했던 대도시, 환락의 도시였다.

10년이 지난 지금의 호치민시보다 몇 배나 활기가 넘치는 도시였던 것이다. 물론 진성이 베트남전 한국군 참전 용사였으며 2년 가깝게 이곳에서 전쟁을 치렀고 훈장까지 받았다는 사실을 후앙은 모르고 있다.

소파에 몸을 길게 눕히고 앉은 진성의 얼굴에 쓴웃음이 번졌다.

그때 문에서 노크 소리가 났기 때문에 진성이 시계부터 보았다. 오후 8시 반이 되어가고 있다.

문을 연 진성이 몸을 굳혔다.

마리가 서 있다. 시선을 마주친 마리의 얼굴이 붉어졌다.

"무슨 일이야?"

정색한 진성이 묻자 마리가 시선을 내렸다. 입을 벌렸지만 말은 나오지 않았고 눈동자가 흔들렸다. 번들거리는 것이 물기가 배어나온 것 같다.

그때 진성이 한숨을 쉬고 나서 비켜섰다.

"들어와."

마리가 진성의 앞을 스치면서 방 안으로 들어섰다.

마리한테서 옅은 향내가 맡아졌다. 마리는 분홍색 반팔 셔츠에 흰색 면
바지를 입었고 샌들을 신었다. 날씬한 몸매가 오늘 밤은 더 두드러진다.

소파에서 마주 보고 앉았을 때 진성이 마리를 보았다.

"학교에 내려가지 않은 거야?"

마리가 진성의 가슴께에 시선만 준 채 숨만 쉬었다.

내려갔다가 다시 올라온 것을 짐작하고 있는 진성이다. 그러나 진성이
모른 척 다시 말했다.

"할 말 있으면 해. 나 피곤해서 자야겠다."

"고맙다는 인사드리려고 왔어요."

마리가 겨우 입을 열었다.

"고맙습니다."

"아, 그래?"

정색한 진성이 고개를 끄덕였다.

"그럼 됐다. 네 인사 받았다."

"……"

"그럼 가봐."

"……"

"지금 돌아가기 힘들면 어제처럼 저 방에서 자고 가든지."

진성이 턱으로 뒤쪽 방을 가리켰다.

"어제처럼 내일 아침에 슬쩍 나가는 것이 낫겠다. 그러는 것이 나한테도

편해."

그러고는 진성이 자리에서 일어섰다.

"난 씻겠다."

씻고 가운 차림이 된 진성이 욕실을 나왔을 때는 20분쯤 후다.

응접실이 비었기 때문에 진성의 얼굴에 쓴웃음이 떠올랐다. 힐끗 뒤쪽 방에 시선을 주었던 진성이 찬장에서 위스키 병과 마른안주를 꺼내 놓았다. 냉장고에서 얼음을 꺼낼 때 뒤에서 인기척이 났다.

고개를 돌린 진성이 마리를 보았다. 마리도 가운 차림이다. 머리를 아직도 뒤로 묶었지만 물기에 젖었다. 가운 밑으로 맨다리가 드러났는데 마네킹 다리처럼 미끈하다.

"제가 할게요."

다가온 마리가 냉장고에서 얼음을 꺼내면서 말했다.

허리를 편 진성이 소파로 돌아가 앉았다. 마리가 상기된 얼굴로 아이스박스를 날랐고 술잔을 내려놓는다. 탁자 위에 술상이 차려졌다.

"마리, 너 몇 살이야?"

술잔을 든 진성이 묻자 마리가 바로 대답했다.

"스물넷요."

이제는 마리의 시선이 똑바로 진성에게 향했지만 아직도 얼굴은 상기되어 있다. 마리가 말을 이었다.

"호치민 교육대학을 졸업하고 교사가 된 지 1년 반 되었어요."

"부모님은 어디 계시고?"

"미토에서 살고 계십니다."

마리가 고분고분 말했다.

"아버지는 장교였는데 퇴역했습니다."

"월남군이셨나?"

"아녜요."

마리의 얼굴에 희미하게 웃음기가 떠올랐다.

"베트콩이셨죠. 아세요?"

"알지."

"베트콩 소령으로 대대장을 지내다가 부상을 당해서 왼쪽 다리가 절단되었어요. 그래서 훈장도 받았습니다."

"자랑스럽겠다."

술잔을 든 진성이 한 모금에 위스키를 삼켰다.

진성이 청룡부대 시절에 마리의 아버지와 싸웠을지도 모른다. 베트콩은 남베트남에서 활동하던 북베트남의 비정규군으로 게릴라 군이다.

진성이 물끄러미 베트콩 장교의 딸을 보았다. 그때 시선을 받은 마리가 눈웃음을 쳤다.

"왜요?"

교태다. 상기된 얼굴, 반짝이는 눈, 물기에 젖은 머리칼이 풍기는 분위기가 방 안에 덮이고 있다.

2장
다른 전쟁

밤. 10시가 넘었다.

술잔을 내려놓은 진성이 자리에서 일어서면서 말했다.

"난 피곤해서 잘 테니까 너도 저 방으로 들어가서 자."

마리가 어젯밤에 잔 방이다.

"내일 아침에도 오늘 아침처럼 그냥 나가도 된다, 난 늦게 일어날 테니까."

시선을 내린 마리가 탁자만 보았고 진성이 말을 이었다.

"네 인사는 받았으니까 됐다. 학교 돌아가서 잘 지내라."

몸을 돌린 진성이 방으로 들어가 문을 닫았다.

그러고는 안에서 잠금장치를 눌러 자물쇠를 채웠다. '철컥' 소리가 크게 났다. 마리도 들었을 것이다.

밤 10시 반.

깜박 잠이 들었던 진성이 벨소리에 눈을 떴다. 누운 채 전화기를 귀에 붙인 진성이 곧 정수연의 목소리를 듣는다.

"주무세요?"

"아니, 아직."

"바쁘세요?"

"아니."

"전화해도 돼요?"

"여자가 옆에 있지만 괜찮다, 한국말 모르니까."

"죄송해요."

"닥치고 용건을 말해."

"무스타파 오더의 신용장이 오픈되었습니다. 절반 금액요."

1억 7천만 불 오더였으니 8천5백만 불이 되겠군. 거금이다. CIA 자금이 입금된 것이다.

그때 정수연이 말을 이었다.

"리비아 신용장까지 오픈되었으니까 이젠 생산만 맞추면 됩니다."

"수고했다."

"우리가 수고한 건 없지요. 모두 사장님이 해내신 겁니다."

"지금은 내부 기반을 단단히 갖추는 것이 중요해. 매출액 늘리려고 무리할 필요는 없어."

"알고 있습니다. 그런데요."

그래 놓고 정수연이 주춤거렸기 때문에 진성이 침대에서 일어나 앉았다. 이것이 본론인 것 같다. 그때 정수연이 말했다.

"오늘 퇴근 무렵에 윤 부장이 사직서를 주고 나갔어요. 저한테요."

윤상화다.

진성이 전화기를 귀에 붙인 채 앞쪽만 보았고 정수연의 말이 이어졌다.

"놀란 제가 붙잡고 이야기했어요."

"……."

"왜 그러냐고 물었더니 도지무역이 있을 곳이 아닌 것 같다고 하더군요."

"……."

"그렇게만 말해서 더 묻지 못했어요. 그리고 회장님한테도 말씀을 드렸다네요."

회장은 구(舊) 한흥상사 전용환 사장을 말한다. 윤상화의 형부다.

"알았다. 할 수 없지."

마침내 진성이 말했다.

"네가 1, 2부를 당분간 관리할 수 있지?"

"제각기 맡은 일은 잘 하니까요. 하지만 솔직히 벅차요."

"이 부장은 알고 있나?"

"아직 이야기 못 했어요, 윤상화 씨하고 퇴근 후까지 오래 이야기 하느라고. 내일 아침에 사장님한테 보고하겠죠."

"있을 곳이 아니라고 해놓고 무슨 이야기를 오래 했단 말야?"

"사장님 이야기요."

"그런 이야기는 듣기 싫고."

"피하시면 안 되죠."

정수연의 목소리가 단호해졌다.

"들으셔야 돼요."

"듣자."

쓴웃음을 지은 진성이 전화기를 들고 침대 옆 의자에 앉았다.

주위는 조용하다. 방음장치도 되어 있지만 응접실에서도 기척이 들리지 않는다. 정수연이 말을 이었다.

"사장님과 함께 있는 것이 불편하게 느껴지기 시작했다는군요. 그것이

언제냐고 물었더니 잘 모르겠다고 하네요."

"……."

"제가 로마 이야기를 했기 때문이냐고 물었더니 그 영향은 별로 받지 않은 것 같다고 했어요."

"……."

"진짜 이탈리아에서 아무 일 없었다고, 사장님은 윤 부장을 사랑한 것 같다고 했지만 웃기만 해요. 마치……."

"뭐냐?"

"제 표현이 어색한지 모르지만 시든 꽃을 보는 느낌이었어요. 윤 부장이요."

"내가 시든 꽃이란 말이냐?"

"아니, 사장님과 윤 부장 둘의 분위기."

"넌 일은 딱 부러지게 하는데 그런 말은 엉망진창이구나."

"그렇게까지 심하진 않잖아요."

"그만 끊자."

"좀 들으세요."

"이것 봐라."

"옆에 누가 있으세요?"

"있어."

"그런 것 같지 않은데요?"

"닥치고."

"사장님."

"뭐냐?"

"제 생각엔 사장님이 문제가 있는 것 같습니다."

"맞다."

"윤 부장 아니, 윤상화 씨한테 전화해보세요. 그 말씀을 드리려고 했어요."

"알았다."

"윤상화 씨는 전화 못 할 거예요. 아니, 할 성격이 아니죠. 그러니까 사장님이 하세요."

"알았다. 전화 끊는다."

전화기를 내려놓은 진성이 한동안 앞쪽 벽을 보다가 창가로 다가가 섰다.

술 생각이 났지만 문을 열고 나갔다가 마리를 만나기가 두려웠다. 본능대로 움직이면 짐승이다.

그 시간에 소피아가 프람의 전화를 받는다.

소피아의 단층 저택 안. 응접실에서 소피아는 가운 차림으로 앉아 있다.

프람이 말했다.

"지금 진 사장은 마리하고 같이 있습니다."

"또?"

소피아의 이맛살이 찌푸려졌다. 마리는 어젯밤에도 진성과 동침했던 것이다. 프람은 조금 전까지 진성의 호텔에서 머물고 있었던 것이다.

"예, 내가 방으로 들어간 것까지 확인했습니다."

프람이 말을 이었다.

"마리는 8시 반에 방에 들어갔습니다."

"진 사장이 부른 건가?"

"그랬겠지요."

"알았어. 내일 아침에 다시 연락해."

"알겠습니다."

전화기를 내려놓은 소피아가 쓴웃음을 지었다.

어쨌든 진성은 미끼를 물었다.

잤다.

물론 윤상화한테 전화는 하지 않았다.

진성이 눈을 떴을 때는 오전 7시 반이다. 침대에서 응접실로 나온 진성의 얼굴에 웃음이 떠올랐다, 저절로.

응접실 소파에 마리가 단정히 앉아 있었기 때문이다.

"안 갔어?"

진성이 물었지만 마리는 힐끗 시선만 들었다가 내렸다. 얼굴이 약간 굳어 있다. 앞쪽 자리에 앉은 진성이 마리에게 다시 물었다.

"오늘 학교에 가야할 것 아냐?"

"오후반이라 조금 늦게 떠나도 돼요."

"그렇군."

고개를 끄덕였던 진성이 문득 마리의 머리꼭지를 보았다. 마리가 고개를 숙이고 있었기 때문이다.

"마리, 이리 와."

진성이 손바닥으로 옆자리를 두드리자 마리가 고개를 들었다.

진성을 응시한 눈동자가 번들거렸고 초점이 흐리다. 그리고 얼굴은 상기되었다. 다시 진성이 자리를 두드렸을 때 마리가 일어섰다. 그러고는 다가와 옆쪽에 앉는다.

그때 진성이 손을 뻗어 마리의 어깨를 감싸 안았다. 마리의 몸은 통나무처럼 굳어 있다. 진성은 소리 죽여 숨을 뱉었다. 본능대로 움직이면 짐승이

40

나 다를 바 없지만 자연스럽지 못한 행동도 불편하게 만드는 것이다.

처음에 마리를 유혹하고 합의한 대로 움직이면 서로 주고받는 입장이 되어 개운해지지 않겠는가? 괜히 다른 짓을 해서 마리를 불편하게 만들었다.

진성은 마리를 당겨 안았다. 통나무가 끌려와 품에 안긴다. 진성의 입술이 부딪치자 마리의 입술이 주춤거리더니 열렸다. 진성은 마리의 입 안에서 흐르는 꿀 같은 생수를 마셨다.

"오늘은 그만."

5분쯤 지났을 때 진성이 마리의 입술에서 떨어지면서 말했다.

그때는 마리의 몸이 죽은 문어처럼 늘어져서 진성에게 매달려 있을 때다. 그다음 순서는 산 낙지가 되겠지.

놀란 듯 마리가 상반신을 세우면서 상기되었던 얼굴이 더 빨개졌다.

그때 진성이 마리의 이마 위로 흐트러진 머리칼을 쓸어 올리면서 말했다.

"마리, 식당에서 나하고 같이 아침 먹자."

마리의 눈동자에 초점이 잡혀졌다. 그래서 진성이 한 발 더 나갔다.

"네 옷을 벗기고 싶지만 시간이 좀 그렇다."

"오늘 밤에 다시 와요?"

마리가 물었기 때문에 진성의 어깨가 다시 올라갔다가 천천히 내려갔다.

"그렇게 왔다갔다 안 해도 돼, 마리."

립 서비스를 그대로 받아들이면 민망하지.

진성이 마리의 상기된 얼굴을 지그시 보았다. 아름답다. 물 위에 뜬 수선화, 하늘거리는 수선화가 짙은 향내를 풍기고 있는 것 같다. 색향(色香)이다.

"내가 시간나면 찾아갈 테니까, 마리."

이러는 수밖에.

"진 사장이 마리하고 호텔 식당에서 아침을 먹고 있습니다."

8시 15분.

소피아는 집에서 프람의 보고를 받는다. 막 출근하려는 참이다.

소피아는 당원이다. 프람은 경찰이지만 소피아의 지시를 받아야만 한다.

"알았어. 난 회사에 갈 테니까 진 사장의 일정을 다시 전해줘."

그렇게 말하고 통화를 끝낸 소피아는 길게 숨을 뱉었다.

지금 진성하고 호텔 식당에서 뷔페로 아침 식사를 먹어야 할 상대는 자신이 되었어야 했다. 자신이 '쌀 배급' 순서를 기다리고 있는데 갑자기 누가 새치기로 앞에 낀 기분이다.

"학교에서는 아무것도 몰라요."

커피 잔을 든 마리가 생기 띤 얼굴로 진성을 보았다.

"한국인 사업가가 지나가다가 들러서 산타클로스처럼 선물을 쏟아놓고 간 줄만 알아요."

그러고는 마리가 이를 드러내고 웃었기 때문에 진성은 심장이 쿵 소리를 내면서 떨어지는 느낌을 받았다. 감동이다.

마리의 이런 분위기에 '반해서' 클럽에서 고른 것이 아닌가?

진성의 시선을 받은 마리가 말을 이었다.

"만일 저하고 사장님이 클럽에서 만난 사이라고 알려진다면 난리가 나겠죠."

마리가 다시 웃었다.

"그럼 나한테 치근대던 남자들도 모두 꼬리를 말고 도망칠 거고요."

"내가 네 남자라는 것이 알려지면 곤란하지 않을까?"

"천만에요."

마리가 고개까지 저었다.

"제가 우리 학교의 실력자가 될 거예요. 교장, 교감도 저한테 꼼짝 못 하게 될 거라고요."

"마리가 알고 보니 당차구나."

"제 할 일은 한다고요. 남자한테 안 져요."

"키스는 서툴던데."

그때 마리의 얼굴이 다시 와락 붉어졌다. 그러나 시선을 떼지 않은 채 말했다.

"처음이거든요. 앞으로는 잘 할 거예요."

다시 방으로 올라왔을 때는 9시 반이다.

진성이 마리에게 물었다.

"마리, 네 월급이 미화로는 얼마냐?"

"50불쯤 돼요."

"책상 5개 값이구나."

"그걸로 충분해요."

정색한 마리가 진성을 보았다.

"공장 근로자들 월급은 20불 정도예요."

"알아."

"물가가 싸서 20불이면 쌀 40킬로를 살 수 있다고요."

고개를 끄덕인 진성이 지갑을 꺼내 100불짜리 지폐 10장을 꺼내 내밀었다. 마리의 20개월 월급이다.

"이걸로 필요한 것 써."

순간 마리의 얼굴이 굳어졌다. 진성의 손에 쥔 지폐에서 시선을 뗀 마리가 물었다.

"돈으로 거래를 하는 건가요?"

"그 말이 마음에 드는구나."

진성이 고개를 끄덕였다.

"우리가 처음에 책상 10개 값으로 거래를 했지?"

"……"

"그런 방법이 뒤가 깨끗해, 마리."

"근데 너무 많아서 문제죠."

마리가 이제는 진성을 응시한 채 말을 잇는다.

"그게 부담이라고요, 저한테는."

"그렇다고 내가 네 수준에 맞출 수는 없는 것 아니냐?"

다가선 진성이 마리의 바지 주머니에 지폐를 넣고는 입을 맞췄다. 그때 마리가 두 팔로 진성의 목을 감으면서 몸을 붙였다. 키스가 길어졌다.

"자, 그만."

마리의 어깨를 잡은 진성이 얼굴을 떼면서 웃었다.

"마리, 이젠 돌아가."

"가기 싫어요."

마침내 마리가 고개를 저으면서 말했다.

"그럼 내 수준에 맞도록 날 받아들여 주세요."

"무슨 말이냐?"

"날 현지처라도 만들어 주세요. 이 돈이면 현지처 1년 생활비는 돼요."

"아이구."

"1년 동안 돈 안 받고 현지처를 해드릴게요."

"그만."

진성이 이번에도 실수를 했다는 것을 깨달았다.

또 부담을 줘서 상황을 더 복잡하게 꼬았다. 그러면 이제 누가 먼저 적응해야 될 것인가?

후앙이 찾아왔을 때는 오전 10시쯤 되었다.

미리 연락을 받았기 때문에 진성이 로비 라운지에서 후앙을 맞는다. 후앙은 오늘도 소피아와 동행이다.

앞쪽 자리에 앉은 후앙이 웃음 띤 얼굴로 진성을 보았다.

"미토 근처의 초등학교를 방문한 이야기를 들었습니다."

프람이 보고를 했을 것이다. 예상하고 있었기 때문에 진성은 웃기만 했다.

그때 후앙이 물었다.

"사장님, 언제 돌아가십니까?"

"오늘 오후에 출발할 겁니다."

진성이 말을 이었다.

"이곳은 내 제2의 고향이나 같아요. 나한테 사연이 많은 곳입니다."

후앙이 눈을 크게 떴다.

"그렇게 생각해 주시니 영광입니다."

놀란 것 같다.

소피아도 진성을 주시하고 있다. 제2의 고향이라고 할 줄은 예상하지 못한 것이다.

청룡부대 말단 소대원으로 베트콩과 전쟁을 치룬 용사였다는 것을 안다면 얼굴빛이 변하겠지. 그러나 한국과 베트남은 현재 교역이 활발한 우호국 상태. 그래서 이렇게 찾아온 것이 아닌가?

그때 후앙이 본론을 꺼내었다.

"사장님, 앞으로 아시아상사에 오더를 주시지 않겠습니까? 공장도 보셨겠지만 품질은 자신할 수 있습니다."

후앙의 목소리에 열기가 띠어졌다.

"근로자들도 책임감이 강해서 품질은 물론 납기도 틀림없이 지킬 것입니다."

진성이 고개를 끄덕였다. 이곳에서는 진성이 바이어다. 후앙은 이것 때문에 지성으로 진성을 접대한 것이다.

"알겠습니다. 다음에 왔을 때 구체적으로 상담을 하지요."

"기다리겠습니다."

지금 당장 구체적인 약속을 받아내고 싶겠지만 어쩔 수가 없다. 진성이 소피아를 보았다.

"소피아, 부탁이 있어."

소피아가 숨을 들이켜더니 진성을 보았다.

"뭔데요?"

"베트남에 도지무역 사무소를 내야겠는데 소피아가 알아봐주지 않겠어?"

"그럴게요."

대번에 대답부터 한 소피아가 고개를 돌려 후앙을 보았다. 후앙이 커다랗게 고개를 끄덕였다.

"해드려야죠."

도지무역 사무실이 세워진다면 아시아상사는 매일 들락거리게 될 것이다. 이렇게 진성이 오기를 '목이 빠지게' 기다리지 않아도 된다. 더구나 도지무역 사무실을 세우는 데 아시아상사에 부탁하다니, 이런 영광이 없다.

그때 소피아가 상기된 얼굴로 진성을 보았다.

"사무실 몇 평짜리를 얻을까요?"

"처음 시작하는 것이니까."

진성이 말을 이었다.

"우선 3층쯤 되는 건물 1동만 알아봐주지. 내가 서울로 돌아가서 직원들을 보낼 테니까 그사이에 소피아가 알아보도록."

"네, 알겠습니다."

그때 후앙이 말했다.

"소피아를 당분간 도지무역에 파견시키지요. 그러는 것이 낫지 않겠습니까?"

"그게 낫겠군요."

진성이 바로 동의했다.

"도지무역에서 그동안 대가를 지불하도록 하지요. 아시아상사에 신세를 질 수는 없으니까 말입니다."

적절하게 빠져나갔다.

진성이 서울에 도착했을 때는 밤 11시가 되어갈 무렵이다.

곧장 오피스텔로 들어온 진성이 샤워를 마치고 나왔을 때 전화벨이 울렸다. 전화기를 든 진성이 곧 이동철의 목소리를 듣는다.

"사장님, 오셨습니까?"

"그래."

"저, 로비에 있습니다."

"어, 벌써?"

베트남에서 출발하면서 도착할 시간만 알려준 것이다. 그리고 공항에도 마중 나오지 말라고 했기 때문에 진성은 혼자 오피스텔로 왔다.

그때 이동철이 웃음 띤 목소리로 대답했다.

"로비 구석에서 기다리고 있었습니다. 사장님이 들어오시는 것도 봤습니다."

"이런."

"다 씻으셨습니까?"

"그래. 들어와라."

"예, 사장님."

전화기를 내려놓은 진성이 잠깐 기다렸을 때 문에서 노크 소리가 들렸다.

소파에 마주 보고 앉았을 때 이동철이 정색하고 말했다.

"사장님, 윤상화가 그만두는 바람에 무역부가 조금 산만해졌습니다."

진성이 선반에서 위스키 병과 잔을 가져와 탁자 위에 놓았다. 그때 이동철이 따라 일어나 선반에 놓인 마른안주를 가져오면서 말했다.

"무역부는 정수연 부장이 혼자서 관리하고 있지만 벅찹니다."

다시 마주 보고 앉았을 때 진성이 고개를 끄덕였다.

현재 무역부는 2부 12과 체제다. 그중 2부 부장이었던 윤상화가 사직하는 바람에 공석이다. 그래서 정수연이 2부장 대행까지 겸직하고 있는 것이다.

그때 진성이 고개를 들고 이동철을 보았다.

"현재 한흥상사를 통합하고 나서 임직원 현황이 어떻게 되나?"

이미 보고를 받았지만 다시 묻는다. 이동철이 바로 대답했다.

"본사 임직원이 357명입니다. 무역부가 125명, 국내영업부 76명, 자금부 32명, 업무부 35명, 관리부 89명입니다."

그중에서 무역부장 정수연과 관리부장 이동철, 그리고 영입해온 자금부장 주성호가 도지무역 출신이 되겠고, 국내영업부장 안기철과 업무부장 최용성이 한흥상사 멤버다.

안기철은 44세. 국내영업부에서만 근무해온 인물이어서 진성과는 얼굴만 알 뿐으로 말을 나눈 적도 없다. 진성이 한흥상사에 있을 때에도 부장이었으니 까마득한 선배.

최용성도 마찬가지. 43세로 한흥상사에서 잔뼈를 굳힌 인물이다.

"술 드려요?"

술병을 든 이동철이 물었기 때문에 진성이 생각에서 깨어났다.

"그래."

술잔을 쥔 진성이 이동철이 따라주는 술을 받으면서 물었다.

"내가 베트남에서 놀면서 생각한 것이 있어."

"뭡니까?"

이동철이 제 잔에 술을 따르면서 물었다.

밤 11시가 넘어서 주위는 조용하다. 도로를 달리는 차 소리도 줄어들었다.

진성이 입을 열었다.

"준비도 되지 않은 상태에서 회사가 팽창하면 사고가 일어나기 마련이야. 규모만 키우다가 내부부터 무너지게 된다."

"그렇습니다."

이동철이 고개를 끄덕였다.

"고경준이 같은 경우가 되지요. 고경준과 백만섭의 경우가 다시 일어나면 안 됩니다."

"고경준이는 지금 뭘 하나?"

"제가 바빠서 신경 못 썼습니다. 아마 놀겠지요. 어디 갈 데가 있겠습니까?"

"그놈이 백만섭이 저지른 일에 책임을 졌지만 개입하지는 않았어."

"그건 맞습니다만 흥청망청 하면서 분위기를 조성했습니다."

"넌 그놈에 대해서 감정이 좋지 않구나."

"백만섭이를 식물인간으로 만들어 놓은 원인 중 일부분도 고경준이가 제공한 겁니다."

진성이 지그시 이동철을 보았다.

전에는 몰랐던 이동철의 진면목이 드러나고 있다. 철저하고 주변정리가 깨끗하다. 특히 진성에 대한 충성심이 강해서 몸을 사리지 않는다.

진성의 고등학교 2년 후배로 덜렁거리는 성격이었던 이동철이다. 이름도 없는 지방대를 나와 흥신소를 차려놓고 진성이 주는 오더로 겨우 밥을 먹다가 합류했던 것이다.

"내일 고경준이한테 연락해서 약속을 잡아."

이동철이 쳐다만 보았고 진성이 말을 이었다.

"그놈을 다시 데리고 일 할란다. 그놈을 그렇게 만든 것도 내 책임이야."

"그러실 줄 알았습니다."

한 모금에 술을 삼킨 이동철이 쓴웃음을 지었다.

"내일 연락하지요."

"네가 고생한다."

"이런 게 고생이라니요."

이동철이 눈을 둥그렇게 떴다.

"형님 덕분에 이렇게 큰 회사의 관리부장을 맡고 있습니다. 형님이 없었다면 제가 이런 자리에 오를 수가 있었겠습니까?"

어깨까지 부풀렸다가 내린 이동철이 말을 이었다.

"내일 목걸이를 하나 만들어서 차고 다닐 생각입니다. 목걸이에 '초심을 잊지 말자.'라고 쓴 메달을 달아놓을 겁니다."

"이 자식이 아부도 소름이 돋게 하는군."

"진심이오, 형님."

이동철이 술기운으로 벌게진 눈으로 진성을 보았다.

"앞으로 제 자리에 맞도록 처신하겠습니다. 형님이 자리를 비우신 동안에 정 부장하고 그 이야기했습니다."

진성이 고개를 끄덕였다.

그것은 자신도 마찬가지였기 때문이다. 자리에 맞지 않는 처신을 하면 곧 그 대가를 받는다. 그것이 만고불변의 진리다.

"잘 다녀왔어?"

다음 날 오전.

진성의 인사를 받은 전용환이 웃으면서 물었다. 도지무역의 회장실 안.

전용환은 옛날 한흥상사의 사장실을 그대로 사용하고 있다. 진성이 회장 결재권을 그대로 유지시켰기 때문에 전용환의 책상 위에 결재서류가 가득 놓여 있다.

소파에 마주 보고 앉았을 때 전용환이 물었다.

"베트남 공장을 보고 온 건가?"

베트남으로 떠나기 전에 전용환한테 전화로 그렇게 말했기 때문이다. 쉬러 간다고 말하기가 좀 그랬다.

"예, 회장님. 둘러보고 왔습니다."

"하긴 베트남 인건비가 한국의 10분의 1 수준이지?"

"예, 회장님. 거기에다 품질 수준도 향상되고 있습니다."

고개를 끄덕인 전용환이 진성을 보았다.

"윤 부장 이야기 들었지?"

"예, 회장님."

"내가 말렸지만 안 들었어."

전용환이 길게 숨을 뱉었다.

"쉬겠다는군."

"죄송합니다. 모두 제 탓입니다."

"연락은 해보았나?"

"곧 하겠습니다."

시선을 내린 진성이 자리에서 일어섰다.

"심려를 끼쳐서 죄송합니다."

사장실은 회장실 아래층에 만들어놓았다.

계단을 내려간 진성이 복도 끝 쪽의 사장실로 들어섰다. 그때 자리에 앉아 있던 여직원이 일어섰다.

"어디서 오셨지요?"

사장 비서실이다. 비서가 물은 것이다.

멈춰선 진성이 여직원을 보았다. 처음 보는 여직원이다. 이동철이 선발해서 비서실로 보냈을 테지. 아름답다. 짧은 머리, 갸름한 얼굴, 맑은 눈동자가 반짝이고 있다. 늘씬한 몸매.

그때 여직원이 다시 말했다.

"사장님은 지금 안 계신데요, 누구시라고 전할까요?"

진성이 한숨을 쉬었다.

"사장 왔어."

내가 사장이야, 할 것을 말이 그렇게 나왔다.

진성이 사장실 쪽으로 발을 떼자 여직원이 앞을 가로막았다.

"아직 안 오셨어요."

진성이 숨을 들이켜고는 입을 열었을 때다. 방문이 열리더니 이동철이 들어섰다. 진성의 옆모습을 본 이동철이 말했다.

"사장님, 여기 계시군요."

그러자 진성이 살았다는 표정을 지었다.

사장실에 들어간 진성이 방 안을 둘러보았다. 사장실에 처음 들어온 것이다.

10평 규모의 사장실은 전용환의 회장실과 비슷했다. 고급 원목 책상과 의자, 소파도 고급스럽지만 어두운 색으로 육중한 분위기를 연출했다. 벽에는 책장과 TV가 설치되었고 냉장고와 선반도 갖춰졌다.

소파에 앉은 진성이 이동철에게 앉으라는 손짓을 했다.

"비서가 나한테 어디서 오셨느냐고 묻더구나. 네가 왔을 때 날 쫓아내려고 하던 중이었다."

"죄송합니다."

이동철이 웃지도 않고 말했다.

"비서 민성희는 일성대 출신으로 태선그룹 기조실에서 2년 근무한 경력

사원입니다. 이번에 특채했는데 영업부 지망을 했지만 사장 비서실로 보냈지요.”

비서가 필요했기 때문에 진성이 고개를 끄덕였다.

그때 이동철이 말을 이었다.

“고경준하고 만나기로 했습니다. 언제가 좋을까요?”

“오늘 저녁이나 먹지.”

“제가 모시고 가겠습니다.”

“윤상화가 지금 뭐하고 있는가를 알아봐, 자세히.”

불쑥 진성이 말했을 때 이동철이 정색했다.

“무슨 일 있으십니까?”

“윤상화가 질투나 자존심 때문에 일을 그르칠 그릇은 아냐.”

“그렇다고 원한을 품을 이유도 없지 않습니까?”

“스케일이 큰 여자다.”

소파에 등을 붙인 진성의 얼굴에 웃음이 떠올랐다.

“내가 긴장이 풀려 있었던 것 같다.”

“……”

“일이 잘 풀리니까 모든 것을 내 위주로 생각하고 있었던 것 같아. 방심한 거지.”

“사장님.”

“고경준이가 흥청거릴 때부터 내가 느슨해져 있었던 거야.”

“제가 애들을 풀지요.”

“은밀하고 철저하게.”

“예, 사장님.”

이동철이 자리에서 일어섰다.

전에 흥신소에서 같이 일하던 하석기와 장주만이 지금은 관리부 과장이다.

진성과 이동철이 방으로 들어서자 고경준이 자리에서 일어섰다.

오후 7시.

이곳은 시청 옆쪽 소공동의 일식당 안.

고경준은 시선을 마주치지 못한 채 고개만 숙여 인사를 했다.

"앉자."

안쪽의 빈자리에 진성이 벽을 등지고 앉으면서 말했다.

이동철은 고경준의 옆쪽 자리를 차지했다. 모두 자리에 앉았을 때 종업원이 들어와 주문을 받고 갔다. 물 잔을 든 진성이 고경준을 보았다.

"너, 내가 만나자고 한 이유를 알지? 알면 말해봐라."

진성이 묻자 그때서야 고경준이 고개를 들었다. 눈동자가 흔들리다가 멈췄다.

"다시 복귀하는 것이 아닐까 생각했습니다."

"그렇다면 받아들이려고 했어?"

"예."

"준비한 대사는 있냐?"

"예. 한 번만 더 기회를 주시면 죽을 때까지 긴장하고 살겠습니다."

고경준의 눈빛이 강해졌다.

"제가 방심했습니다. 사장님 덕분에 잘나가는 배를 탄 입장에서 배 안에서 난동을 부린 것입니다."

"……."

"어떤 직책을 주셔도 받고, 새 정신으로 나가겠습니다. 저는……."

"그만."

말을 자른 진성의 얼굴에 쓴웃음이 떠올랐다.

그때 종업원이 요리를 가져왔기 때문에 진성이 젓가락을 들었다. 고경준 옆에 앉은 이동철은 듣기만 한다.

그때 진성이 이동철에게 물었다.

"고경준이 퇴사한 이유를 직원들은 어떻게 알고 있나?"

"백만섭의 뇌물수수 사건에 대한 책임을 지고 사직한 것으로 알고 있습니다."

"책임론은 거론되지 않더냐?"

"있겠지요."

어깨를 편 이동철이 힐끗 고경준을 보았다.

"고경준의 자세도 많이 흐트러져 있었으니까요."

진성이 고개를 끄덕였다.

고경준과 정수연은 입사 동기다. 정수연과 서로 반말하는 사이지만 고경준의 나이가 3살 위다. 군대를 다녀왔기 때문이다.

그러나 성격은 다르다. 정수연이 의지가 굳고 차분하고 꼼꼼한 반면 고경준은 활달하고 일을 벌이는 것을 좋아하며 말이 앞서는 경향이 있어서 흘리는 것이 많다. 이번 사건도 그런 원인 때문일 것이다.

진성이 고경준을 보았다.

"이번에 한흥상사를 통합하면서 도지무역의 무역부가 1, 2부로 나뉘었어, 알고 있지?"

"예, 알고 있습니다."

"정수연이 1부장이 되어서 고군분투하고 있다. 그것도 알고 있을 거야."

"……."

"하지만 곧 자리를 잡을 거다. 본인도 노력하고 있지만 조직이 굳어가고 있으니까."

진성이 말을 이었다.

"넌 2부 과장으로 가도록. 2부 부장은 공석으로 당분간 놔둘 테니까 2부에서 기반을 굳혀보도록 해라."

"예, 가겠습니다."

고경준이 상반신을 세우더니 허리를 굽혀 절을 했다.

"기대에 벗어나지 않겠습니다."

그때 이동철이 입을 열었다.

"2부 1과장을 맡도록 해. 2부 과장들은 모두 윤상화 씨 수족이었던 한흥상사 출신이야. 잘 할 수 있겠지?"

"문제없습니다."

어깨를 부풀린 고경준이 다시 진성을 보았다.

"저한테 맡겨주십시오."

다음 날 오전.

출근한 진성이 업무부장 최용성을 불렀다. 최용성은 합병 이후 진성과 처음 만났다.

긴장한 표정으로 들어선 최용성이 진성을 향해 고개를 숙였다. 그러나 입을 열지는 않는다. 진성도 손으로 앞쪽 의자를 가리켰다. 서로 마주 보고 앉았을 때 진성이 입을 열었다.

"최 부장, 도지무역으로 합병되면서 느낌이 있을 텐데. 각오라도 좋고."

진성이 똑바로 최용성을 보았다.

"아무 느낌도 없고 그저 되는 대로 잘해내겠다는 생각일 수도 있겠지."

진성이 의자에 등을 붙였다.

"말해보지."

그때 최용성이 고개를 들고 진성을 보았다.

"갑작스러운 합병이어서 생각할 겨를도 없었습니다."

진성은 시선만 주었고 최용성이 정색한 표정으로 말을 이었다.

"한흥상사에서 제가 사장님 선배였다는 것에 구애받지 마십시오. 저는 사장님을 모시고 도지무역의 발전에 혼신의 노력을 다할 것이라고 맹세하겠습니다."

진성의 얼굴에 웃음이 떠올랐다.

대답을 준비했는지는 모르지만 이 정도면 되지 않을까?

다음은 국내영업부장 안기철.

이쪽도 영업부에서 잔뼈를 굳힌 인간이니 녹록한 성품이 아니다.

한흥상사는 내수 판매를 기반으로 성장해온 회사인 것이다. 35년 역사 중에서 30년을 내수에 치중했기 때문에 국내영업부장의 지위는 무역부장보다 우위를 차지했다.

그러다가 최근 5, 6년 동안에 무역부 물량이 내수의 2배, 3배로 많아지면서 국내영업부가 뒷전이 되었지만 자긍심이 꺾이지는 않았다. 국내영업부에 5년 이상 고참 직원이 80퍼센트를 차지한 것도 그 이유가 될 것이다.

아직도 무역부를 잔가지 취급을 하고, 한흥상사의 모태이며 기반은 국내영업부라고 믿고 있다. 그리고 실제로 한흥상사의 의류 내수 매출은 아직도 국내 10위 안에 든다, 내의류, 셔츠류지만.

안기철이 인사를 하고 들어서더니 앞자리에 앉는다.

44세. 진성보다 9년 연상. 배가 아프겠지.

진성이 신입으로 한홍상사에 입사했을 때 안기철은 과장이었다. 그때는 무역부 매출이 국내영업부의 10분의 1 정도였던 시절. 진성에게 안기철은 하늘같은 존재였다. 물론 말도 걸어보지 않았지만.

그러다 7년 만에 진성 팀의 매출만으로도 국내영업부의 10배가 넘었으니까, 개구리가 우물 안에서 튀어나온 상황이라고 할까?

그때 먼저 진성이 입을 열었다.

"안 부장이 과장이었을 때 내가 한홍상사에 입사했는데, 내가 생각해도 감개무량하군."

안기철이 시선을 내렸고 진성이 말을 이었다.

"내가 이러니 안 부장은 오죽하겠어? 아니꼬워서 그만둘까? 하는 생각이 10번도 더 들었겠지."

"……."

"내가 약 올리려고 이러는 게 아냐. 그리고 일부러 반말하는 것도 아니라고."

안기철은 시선을 진성의 목쯤에다 둔 채 가만있다. 시선이 더 아래로 내려가지 않았기 때문에 똑바로 보는 것 같다.

진성의 얼굴에 웃음이 떠올랐다.

"내가 불렀을 때 할 말을 준비해놓았을 텐데 지금 말해보지."

"제가 직장생활 18년입니다."

안기철이 시선을 올려 진성을 보았다.

각진 얼굴, 짙은 눈썹, 눈이 작지만 눈빛이 강하다. 어깨가 넓지만 키는 165 정도여서 걸어 다니는 것을 싫어한다는 소문이 났다.

안기철이 말을 이었다.

"실적으로 평가받는 영업부에서만 18년을 지냈습니다. 사장님을 아니꼽

게 생각한다면 제가 걸어온 길을 짓밟는 것이나 마찬가지입니다."

"……."

"순응하고 최선을 다하겠습니다. 저한테 심기일전할 기회를 주시기 바랍
니다."

이것은 충성맹세다. 더 이상 무슨 말을 할 것인가?

최용성에 이어서 안기철의 충성맹세를 들으면서 진성이 고개를 끄덕
였다.

역시 노련한 인간들이다. 입장을 바꿨을 때 진성도 이런 답변을 하지 못
했을 것 같다.

출근할 때 커피포트와 커피를 사장실에 가져다놓았기 때문에 진성은 스
스로 커피를 끓여 마셨다. 집무실 옆 화장실에서 물을 받아다 끓여 먹은 것
이다.

오전 11시 반.

커피를 마시던 진성이 노크 소리를 들었다. 곧 문이 열리면서 민성희가
들어섰다. 진성이 부른 것이다.

"거기 앉아."

앞쪽 자리를 가리킨 진성이 민성희가 잠자코 앉았을 때 말을 이었다.

"비서실 근무가 며칠이지?"

"네, 아직……."

한 달도 안 되었으니 지금까지는 전화 심부름이나 손님 맞는 일뿐일 것
이다. 진성이 민성희를 보았다.

"난 처음부터 거창하게 비서실 구조를 확장할 생각은 없어. 민성희 씨가
중심으로 비서실 업무 체계를 세우도록 해."

"네, 사장님."

"먼저 각 부서 업무 구분, 업무 조정 역할을 맡아야 돼."

"제가 기조실 업무를 조금 해서 윤곽은 압니다."

민성희의 두 눈에 생기가 띠어졌다.

"전 회사에서 그 업무를 했습니다."

진성이 고개를 끄덕였다.

"내가 사원 하나를 더 붙여줄 테니까 조금씩 기반을 갖춰가도록 해."

"예, 사장님."

민성희의 시선이 앞에 놓인 커피 잔에 옮겨졌다가 비껴났다. 그것을 본 진성이 물었다.

"커피 한 잔 줄까?"

"아, 아녜요."

민성희의 얼굴이 순식간에 상기되었다.

오늘은 진주색 정장 투피스 차림으로 무릎을 단정히 붙이고 앉아 있다. 진성이 말을 이었다.

"손님이 오면 마실 것 심부름도 하겠지만 어지간한 건 내가 해결할 테니까."

"네. 하지만 귀찮아지실 때는 마음놓고 시켜주세요."

"그러지."

마음 놓으라는 말이 우스웠기 때문에 진성의 얼굴에 웃음이 떠올랐다. 그래서 덧붙였다.

"난 누구 의식하고 행동하는 성격이 아냐. 서로 맞춰가도록 하자."

"네, 알겠습니다, 사장님."

민성희의 목소리에 생기가 띠어져 있다.

민성희가 방을 나갔을 때 진성이 구내전화 버튼을 눌렀다.

"네, 정수연입니다."

"난데."

"네, 사장님."

놀란 듯 정수연의 목소리가 굳어졌다. 그때 진성이 말했다.

"내일부터 고경준이 2부 1과장으로 돌아올 거다."

"잘되었네요."

정수연의 목소리가 밝아졌다. 그동안 고경준이 정수연한테 연락을 하지 않은 것 같다. 진성이 말을 이었다.

"오늘 오후에 인사발령이 날 것이고 내일 고경준이 출근할 거야."

"네, 사장님."

"네가 2부장 직무대행까지 겸하고 있으니까 잘 관리해."

"알겠습니다."

"네가 관리하란 말이다. 이제는 동료가 아냐. 상관이야."

"네, 사장님."

진성이 전화기를 내려놓았다.

내부 관리가 외부 영업보다 더 힘든 것이다. 모든 기업들이 다 그렇다.

"이라크와 시리아 오더는 이미 신용장이 다 오픈된 상태죠. 지금 리비아 오더만 신용장이 절반쯤 오픈되었고요."

윤상화가 앞쪽에 앉은 박윤태를 보았다.

이곳은 힐튼호텔의 한식당 방 안, 테이블 구조여서 둘은 식탁을 사이에 두고 앉아 있다.

박윤태가 고개를 끄덕이면서 한 모금 된장국을 삼켰다.

단정한 용모, 말끔하게 가르마를 탄 머리는 윤기가 난다. 머릿기름을 바른 것 같다. 흰 피부에 곧은 콧날, 입술이 붉고 눈에는 열기가 떠 있는 것 같다. 38세.

"올해 매출액은 3억 불쯤 될 것 같습니다. 리비아 오더를 다 소화할 수가 없거든요."

윤상화가 말하자 박윤태는 고개를 끄덕였다.

"어쨌든 대단해. 진성이란 인물이 말야. 단기간에 이런 실적을 올린 회사는 내가 알기로 한국에서 유일할걸?"

목소리가 가늘고 높다. 윤상화가 젓가락을 내려놓고 대답했다.

"그렇습니다, 부사장님."

"운이 좋았기 때문일까?"

"절반쯤은 운의 영향을 받았겠죠."

"나머지 절반은?"

"진성의 임기응변과 기회 포착력이 강합니다."

"그렇겠지, 적극적이고. 이라크, 시리아, 리비아 지역은 전쟁터야. 목숨을 걸고 나서야 돼."

"그렇습니다."

"우리 회사에는 그렇게 목숨을 걸고 나서는 사원이 없어."

고개를 저은 박윤태의 얼굴에 쓴웃음이 번졌다.

"하긴 그렇게 오더를 받고 나면 진성이처럼 차고 나가서 회사를 만들고 싶겠지. 안 그래?"

윤상화는 대답하지 않았다.

박윤태한테서 연락이 왔을 때는 도지무역과 합병 계약이 보도된 직후였다. 박윤태가 직접 전화를 해온 것이다. 박윤태는 거두절미하고 같이 일해

보지 않겠느냐고 물었다. 그러고는 직통 전화번호를 알려주었던 것이다.

지금 박윤태와 윤상화는 처음 만난다. 윤상화는 박윤태에게 회사를 그만두었다고 아직 말하지도 않았다.

그때 박윤태가 고개를 들고 윤상화를 보았다.

"도지무역에 사직서를 냈더군."

박윤태의 얼굴에 쓴웃음이 번졌다.

"나한테 먼저 상의부터 하지 그랬어? 그럼 더 좋은 조건으로 나하고 '딜' 할 수 있었을 텐데."

그때 윤상화가 이를 드러내고 웃었다.

"저, 그런 성격 아닙니다."

"그래서 내가 윤상화 씨를 좋아하는 거야."

박윤태가 따라 웃었다.

박윤태는 재계 서열 3위인 한동그룹의 부사장. 한동그룹 소유주인 회장 박성철의 차남이다.

"됐다."

녹음기의 버튼을 누른 진성이 앞에 앉은 이동철을 보았다. 얼굴에 쓴웃음이 떠올라 있다.

오전 9시 반.

도지무역의 사장실 안.

탁자 위에는 소형 녹음기가 놓여 있다. 방금 진성은 어제 힐튼호텔에서 박윤태와 윤상화가 나눈 이야기를 들은 것이다. 이동철이 한식당 방 안에 녹음기를 숨겨놓았기 때문이다.

"윤상화가 도지무역의 자료를 싹 갖고 한동상사로 간 겁니다."

이동철이 말했다.

"한흥상사하고 합병이 결정되었을 때부터 떠날 마음을 먹고 있었던 것 같습니다."

이제 윤상화의 의도는 알게 되었다. 고개를 든 진성이 입을 열었다.

"하지만 윤상화는 박윤태한테 더 이상 넘겨줄 정보가 없어. 회사 규모와 바이어를 안다고 해도 손을 쓸 방법도 없고."

이동철은 시선만 내린 채 대답하지 않는다.

한동그룹은 재계 3위의 재벌그룹인 데다 한동상사는 무역 부분을 맡고 있는 계열사다. 거기에다 박윤태는 한동상사의 부사장인 것이다. 한동상사의 최고 실세.

진성이 말을 이었다.

"하지만 방심할 수는 없어. 앞으로 계속 감시해."

"그럴 계획입니다."

그때 진성이 길게 숨을 뱉었다.

"왠지 서글프다."

오전 11시가 되었을 때 고경준이 무역2부 1과장으로 발령을 받고 자리에 앉았다.

고경준은 관리부장 이동철과 무역1부장 정수연에게 인사를 마쳤을 뿐 사장실에는 들어오지 않았다.

2부도 1부처럼 6개 과가 있다. 각 과는 10명 안팎의 과원을 보유했고 4명에서 5명 정도의 팀으로 구성되었다. 각 과에는 2개의 팀이 있는 셈이고 무역부 전체로 보면 2개 부, 12개 과, 24개 팀으로 구성되었다.

각 팀장은 대리나 고참 사원이 맡는 것이다. 고경준의 1과에는 대리가 2

명. 그중 한 명이 입사 동기다. 한홍상사에 남아 있다가 진주군(?)이 된 고경준의 부하가 된 셈이다. 그러나 1부장이 되어서 온 정수연보다는 고경준이 덜 거북하겠지.

고경준이 먼저 대리 둘을 회의실로 불렀다.

두 명 모두 어색하고 불편한 기색. 이준섭 대리는 국내영업부에서 무역부로 차출된 멤버라 조금 덜 할 것이다.

고경준이 동기인 최수영을 보았다. 나이도 27세 동갑. 성격이 급하고 동작이 빠르지만 흘리는 일이 많다. 유럽지역 담당이었는데 과장한테 자주 깨지는 직원 중 하나였다.

"최 대리. 요즘 분위기 어때?"

"뭐, 그저……."

뒤를 얼버무렸던 최수영이 시선을 맞췄다.

"지낼 만하지 뭐."

반말이 나왔다.

고개를 끄덕인 고경준의 시선이 이준섭에게 옮겨졌다. 28세. 둥근 얼굴. 고경준과 얼굴만 한두 번 마주쳤을 뿐이다.

"이 대리는 어때?"

"최선을 다해야지요."

이준섭이 고경준의 얼굴을 똑바로 보았다.

"팀워크를 잘 맞추도록 노력하겠습니다."

고개를 끄덕인 고경준의 얼굴에 웃음이 떠올랐다.

"앞으로 이 대리가 선임 팀장을 맡지."

이준섭이 숨을 들이켰다.

나이는 최수영보다 한 살 많지만 국내영업부에서 왔기 때문에 무역부

경력이 짧은 것이다. 최수영의 얼굴이 굳어졌다.

그때 고경준이 말을 이었다.

"내가 자리를 비웠을 때 이 대리가 과장 대리 역할을 해."

고경준의 시선이 최수영에게 옮겨졌다.

"최 대리는 아직 내가 상급자가 된 것을 받아들일 준비가 안 된 것 같은데 내가 부장한테 보고를 해서 전출시켜 달라고 할게."

최수영이 숨만 쉬었을 때 고경준이 말을 이었다.

"참, 1부장이 나하고 입사 동기구만. 그러고 보면 최 대리하고도 입사 동기지?"

그러고는 고경준이 자리에서 일어섰다.

"아니꼬우면 그만두는 거야. 입사 동기라고 상급자한테 슬슬 반말이나 하면서 견디려고 했나?"

정수연한테서 보고를 들은 진성의 얼굴에 쓴웃음이 떠올랐다.

오후 4시 반.

방금 정수연은 고경준의 보고를 받은 것이다. 도지무역 사장실 안.

진성이 웃음이 가시지 않은 얼굴로 정수연에게 물었다.

"고경준이 보고할 때 둘이 있었어?"

"예, 할 말이 있다고 해서 둘이 상담실에 들어가 이야기 들었어요."

"그때 고경준이가 너한테 반말했어?"

"그럼요. 둘이 있었는데요."

말뜻을 알아차린 정수연이 정색했다.

"하지만 최수영은 다른 팀장도 있는 앞에서 고경준한테 반말을 했어요."

"너 같으면 어떻게 했을 것 같아?"

"당연히 상급자 대우를 해야죠."

"네 생각은 어떠냐?"

"최수영을 국내영업부로 보내든지 대기발령을 내든지 해야 될 것 같아요."

진성이 고개를 끄덕였다. 그렇게 하지 않으면 정수연한테도 문제가 된다. 정수연이 장악한 12개 과장 모두가 전(前)에는 상급자였거나 경력이 더 많은 것이다.

"그렇게 하자."

진성이 버튼을 누르면서 말했다.

"앞으로 이런 일이 자주 일어날 테니까."

경력 파괴다.

능력과 실적 위주로 인사를 할 것이다. 정수연, 고경준의 능력, 실적이 뛰어난 것은 아니지만 진성의 직계인 것이다. 이런 경우는 얼마든지 있다.

"도지무역이 이번에 상장회사가 되었더구나. 신문에서 읽었다."

고개를 든 박성철이 박윤태를 보았다.

"매출액이 4억 불이라고 하던데, 거기에다 한흥상사까지 인수하고."

한동그룹의 회장실에서 박성철과 박윤태가 마주 보고 앉아 있다.

박윤태는 한동상사 부사장이지만 일주일에 한 번씩은 회장실로 찾아와 직접 보고를 한다. 이것이 회장 아들의 특권일 것이다.

그때 박윤태가 말했다.

"도지무역은 한흥상사 부장이었던 자가 오더를 갖고 나가서 독립한 회삽니다. 그러다가 한흥상사를 인수해버린 것이지요. 한흥상사 등을 친 것이죠."

"허, 그래? 그놈 대단한 놈이군."

박성철은 63세. 한동그룹을 작고한 부친 박용학으로부터 승계 받았으니 2세 대주주다. 그러나 박성철은 재계 30위권이었던 한동그룹을 3위까지 끌어올렸다.

현재 한동그룹은 4개 부분에 63개 계열사를 거느렸고 15만 명의 임직원을 고용하고 있다.

박성철은 2남 1녀를 두었는데 장남 박기태는 한동건설의 사장, 박윤태는 한동상사의 부사장, 그리고 막내딸 박미향은 한동유통의 전무다.

박윤태가 말을 이었다.

"한동상사에 도지무역 출신의 무역부 부장을 영입하려고 합니다."

박성철이 시선만 주었고 박윤태가 말을 이었다.

"도지무역의 내막을 잘 알고 있는 직원입니다. 중동, 아프리카 지역의 오더 수주에 도움이 될 것 같습니다."

"넌 도지무역의 등을 치려는 거냐?"

박성철이 불쑥 묻자 박윤태가 정색했다.

"정상으로 되돌려 놓으려는 것이지요. 도지무역 부장은 본래 한흥상사 사주였던 전용환 씨의 처제였던 사람입니다."

"여자야?"

"예, 유능합니다."

"알아서 해라."

마침내 박성철이 고개를 끄덕였다.

박윤태는 부사장으로 부장급 영입은 혼자서 결정할 수 있는 일이다. 그러나 박윤태는 이런 방법으로 박성철의 신임을 쌓아오고 있다. 형인 박기태가 독단적인 일 처리로 자주 질책을 받는 것을 알기 때문이다.

최수영은 국내영업부로 좌천성 인사 발령을 받자 다음 날 사직서를 제출했다.

이런 식으로 한흥상사에서 사직한 고참 직원이 11명이나 되었다. 어쩔 수 없는 일이다. 한국 경제가 폭발적으로 성장하면서 수출 요원들의 이동이 심한 시기였기 때문이다.

오후 3시 반.

도지무역 사장실에서 진성이 민성희에게 말했다.

"앞으로 비서실에서 모든 정보를 규합해서 관리해야 될 거야."

앞에 앉은 민성희는 두 손을 단정하게 무릎 위에 올려놓고 있다. 두 눈이 똑바로 진성에게 향했고 입술은 꾹 닫혔다.

"내가 관리부장한테 이야기해 놓았으니까 도움을 받도록."

"네, 사장님."

민성희가 말을 이었다.

"비서실이 기조실 업무를 하도록 기반을 굳히겠습니다."

진성이 고개를 끄덕였다.

기조실 기능이 회사의 핵심이다. 머리나 마찬가지인 것이다. 관리부장 이동철의 기능 일부를 기조실로 옮겨와야 한다.

한흥상사나 도지무역의 비서실은 차 심부름 하고 사장 일정 조정하고 서류 준비하는 역할을 맡아왔다. 그러나 회사가 커지면 자연스럽게 기획조정 역할이 필요한 것이다.

민성희는 사원 하나를 지원받아 비서실 직원이 2명이다. 진성이 말을 이었다.

"관리부장한테 2명 더 충원시키라고 할 테니까 정보 업무도 시작해봐."

회사가 성장하면 그것에 맞는 조직이 필요하고 승진하면 자리에 맞는 처신을 해야만 한다.

이것이 진성의 직장관이다.

오후 5시 정각.

회의실에는 무역부 간부들이 모두 모였다. 진성이 소집한 회의다. 통합된 지 1주일 만에 처음 열리는 사장 주재 회의인 것이다.

도지무역은 말 그대로 무역이 중심인 기업이다. 무역을 기반으로 생산시설을 보유한 한흥상사까지 합병한 것이다. 따라서 도지무역의 핵은 회의실에 모인 무역부 간부들이라고 볼 수 있다.

원탁에 둘러앉은 간부는 모두 25명. 대리급 팀장에서 과장, 부장까지 모두 모였다.

2부 12개 과, 24개 팀장이 모인 셈인데 결원이 5명이나 있었기 때문에 5명은 '대리'가 참석했다. 부장 대리, 과장 대리, 팀장 대리를 말한다.

유일한 부장은 1부장 정수연. 2부 1과장이 된 고경준도 긴장해서 눈동자를 굴리고 있다.

원탁의 중심에 앉은 진성이 입을 열었다.

"내가 이 자리에 앉아 있는 것이 그 증거가 되겠지만 도지무역은 철저하게 능력과 실적 위주로 운영되는 회사야."

진성의 목소리는 낮지만 굵게 울렸다.

"연공서열은 그다음 기준이야. 회사에 오래 근무한다는 것은 그만큼 공헌을 하고 애착을 품고 있다는 증거일 테니까."

고개를 든 진성이 좌우의 간부들을 둘러보았다. 웃음 띤 얼굴이다.

"모두 자신의 직분에 충실하도록. 자세히 말하면 직분에 맞는 일을 해주기 바란다. 그래서 함께 바라는 것들을 성취해 나가기로 하지."

그러고는 진성이 자리에서 일어섰다.

사장의 훈시는 이쯤이면 충분하다. 세부 사항은 부장이, 과장이, 팀장이 나눠서 할 일이다.

사장실로 돌아왔을 때 비서실에서 기다리던 이동철이 따라 들어섰다.

"윤상화가 결국 한동상사로 갑니다."

이맛살을 찌푸린 이동철이 탁자 위에 놓인 녹음기의 '시작' 버튼을 누르면서 말했다.

"한동상사 부사장 박윤태하고 어젯밤에 다시 만났습니다."

그때 녹음기에서 사내의 목소리가 울렸다. 박윤태일 것이다.

"자료 잘 보았어. 모두 진성이가 수주한 오더더군. 그런데 순이익이 20퍼센트 이상이고 리비아 오더는 35퍼센트나 나온다니 놀라워."

"모두 정책적 오더이고 정부 발주라 그렇습니다. 리비아 오더는 CIA가 발주해서 반군한테 주는 것이라서요."

이것은 윤상화의 목소리. 박윤태가 말을 받는다.

"물론 리베이트가 있겠지?"

"증거는 보지 못했지만 있겠지요."

"그래서 한홍상사를 가볍게 인수했군."

"지금도 자금 여력이 많습니다."

"진성이 돈 욕심이 많나?"

"그건 잘 모르겠고요."

"어쨌든."

박윤태의 목소리가 굵어졌다.

"우리 한동상사 기조실의 부장으로 발령을 낼 테니까 내일부터 출근하도록 해."

윤상화는 듣기만 했고 박윤태가 말을 이었다.

"기조실에서 무역 부분을 맡아달라는 거야. 기조실은 무역부에서 뛰는 것보다 더 시야가 넓어지고 정책까지 세울 수 있는 부서니까. 물론 오더를 연결해서 무역부로 넘겨줄 수도 있지."

"기조실 조직은 어떻게 구성되었죠?"

"기조실장이 나야. 부사장이 겸하고 있으니까."

박윤태가 웃음 띤 목소리로 말을 잇는다.

"한동상사의 핵이지. 기조실은 기획, 조정, 인사 3부로 구성되어 있었는데 이번에 윤상화 씨를 영입하면서 '영업지원부'를 신설할 거야. 윤상화 씨는 2개 과를 지휘하게 돼. 알겠지?"

"네, 부사장님."

윤상화가 또렷하게 말했다.

"열심히 하겠습니다."

그때 이동철이 녹음기의 버튼을 누르고는 진성을 보았다.

"어제 오후 5시에 힐튼호텔 라운지의 밀실에서 이야기한 내용입니다."

"윤상화가 한동상사 기조실 부장이 되었구나. 잘할 거야."

진성이 고개를 끄덕이며 웃었다.

"우리 자료를 다 빼갔군."

"약점 잡고 흥정 따위는 안 할 것 같습니다."

"결국 나를 경쟁자로 보고 있었군."

"악감정이 없다고 볼 수도 없을 겁니다."

"말 돌리지 마라. 윤상화는 나한테 시기심, 한홍상사를 빼앗긴 한을 품고 있었던 거다."

진성이 말을 이었다.

"박윤태도 그것을 알고 윤상화를 고용한 것이고."

정색한 진성이 이동철을 보았다.

"이제는 박윤태와 한동상사를 조사해 오도록."

"예상하고 있었습니다."

이동철이 자리에서 일어서며 말했다.

"이미 시작했습니다, 사장님."

그동안 진성은 아버지와 누나한테 두어 번씩 전화를 했을 뿐 만나보지 못했다.

회사 일로 바쁘다고 핑계를 대었지만 시간을 못 낼 상황도 아니었다. 아버지 진의방 씨나 누나 진향에게 도지무역이 한홍상사를 합병했다는 이야기도 하지 않았고 둘은 신문 경제면을 보는 성격도 아니어서 전화할 때 그런 이야기도 하지 않는다.

그저.

"회사 잘 되냐?"

"몸은 건강하고?"

"밥은 잘 먹고 다녀?"

"언제 다녀갈래?"

이 정도로 인사가 오간 다음에 진향하고는 통화를 끝내고 진의방은 더 짧다. 앞쪽 두 개 문장만 주고받고 끝나는 경우가 많다.

그런데 오늘은 가야만 할 일이 생겼다.

진의방이 교장으로 있는 곡전초등학교가 경상북도 도내 초등학교 탁구 시합에서 단체전 우승을 차지했다는 연락이 온 것이다.

물론 진향이 연락했다.

곡전초등학교는 학생 수 250명인 작은 학교다. 한 학년에 1개 반씩 6개 반에 교사 수가 10명. 진성이 베트남에서 가본 야고라 초등학교의 절반도 안 된다.

오후 2시.

진성은 대구 근교의 곡전초등학교 운동장에서 열린 탁구 단체전 우승 기념식에 참석했다.

곡전초등학교 45년 역사상 처음 있는 일이어서 학부형과 지역 유지들이 주관해서 만든 기념식이다. 하객으로는 군수와 군 교육청 담당자 등 공무 원이 10여 명, 학부형 50여 명, 그리고 학생들은 전원 참석했다.

이 하객 중에 교장 진의방의 자식 둘이 끼어 있는 것이다.

운동장에 의자를 놓고 진행되는 축하행사는 소란 속에 진행되었다. 학 생들은 모두 땅바닥에 앉았는데 선생들이 빵과 과자, 우유를 나눠주었기 때문에 떠들썩한 분위기다. 군수에 이어 군 교육장의 축사가 길게 이어지 고 있다.

하객 둘째 줄 끝자리에 나란히 앉아 있던 진향이 고개를 돌려 진성을 보 았다.

"아버지가 내년에 정년퇴직하셔, 알고 있지?"

"아, 그럼."

목소리를 낮춘 진성이 힐끗 연단 뒤쪽에 군수와 나란히 앉아 있는 진의 방을 보았다.

아버지는 퇴임하면 시골에서 벌을 키우겠다고 입버릇처럼 말했지만 그냥 한 소리다. 벌을 키울 줄도 모르는 데다 관심도 보이지 않았다.

그때 진향이 목소리를 낮추고 말했다.

"아버지는 영재학교에서 아이들을 가르치는 것이 꿈이셨다."

"영재학교?"

"응. 영재가 보통 아이들하고 같이 섞이면 그 아까운 재능이 묻힌다고 하셨어. 난 그 이야기 자주 들었다."

진향이 희미하게 웃었다.

"나는 자주 아버지의 꿈을 들을 수 있었어. 넌 아버지 주변을 돌기만 했지 가깝게 온 적이 없잖니?"

"……."

"그 꿈 대신 벌들을 내놓으셨지만 아마 벌통도 안 사실 거다."

"영재고등학교?"

"그래. 중학에서부터 고등학교 과정까지."

진향이 길게 숨을 뱉었다.

"아버지 퇴직하시면 우리, 세계여행이나 시켜드리자."

그때 박수 소리가 났다. 누군가의 축사가 또 끝난 것 같다.

오후 6시 반.

학교에서 2킬로쯤 떨어진 읍사무소 근처의 식당 안.

읍에서 가장 큰 데다 시설도 좋고 비싼 식당이다. 그곳에서 선수 12명과 학부형, 코치, 그리고 교장, 교감을 포함한 교직원들의 축하 파티가 열렸다.

본래 계획에도 없는 행사였지만 교장 선생님 아드님인 회사 사장, 진 사장이 한턱내시는 것이라고 교감 선생이 미리 설명을 했기 때문에 식당에 모인 참석자들은 박수로 반겼다.

교장 진의방은 웃기만 했는데 본인의 아들에 대해서는 설명도 하지 않았다. 진성도 파티에 참석하지 않아서 선생들 사이에서는 뒷담화가 분분했다.

"회사가 크다면서?"

교무주임 강 선생이 건성으로 물었고, 6학년 담임 오 선생이 잘 아는 것처럼 대답했다.

"무역회사 부장이라고 들었는데 재주가 많은 모양입니다. 회사를 차렸다고도 하던데."

주위를 둘러본 오 선생이 말을 이었다.

"교장 선생님이 집안 이야기는 거의 안 하시는데 나한테 자제분이 회사에서 인정을 받는다고 자랑하신 적이 있어요."

"허. 오 선생이 교장 선생님하고 그런 이야기를 나누는 사이였구먼."

교무주임이 투덜거렸고 구석 쪽에 앉은 여선생 넷도 지금 진성에 대한 뒷담화 중이다.

그럴 수밖에 없는 것이 오늘 식사비는 교장 선생 아드님이 식후 계산을 하기로 했다는 말을 들었기 때문이다. 방금 전에 식당 종업원이 그들한테 와서 슬쩍 말해준 것이다.

지금 식당에 모인 손님은 125명. 주인이 세어 보았다고 했다. 학교의 경리 담당 이숙자 선생이 비싸기로 소문난 집이라 교장 선생 아드님이 얼마 주고 가셨대요? 하고 물었더니 그런 대답이 온 것이다.

둘러앉은 여선생 넷은 동시에 입이 떡 벌어졌다.

"안 돼."

그중 나이 많은 박성숙 선생이 당장 말했다.

"저 여편네가 바가지 씌우게 하면 안 돼. 이 선생, 지금 가서 몇 인분 나갔는지 확인하고 소고기는 당장 돼지고기로 바꿔."

"교장 선생님 지시라고 해, 확인은 못 할 테니까."

깐깐한 최명분 선생이 말했다.

"가자."

경리담당 이숙자 선생이 막내 서지현 선생의 팔을 잡아 일으켰다.

이렇게 해서 식사비 몇백만 원을 줄일 수가 있었다.

그러고 나서 여선생들의 뒷담화가 계속.

"교장 선생님 아들, 이혼한 거 알아?"

최명분 선생이 묻자 이숙자와 서지현이 와락 긴장했다. 박성숙 선생은 이맛살만 찌푸린 걸 보면 알고 있는 눈치. 최명분은 정보통이다. 교원 인사발령 소식은 최명분의 입에서 다 나온다.

"정말이에요? 난 결혼만 한 줄 알았는데."

이숙자가 말하자 최명분이 목소리를 낮췄다.

"조금 전에 장학사한테서 들었어. 그 양반이 나하고 같은 학교의 교감으로 있었거든. '교장 아들이 이혼했다던데 재혼했나?' 하고 묻더라고. 2년쯤 되었대."

"어쩐지 교장 선생님이 자제분 이야기는 안 하시더라."

박성숙이 말했을 때 이숙자가 말을 받는다.

"오늘 행사에 참가한 아드님 보니까 키 크고 남자답게 생겼던데. 하객 중에서 제일 잘났더라고요."

"넌 결혼 5년 차라 권태기가 올만 해."

최명분이 말하자 모두 큭큭 웃었다.

그때 박성숙이 고개를 들어 서지현을 보았다.

"서 선생하고는 나이차가 8살인가?"

"뭐가요?"

엉겁결에 물었던 서지현의 얼굴이 갑자기 붉어졌다.

그때 최명분이 고개를 끄덕였다.

"그러네. 교장 아드님이 35세라니까 8살 차이네. 그만하면 괜찮지."

"무슨 말씀하시는 거죠?"

다 알면서도 서지현이 물었을 때 셋이 일제히 큭큭 웃었다.

곡전초등학교에는 여선생이 5명이다. 그중 둘이 미혼인데 하나는 42세의 올드미스다. 진의방은 막내이기도 한 서지현에게 이것저것 학교 행사 일을 시켰는데 시치미를 떼고 있었지만 마음에 드는 기색이 역력했다.

그것을 노련한 선생들이 모르겠는가?

지금까지는 '교장 아들이 또 있으면 며느리 삼을 모양이다.'라고 웃고 넘겼지만 지금은 아니다. 며느리감으로 찍은 것 같다고 소문이 날 만하다.

그 시간에 진성은 진향과 식당에서 한 블록 떨어진 냉면식당에서 냉면을 먹는 중이다. 진성이 한사코 축하 파티에 안 간다고 해서 진향이 이곳으로 데려온 것이다.

진향이 웃음 띤 얼굴로 말했다.

"여선생 하나가 교장 선생 지시라면서 소고기를 55인분으로 끝내고 나머지는 돼지고기로 바꾸라고 했단다."

진향이 말을 이었다.

"아버지는 그런 말을 하실 리가 없고 아마 선생들이 그렇게 지시를 한 것 같네."

"그냥 놔두지."

"너, 소고기가 얼마나 비싼 줄 알아? 1인분에 2만 원이야. 돼지고기의 5배라고, 이 멍청아."

진향이 정색하고 꾸짖었다.

"그, 학생, 학부형들이 얼마나 잘 먹는 줄 아냐? 아마 1인당 10인분은 먹을걸? 나도 걱정했는데 잘되었지 뭐냐?"

그래도 걱정이 되는 얼굴로 진향이 혼잣말을 했다.

"아예 처음부터 돼지갈비 200인분, 그렇게 정했어야 돼. 괜히 네 고집 때문에 불안했었는데 잘되었다."

"아휴, 이제 그만."

"아마 3백만 원이 넘을 거다. 그 집 며칠 매상이 나올 거야."

진성이 인상을 쓰자 진향은 어깨를 늘어뜨리더니 생각난 듯 물었다.

"너 현수하고는 끝났지?"

"아, 내가 바빠서……."

서둘러 외면한 진성을 향해 진향이 눈을 흘겼다. 오현수는 지난번에 진향이 소개시켜준 후배다.

"그러니까 넌 여자 못 잡는 거야."

"잡다니? 여자가 물고기야?"

"바깥일, 집안일을 동시에 잘 처리하는 사람들도 얼마든지 있어."

"매형이 그런 사람인가?"

진향의 남편 김영규는 대학병원 약사다. 출퇴근 시간은 칼같이 지켜 퇴근하면 아이들 숙제를 지도한다.

그때 진향이 고개를 들고 진성을 보았다.

"너, 아버지가 파티 끝나고 만나자고 했어."

"왜?"

젓가락을 내려놓은 진성이 손목시계를 보았다.

"나 바쁜데."

"웃기지 말고."

진성이 주머니에서 지갑을 꺼내더니 수표를 내밀었다.

"누나가 이것으로 식당 계산을 해."

엉겁결에 수표를 받아 든 진향이 숨을 들이켰다.

"이게 뭐야? 1천만 원?"

"모자라면 누나가 보태."

"미쳤냐? 계산은 5백도 안 될 건데."

"남으면 누나하고 아버지가 나눠가져."

"너, 이, 돈……."

"내가 번 돈이야."

다시 시계를 보는 시늉을 한 진성이 말을 이었다.

"나 여기서 갈게. 누나가 아버지한테 말 좀 잘해줘."

"야."

진향이 손을 내밀어 잡으려고 했지만 진성은 자리에서 일어섰다.

뻔하다.

대구역으로 향하는 택시 안에서 진성의 머릿속 생각이다.

아버지는 '누군가' 소개시켜 줄 것이 분명했다. 진향을 통해서 꼭 내려오라고 한 것이 그 증거다. 다른 때는 이러지 않았다.

아버지가 나이 들면서 점점 약해지는 것 같다. 진성의 사생활에 대해서 간섭을 하려는 것이 그렇다. 전에는 '뭘 하건' '혼자 살건 말건' 내버려 두었던 아버지다.

아마 지금도 여선생 하나를 소개시켜 주려고 벼르고 있는 것 같다. 아버지의 영역은 학교뿐이니까 아는 건 여선생이겠지.

"서 선생, 교장 선생님이 홀에서 부르시니까 가봐."

교감이 다가와 말했기 때문에 서지현이 자리에서 일어섰다.

식당의 방과 홀은 떠들썩했다. 학생들은 홀에서 고기와 밥만 먹었지만 학부형, 손님들은 술까지 마셨기 때문이다.

박성숙과 최명분은 맥주를 마시면서 이야기에 빠져 있었고 이숙자는 화장실에 가 있는 때다. 홀에 나온 서지현이 뒷문 입구에 서 있는 진의방에게 다가가 섰다.

"부르셨어요?"

"응, 오늘 저녁에 시간 있지?"

진의방이 서두르듯 물었기 때문에 서지현이 고개부터 끄덕였다.

"네, 시키실 일 있으세요?"

학생들이 왔다 갔다 해서 둘은 비켜섰다.

"응, 내 아들 한번 만나봐라."

진의방이 외면한 채 말했다.

"오늘 행사장에서 봤지?"

그 순간 서지현이 얼굴을 붉혔지만 대답은 했다.

"네, 봤어요."

"내가 미리 말하는 건데 멋쩍어서 오늘에야 말하는구먼."

주위가 소란해서 진의방이 목소리를 높였다.

"내 아들은 2년 반 전에 이혼했어, 자식은 없고. 지금 무역회사 사장이야.

회사가 어쩐지는 잘 모르지만……"

호흡을 고른 진의방이 서지현을 보았다.

"내가 서 선생을 그동안 눈여겨보았어. 어때? 오늘 파티 끝나고 한번 만나볼래?"

30분쯤 후에 식당으로 들어온 진향이 진의방에게 말했다.

"아버지, 성이가 급한 일이 있다고 먼저 갔어요."

"뭐?"

진의방이 눈을 크게 떴다. 둘은 홀의 구석에 마주 보고 서 있다.

"갔어? 언제?"

진의방의 분위기에 놀란 진향이 바짝 다가섰다.

"저한테 계산하라고 돈 주고 갔는데요. 왜요? 무슨 일 있으세요?"

"아니, 그놈이 인사도 않고 가?"

진의방의 얼굴까지 상기되었다.

"내가 누구 소개시켜 주려고 저쪽에다 말까지 다 해놓았는데."

"아이구, 아버지."

이맛살을 찌푸린 진향이 손목시계를 보았다.

"지금 기차 탔겠네요."

오후 7시 반이 되어가고 있다.

"그럼 진즉 말씀하시지 그랬어요?"

"말하면 그놈이 들을 거냐? 아예 오지도 않을 거 아니냐?"

"그럴 리가요."

"아이구, 이걸 어쩌나. 저쪽은 만난다고 했는데."

"선생이에요?"

"그래. 내가 오랫동안 눈여겨보았다."

"그럼 제가 먼저 볼게요."

그렇게 하는 수밖에 없다.

3장
밤의 보스

커피숍으로 들어선 서지현이 곧장 안쪽에 앉아 있는 진향에게 다가왔다. 자리에서 일어선 진향이 웃음 띤 얼굴로 맞는다.

"미안해요, 만나자고 해서."

"아녜요. 괜찮아요."

서지현이 고개까지 저으면서 웃었다.

"이렇게 만나서 말씀하지 않으셔도 되는데요."

"아버지가 황당해하셔서서 나한테 만나서 미안하다는 말이라도 하라고……."

마주 보고 앉으면서 진향이 말을 이었다.

"미인이시네. 내 동생한테 너무 과분하시네. 들으셨겠지만 내 동생은 서른다섯에다 2년 반 전에 이혼을 당했어요."

"어휴."

서지현이 손으로 입을 가리고 웃었다.

"저, 교장 선생님한테 만나본다고만 했지 뭘 한다고 하지는 않았어요."

"아니, 만나주는 것만 해도 황송하다는 이야기예요, 나는."

종업원에게 커피를 시킨 진향이 지그시 서지현을 보았다.

"회사일이 바쁘다고 먼저 갔는데, 지난번 결혼이 파탄 난 게 그렇게 살았기 때문이에요."

이제는 정색한 서지현에게 진향이 말을 이었다.

"걔가 외국 출장에서 돌아왔더니 여자가 짐 싸서 나갔다네요."

"……."

"집도 팔아서 위자료로 챙기고, 귀국한 갠 짐 챙겨서 집을 옮겨야 했죠."

진향의 얼굴에 다시 웃음이 떠올랐다.

"오죽 화가 났으면 그랬겠어요?"

"……."

"그래서 다 줬다는군요. 집 판 것도 암말 않고, 이혼서류에 도장 찍어 줬고요. 지금은 깨끗하게 남남이 됐죠."

"……."

"지금은 회사를 운영하고 있어서 더 바빠요. 도무지 일 열심히 한다는 것 외에 내세울 것이 없는 놈인데……."

진향이 번들거리는 눈으로 서지현을 보았다.

"서지현 씨가 마음에 드니까 이런 이야기부터 하게 되네요."

서지현이 이제는 웃기만 했고, 진향이 말을 이었다.

"마음에 들어서, 내가 다른 사람한테 뺏기기 싫어서 그러나 봐요."

"부르셨습니까?"

사장실로 들어선 정수연이 고개를 숙여 보이면서 물었다. 정수연의 비스듬한 뒤쪽에는 고경준이 서 있다.

"거기 앉아."

앞쪽을 가리킨 진성이 들고 있던 서류를 탁자에 놓았다.

오전 10시.

진성이 앞에 앉은 정수연부터 보았다.

"윤상화가 본격적으로 중동, 아프리카 오더를 수주할 계획이야."

정색한 진성이 말을 이었다.

"한동상사가 윤상화를 그 지역 개발 책임자로 임명했어."

"우리 정보를 다 가져갔기 때문이죠."

정수연이 쓴웃음을 짓고 대답했다.

"예상하고 있었습니다, 사장님."

"중동지역에 집중한다는데 우리 회사의 거래선을 이용할 거야."

진성이 말을 이었다.

"선의의 경쟁이라면 얼마든지 받아들이겠어."

고개를 든 진성의 얼굴에 웃음이 떠올랐다.

"목숨을 걸고 받아온 오더야. 실제로 부딪치면 실감하게 될 거다."

진성의 시선이 고경준에게 옮겨졌다.

"어때? 적응하고 있냐?"

"예, 사장님."

고경준이 똑바로 진성을 보았다. 어깨를 부풀리고 있는 것이 긴장했기 때문이다. 진성이 고개를 끄덕였다.

"너, 베트남 출장 준비해."

진성이 탁자 위의 서류를 집어 고경준에게 내밀었다.

"이건 내가 지난번에 베트남에 갔을 때 가져온 서류하고 그동안 조사한 자료다."

서류를 받아든 고경준에게 진성이 말을 이었다.

"호치민의 아시아상사가 우리 오더를 받으려고 하는데 내가 지난번에 만나서 호치민 지점을 설립하는 상의를 했다."

소피아에게 사무실 건물도 찾아보라고 부탁하고 온 것이다. 진성이 내막을 설명해주고 나서 고경준에게 지시했다.

"베트남을 도지무역의 아시아 생산기지로 만들 거다. 그러니까 네가 베트남에 가서 진행 상황을 체크하고 돌아와."

"아시아상사를 기반으로 하는 것입니까?"

정수연이 묻자 진성이 분명하게 고개를 저었다.

"이용하는 거다. 그 사람들 페이스에 끌려들 생각은 없으니까 내색하지 말고 진행시켜."

진성의 시선을 받은 고경준이 고개를 끄덕였다.

"잘 알겠습니다, 사장님."

"너한테 적성이 맞는 일일 거다."

진성이 한마디 덧붙였더니 고경준의 얼굴이 상기되었다.

"감사합니다, 사장님."

그것을 본 정수연의 얼굴에 희미하게 웃음기가 떠올랐다.

그날 저녁.

테헤란로에 위치한 강남호텔 일식당의 룸 안에서 진성과 이동철이 마주 앉아 있다.

"박윤태는 박성철 회장이 장남인 박기태보다 더 신임한다고 소문이 났습니다."

이동철이 물수건으로 손을 닦으면서 말했다.

"박기태하고 경쟁 중이지요. 박 회장이 누구한테 대권을 물려줄지 모르 거든요."

"나눠주지 않을까? 형제간에 공평하게 말이다."

"그렇다면 딸까지 셋으로 나눠야 하는데 힘들걸요."

이동철의 얼굴에 웃음이 떠올랐다.

"금융, 자동차, 전자, 유통 중에서 자동차가 제일 크고 그다음이 금융, 전 자입니다. 자동차는 건설 부분까지 포함되어 있어서 쉽게 나눠주기 힘들 겁 니다."

"젠장, 재산이 많아도 골치 아프군."

"재벌가 재산 상속 때 싸움이 일어나지 않는 집안이 없습니다."

"우리나라 재벌이 몇이나 된다고 그래?"

그때 문이 열리더니 요리가 왔기 때문에 이야기가 멈췄다. 다시 둘이 되 었을 때 이동철이 말을 이었다.

"박윤태는 사생활이 복잡합니다. 특히 여자를 밝혀서 살림 차려준 여자 가 하나, 가끔 전용 오피스텔로 부르는 여자가 서너 명, 룸살롱이나 요정에 가면 마음에 드는 여자는 꼭 데리고 나갑니다."

"음, 돈 벌면 그렇게 뿌려야 돼. 그래야 국민 소득이 높아지는 거야."

박윤태는 38세. 8년 전에 결혼해서 남매를 두었다.

오늘은 이동철이 박윤태에 대한 조사 보고를 하는 것이다.

"형님도, 참."

진성의 잔에 소주를 따르면서 이동철이 말했다.

"형님이 그런 데 다니신다면 이해가 가죠. 직접 목숨 바쳐서 돈 버셨으니 까 말입니다. 하지만 박윤태는 손에 물도 안 묻히고 노는 놈 아닙니까?"

"하지만 여자들한테 좋은 일 하는 거다."

"곧 윤상화도 건드리겠지요."

"그러겠지."

그때 숨을 들이켠 이동철이 물었다.

"형님, 윤상화 좋아하지 않으셨습니까?"

"그런 적도 있었지."

진성이 술술 말했다.

"그런데 난 금방 잊어먹는 성격인 것 같다."

"그럼 진짜 좋아하신 것이 아니죠."

"네 기준으로 판단하지 마, 인마."

술잔을 들어 한 모금에 소주를 삼킨 진성이 이동철을 보았다.

"네 말을 듣다 보니까 나도 룸살롱에 한번 가서 마시고 싶다. 오늘 박윤태 흉내 한번 내자."

오후 9시 반.

이동철이 앞장서서 리츠호텔 지하 클럽으로 다가간다. 지하의 리츠클럽은 소문난 명품 클럽으로 예약제였지만 이동철이 손을 쓴 것이다.

현관 앞에서 기다리던 종업원이 둘을 룸으로 안내했다.

20평쯤 규모의 로비 옆쪽으로 붉은색 카펫이 깔린 복도가 펼쳐졌다. 복도 양쪽이 룸이다. 로비에는 정장 차림의 사내들이 10여 명 서 있다가 둘을 힐끗거렸다.

방으로 들어선 진성이 안쪽 자리에 앉아서 방 안을 둘러보았다. 장식이 은근하고 고급스럽다.

그때 따라 들어온 마담이 이동철한테서 주문을 받는다.

"술은 코냑으로 드릴까요?"

"그러지."

대뜸 대답한 이동철이 어깨를 폈다.

"그게 제일 좋은 술인가?"

"네, 사장님."

마담이 정숙하게 대답했다. 우유색 투피스 차림의 마담은 30대 초반 쯤으로 숨이 막힐 것 같은 미모다. 몸매는 비너스 조각상에 옷을 입힌 것 같다.

그때 마담이 조심스럽게 말했다.

"나폴레옹 3세 코냑은 있습니다, 사장님."

"좋지."

"한 병에 120만 원인데 괜찮겠습니까?"

도지무역 사원 월급이 50만 원, 과장은 80만 원, 부장은 120만 원, 이사급은 아직 없으니 생략하고 사장인 진성이 200만 원 정도를 받는 시대다. 술 한 병 값이 이동철의 월급이 된다.

그러나 처음으로 강남 최고의 룸살롱에 진성을 모시고 온 이동철이다. 그리고 돈은 진성이 낸다면서 제일 좋은 곳으로 가자고 했다. 어깨를 편 이동철이 고개를 끄덕였다.

"술 가져오고 안주도 이것저것 알아서 챙겨오도록."

그때 마담이 눈웃음을 쳤다.

"아가씨도 마음에 드실 것입니다."

"형님, 괜찮겠습니까?"

마담이 나갔을 때 이동철이 물었기 때문에 진성이 쓴웃음을 지었다.

"진즉 너를 이런 곳에 데리고 왔어야 했는데."

"백만섭이도 이런 곳에 다녔을지도 모릅니다, 형님."

백만섭이는 지금도 식물인간이다.

문득 진성은 백만섭에 대해서 미안한 감정이 들지 않는 것을 깨달았다. 이동철도 마찬가지인 것 같다.

어깨를 부풀린 이동철이 말을 이었다.

"돈 버는 사람 따로 있고 쓰는 놈 따로 있는 세상입니다. 그러면 불공평하죠."

이동철은 지금 박윤태를 겨냥하고 있다. 진성이 룸살롱에 가자고 한 것도 발단이 박윤태인 것이다.

진성이 쓴웃음을 지었을 때 문이 열리더니 마담이 아가씨 둘을 데리고 늘어섰다. 아가씨들을 본 순간 진성이 숨을 들이켰다.

미인이다. 어떻게 이렇게 조화롭고 교묘하게 만들어 낼 수 있을까? 하고 먼저 조물주의 오묘한 작업에 감동부터 느껴지는 것이다. 눈이 부신 것 같은 표정을 지은 진성을 보더니 마담이 이를 드러내고 웃었다.

"마음에 드세요?"

나긋나긋 물은 마담에게 진성이 고개만 끄덕이자 아가씨들이 둘의 옆에 앉았다. 진성 옆에 앉은 긴 머리의 아가씨가 낮지만 맑은 목소리로 인사를 했다.

"이현이라고 합니다."

"응, 반갑다."

진성은 제 목소리가 꿈속에서처럼 들렸다. 꿈속 같다, 이 분위기, 이 냄새, 이 천사와 악마가 섞인 것 같은 미녀가.

꿈속에서 나누는 대화.

"대구가 고향이구요. 대구에서 경국대학교를 졸업했습니다."

"……"

"스물넷입니다. 여기 나온 지 세 달되었어요. 돈 벌려고 나왔죠. 쉽게 돈 버는 것으로 생각했지만 힘들기도 해요. 제가 로봇 같다는 생각도 합니다. 손님의 기호에 맞춰서 웃고 울어줘야 하는 로봇요. 하지만 1년만 더 일하고 제가 꿈꾸던 일을 할 거예요. 의상실을 차리겠어요. 그냥 의상실이 아니라 의류가게. 중급, 고급 제품까지 갖추고 셔츠에서 정장까지 다양한 제품을 구비하고 있는……."

그때 룸 문이 열리더니 지배인이 들어섰기 때문에 꿈이 깨졌다.

아니, 꿈에서 깨어난 것인가?

지배인의 손짓을 받은 이현이 벌떡 일어서더니 방을 나갔기 때문에 진성은 물론이고 이동철도 말을 할 여유조차 없었다.

"어떻게 된 거냐?"

이동철이 제 파트너한테 물었지만 알 리가 있겠는가?

불려나간 이현이 5분쯤 지나도 돌아오지 않았기 때문에 화가 난 이동철이 방을 나갔다. 찾으러 간 것이다.

옆에 앉은 파트너도 따라 나갔고.

그런데 이번에는 찾으러 나간 이동철도 함흥차사다.

궁금하기보다 화가 치밀어 오른 진성이 방을 나왔다. 일단 복도 끝의 로비로 나갔더니 옆쪽 복도 앞에 7, 8명의 사내들과 함께 마담이 서 있는 것이 보였다.

우유색 투피스, 비너스의 뒷모습이 보인다. 그쪽으로 다가갔던 진성이 숨을 들이켰다.

구석 쪽 소파에 이동철이 앉아 있는 것이 아닌가?

7, 8명이 둘러 서 있었어도 조용하다. 분위기가 수상하다.

사람들을 헤치고 다가간 진성이 눈을 치켜떴다. 이동철의 얼굴이 정면으로 보였기 때문이다. 피가 흐르는 코에 휴지를 틀어막았고 입은 터져서 수건으로 막고 있다. 맞은 것이다.

와락 다가간 진성이 소리쳤다.

"어떻게 된 거냐?"

"아이구, 형님."

그 꼴로도 이동철이 얼굴을 일그러뜨리면서 웃었는데 그것이 더 흉측했다. 그때 옆에 서 있던 마담이 외면했기 때문에 진성이 어깨를 부풀렸다.

"무슨 일이야?"

마담은 그래도 대답하지 않는다.

그때 이현을 데려갔던 지배인이 말했다. 30대 후반쯤으로 짧은 머리, 건장한 체격.

"아씨, 목소리 좀 낮추시져."

"아니, 뭐라고?"

"계산하고 가시져."

지배인이 바짝 다가섰다.

"글고 이 아저씨가 먼저 손질을 했고 쌍방 피해야. 우리 애도 지금 병원으로 진단서 떼러 갔다구."

그러더니 지배인이 마담에게 말했다.

"계산서 갖고 와서 빨랑 보내."

계산이 220만 원이 나왔다. 거기에다 팁이 별도여서 두 사람 팁으로 40만 원을 계산, 1시간도 안 된 유흥비가 260만 원.

"사장님, 죄송합니다."

밖으로 나온 이동철이 눈을 부릅뜨고 말했다.

콧구멍에다 휴지를 박았고 눈 하나가 퍼렇게 멍이 들었다. 입술 한쪽이 찢어졌는데 안이 터진 것 같다. 무자비하게 맞은 것이다.

차를 탈 형편도 아니었기 때문에 진성은 이동철을 데리고 호텔 뒤쪽 골목 안 술집으로 들어섰다.

밤 10시 반, 이곳은 손님이 없다.

종업원이 이동철의 몰골을 보더니 눈을 크게 떴지만 잠자코 안쪽 칸막이가 있는 방으로 안내했다. 술과 안주를 시킨 진성이 웃음 띤 얼굴로 이동철을 보았다.

"그놈들 돈 많이 벌겠더라."

"죄송합니다."

이동철이 몇 번째인지도 모르게 다시 죄송하다고 했다.

종업원이 들어와 국산 양주와 마른안주를 내려놓고 서둘러 사라졌다.

진성이 정색하고 이동철을 보았다.

"너, 죄송하다는 생각뿐이냐?"

"아닙니다."

고개를 든 이동철의 두 눈이 번들거렸다.

"그놈들 가만 안 둘 겁니다."

"경찰에 신고하려면 진단서부터 떼어야 할 것 아니냐?"

"그렇게는 안 합니다. 벌써 한 놈이 진단서 떼러 갔다고 하지 않습니까?"

"그럼 어떻게 한다는 거야?"

"저놈들 강남의 오태곤파입니다. 제가 그 정도는 압니다."

"조폭이란 말이지?"

"예. 리츠클럽이 그놈들 영업장 중 하나라고 들었습니다. 언론에도 나온 적이 있어요."

"넌 그런 것까지 알고 있었어?"

"흥신소 하면서 걸리는 일이 많았거든요."

"그놈들 일을 했어?"

"그놈들한테 협박을 당하거나 피해를 입은 사람들을 알게 된 겁니다."

"그래서 어쩌겠다는 거야?"

술잔을 든 진성이 이맛살을 찌푸렸을 때 이동철이 목소리를 낮췄다.

"해결사를 쓰겠습니다."

"……."

"셋만 보내면 됩니다. 지배인 놈한테 칼빵을 놓는 거죠."

"……."

"병신을 만들겠습니다. 그래야 분이 풀릴 것 같습니다."

"……."

"그다음부터 형님은 모르는 일로 하시지요."

"바보 같은 놈."

고개를 돌린 진성이 불쑥 말했기 때문에 이동철이 숨을 들이켰다. 의자에 등을 붙인 진성이 외면한 채 말했다.

"내가 오늘 돈이 쏟아지는 사업을 발견했어."

이번에는 이동철이 입을 다물었고 진성이 말을 이었다.

"밤에 하는 사업 말이다."

김덕무, 41세, 전과 6범, 모두 폭력에 관련된 혐의.

41세 인생 중 8년을 교도소에서 보냄. 바깥세상에서 산 연수는 33년. 조폭 생활은 19세부터였으니 21년. 직업은 폐차장 경비원.

경력: 장안평을 기반으로 한 장안평파 행동대장, 작년에 교도소에서 1

년 반 형기를 마치고 출소하고 나서 손을 뗌. 그래서 조폭 생활 21년임. 19+21=40이니까 현재 41살.

조폭 생활을 그만둔 이유: 교도소, 즉 '빵'에 가기 전에 아내 오미정과 아들 현준(10세), 딸 혜옥(7세)의 생활을 보장해 주기로 장안평파 보스 허기욱이 약속했으나 지키지 않았다.

출옥했더니 오미정은 식당 알바로 살고 있었고 딸은 유치원도 다니지 못한 상태. 그것을 본 김덕무는 허기욱을 찔러 죽이고 싶었지만 '연'을 끊고 폐차장에 취직한 것임.

허기욱은 배은망덕, 잔인, 짠돌이로 유명한 인간이었지만 심복인 김덕무에게까지 그럴 줄은 몰랐던 것이다.

그런데 그 이유를 알고 보니까 정나미가 더 떨어졌다.

허기욱의 처남 최경태가 행동대장이 되어 있었던 것이다. 이미 김덕무는 장안평파의 장부에서 지워진 상태였으니 생활비 내줄 필요도 없는 셈이지.

그래서 김덕무가 '연'을 끊고 폐차장 경비로 사는 것을 보고도 연락도 하지 않는다. 그러나 조직원들에게 지시를 내린 것 같다, '김덕무하고 접촉하지 마라'는 지시. 그래서 한 놈도 김덕무를 찾아오지 않는다.

의리? 의리 같은 소리 하고 자빠졌네. 조직사회도 기업이다. 의리 찾다가 사업 망한다.

"누구 찾아오셨어?"

김덕무가 그렇게 물었다.

폐차장 경비실 밖, 지금 김덕무 앞에는 신형 벤츠가 멈춰 서 있다. 폐차장은 한산하다. 요즘 장사도 잘 안 되어서 사장 조국필은 출근도 하지 않았고 인부도 부르지 않았다. 사무실에서는 여직원이 졸고 있을 것이다.

그때 운전석에서 사내가 내리더니 김덕무를 보았다. 30대 중반쯤, 선글라스를 낀 옷차림이 말쑥하다.

"김덕무 씨요?"

사내가 묻자 김덕무의 눈썹이 모아졌다.

행동대장 출신답게 김덕무는 킥복싱을 배웠다. 권투를 하다가 성이 안 차서 킥복싱으로 옮긴 건데 그것도 2년쯤 하고 때려치웠다. 배울 것이 더 없었기 때문. 하긴 도장에서 김덕무하고 '게임' 붙을 선수가 없었기 때문이기도 하다. 게임 하다가 김덕무는 '급소차기' '눈 찌르기' 또는 '물어뜯기'까지 했으니까 천하무적이었다.

"난데, 왜 그러셔?"

김덕무의 목소리가 거칠어졌다.

그때 사내가 주위부터 둘러보았다.

"조용한데, 여기서 이야기해도 되겠군."

"……."

"여기 장사가 잘 안 되더군요."

경비실 앞, 폐차 앞에 선 이동철이 안쪽을 두리번거리며 말했다. 이제 둘은 마주 보고 서 있다.

"근데 당신 누구여?"

마침내 김덕무가 버럭 소리쳤다.

"용건을 말해!"

"난 이동철이라고, 김덕무 씨한테 용건이 있는 사람이야."

"무슨 용건인데?"

김덕무가 어깨를 부풀렸다.

죄지은 것 없고 이 작자는 수사기관 끄나풀이 아니다.

그때 이동철이 말했다.

"이 폐차장이 매물로 나왔더군."

"그래서?"

"10억 5천인데 너무 높게 부른 것 같지 않아?"

"근데 왜 반말이야?"

김덕무가 이동철을 째려보았다.

그때 이동철이 태연하게 말했다.

"앞으로 같이 일하고 싶어서 그래."

이동철이 선글라스를 벗자 퍼렇게 멍든 눈 한쪽이 드러났다. 그 얼굴로 이동철이 정색했다.

"이 폐차장을 사서 이곳을 기반으로 사업을 확장해 보려고."

"……"

"그 중심에 김덕무 씨, 당신을 세우려는데 그러려면 위계질서가 세워져야 되지."

"무슨 사업인데?"

어느덧 김덕무가 끌려들었다.

김덕무의 시선을 받은 이동철이 한숨부터 쉬었다.

"밤의 사업."

"당신이 보스인가?"

"아니, 내가 모시는 분이 계셔."

"뭐하는 사람인데?"

"사업가."

"무슨 사업?"

"낮의 사업."

그런 말은 처음 들었지만 금방 이해는 간다.

김덕무가 다시 물었다.

"어떻게 하겠다는 거야?"

"당신이 장안평파 행동대장 출신이라는 거 알고 온 거야."

"그렇겠지."

김덕무가 고개를 끄덕였다.

"나한테 그게 명함이었으니까, 다른 일로 찾아올 리는 없지."

"우선 이 폐차장부터 인수해 놓고 사업을 벌이자고. 당신을 이 폐차장 사장으로 만들 거야. 그것이 첫 번째 순서지."

"여기 8억이면 인수할 수 있어."

김덕무가 바짝 다가섰다. 두 눈이 번들거리고 있다.

이틀 후에 대양 폐차장은 8억에 팔렸다.

인수자는 이동철, '대양 폐차장'은 상호를 그대로고 대표만 바뀌었다.

대표는 김덕무, 경비원에서 대표가 되었다.

'대양 폐차장'은 정식 사원이 여직원 하나뿐인 회사였다. 필요할 때 알바 인부들을 고용했기 때문이다.

오후 6시, 여직원까지 퇴근한 사무실에 혼자 앉아 있던 김덕무는 차 소리에 벌떡 일어섰다. 어두워지는 밖에서 차 한 대가 사무실로 다가오고 있다. 사무실 밖으로 나온 김덕무는 멈춰 선 벤츠에서 내리는 두 사내를 보았다.

이동철과 진성이다.

진성은 처음 만나는 것이다.

다가선 이동철이 김덕무에게 말했다.

"김 형, 인사해. 우리 사장님이셔."

"처음 뵙습니다."

이동철에게 사장 모시고 온다는 말을 들은 터라 김덕무가 고개를 숙였다.

"만나서 반갑소."

진성이 손을 내밀어 김덕무와 악수를 했다.

셋이 사무실로 들어가 소파에 둘러앉는다.

이동철은 진성한테서 풍기는 '무게'를 느끼고는 호흡을 조정했다.

진성이 똑바로 김덕무를 보았다. 김덕무도 시선을 피하지 않는다.

검은 얼굴, 눈이 작았지만 맑은 눈이다. 얇은 입술이 꾹 달렸고 코가 조금 비틀어졌다. 180 정도의 키에 80킬로쯤 되는 체격, 단단한 몸이다. 진성이 입을 열었다.

"처음 만났지만 먼저 내가 분명히 해놓을 것이 있어."

김덕무의 시선을 잡은 채 진성이 말을 이었다.

"일단 내가 밤의 사업을 시작한 이상 조직도 그것에 맞게 운용하겠다."

"……."

"너, 나를 옛날 네가 모시던 허기욱이처럼 대해라."

진성의 얼굴에 웃음이 떠올랐다.

"그런 종자들하고는 내가 다르겠지만 상하 관계를 말하는 거다."

그러고는 진성이 물었다.

"갑자기 마음에서 우러나지는 않겠지만 조직의 질서를 위해서는 어쩔 수 없다. 해 보겠느냐?"

그때 김덕무가 어깨를 폈다.

"각오는 하고 있었지만 대뜸 이러시니 놀랍군요."

"너를 감동시켜서 따르게 하기에는 시간이 없고 에너지 낭비다."

진성이 자르듯 말했다.

"내 목표를 말해주지. 난 일단 강남에 진출해서 조직과 사업체를 키우겠다. 넌 내가 내세운 조직의 얼굴이고 실세야."

김덕무가 입을 다물었고 진성의 말이 이어졌다.

"일단 조직원을 모아라. 너처럼 배신을 당하거나 주인을 잃은 괜찮은 놈들이 많을 거다. 자금은 충분하다."

진성의 눈짓을 받은 이동철이 들고 온 여행 가방을 탁자 옆에 놓았다.

"가방에 현찰로 10억이 들었다. 그걸로 조직을 갖추도록. 맡기겠다."

그러고는 진성이 자리에서 일어섰다.

"그러고 나서 사업체를 세우고 인수하는 거지. 서둘러라."

"어, 별일 없냐?"

리츠클럽의 VIP룸 안, 오늘도 강용규는 박 사장, 서 사장과 동행이다.

허리를 편 변상호가 강용규를 보았다.

"그대로 모실까요?"

"그래."

고개를 끄덕인 강용규가 말을 이었다.

"술은 새것으로 가져와. 먹다 남긴 건 김 빠져서 못 먹겠더라."

"예, 부사장님."

강용규는 부사장으로 불리지만 오태곤파의 부사장 5명 중 하나다.

5인회의 멤버로 서열 5위 안에 드는 거물, 오태곤파는 강남에 엄청난 유흥업체를 소유하고 있는 유흥재벌이다.

그 내막을 보면 2개의 특급 모텔, 8개의 러브호텔, 6개의 대형 사우나, 13

개의 특급 룸살롱, 25개의 일반 룸살롱, 33개의 카페, 그리고 2동의 오피스 빌딩을 소유하고 있는 것이다.

오태곤파는 500명 가까운 기동대를 보유하고 있는 서울의 3대 파벌 중 하나다.

오태곤은 48세, 20살 때 명동의 신상사파 행동대로 시작해서 26살 때 독립, 그때만 해도 황무지였던 강남에 진출해서 20년 만에 강남 제1의 '밤의 사업가'가 된 것이다.

강용규는 오태곤파의 룸살롱 담당 부사장, 43세, 오태곤이 강남으로 왔을 때부터 심복이었던 인물로 2번의 살인미수 전과가 있다.

그런데 소문으로는 살인을 여러 번 했다는 것이다.

강용규가 앞에 앉은 두 사람을 보았다. 박 사장은 대형 갈비식당 사장, 서 사장은 호텔의 면세 코너 사장으로 강용규가 비밀리에 운영하는 도박판의 멤버들이다.

도박을 하지 않을 때는 특급 룸살롱을 순회하면서 영계 맛을 보는 것이다.

"어때요? 지난번 파트너를 바꿀까?"

이미 불렀지만 바꾸는 건 일도 아니다.

그러자 둘이 동시에 고개를 저었다.

"아니 놔둡시다."

박 사장이 말했고 서 사장은 덧붙였다.

"두 번은 만나고 바꿔야지."

"역시 서 사장이 선수야."

저보다 10년쯤은 연상인 두 사람한테 강용규는 말을 놓는다.

오늘 술값, 팁은 박 사장이 낸다.

그때 문이 열리면서 아가씨들이 먼저 들어왔다.

맨 끝으로 들어온 여자가 이현이다. 고개를 숙여 보인 이현이 강용규의 옆에 앉았다.

지난번 진성 옆에 앉았던 이현을 빼낸 이유는 강용규가 찾았기 때문이다.

늦게 들어왔던 강용규가 이현을 찾는 바람에 사건이 일어난 것이다.

강용규의 시선을 받은 이현이 인사를 했다.

"오셨어요?"

"너, 10시쯤 먼저 나가."

강용규가 대뜸 말했다.

"내가 지배인한테 말해 놓을 테니까 먼저 방에 들어가 있어."

호텔방으로 들어가 있으란 말이다.

이현의 대답은 듣지도 않고 강용규가 앞에 앉은 남녀를 둘러보았다. 말을 했으면 당연히 따를 테니 확인할 필요도 없는 것이다.

"이것도 사업이야."

이동철이 운전하는 차의 뒷좌석에 앉아서 진성이 웃음 띤 얼굴로 말했다.

"엄청난 사업이지. 오히려 낮의 사업보다 더 크고 이윤이 많이 남는 장사다."

"형님."

먼저 진성을 부른 이동철이 백미러에 대고 말했다.

"하지만 불법 사업이 더 많습니다."

"낮에 하는 사업이라고 다 정상적인 일을 하더냐? 대낮에 저질러지는 불법이 더 민망하다."

고개를 저은 진성이 말을 이었다.

"난 내가 입사했던 한흥상사를 먹어치웠다. 어미를 잡아먹기까지 했는데 뭐가 걸릴 것이 있어?"

"그건 그렇습니다."

"네가 룸살롱에서 두들겨 맞고 내가 파트너를 빼앗긴 것이 동기가 된 건 아냐."

진성의 얼굴에 웃음이 떠올랐다.

"핑계가 되기는 했지."

"저는 형님이 어떤 일을 하시든 따라갈 겁니다."

"네가 있으니까 가능한 일이지."

진성과 이동철의 시선이 백미러에서 부딪쳤다.

"생소하지만 꼭 필요한 사업이야. 더구나 엄청난 마진이 나오는 사업이란 말이다."

진성의 얼굴에 웃음이 떠올랐다.

"그리고 내 적성에도 맞는다."

"너, 뭐하냐?"

오전 9시 반.

김덕무가 묻자 어정쩡한 대답이 돌아왔다. 잠이 덜 깬 목소리.

"놀아요."

"뭐하고 놀아?"

"주차장에서도 놀고, 경비도 두어 달 했죠."

"거지 다 됐구먼."

"깡통만 안 찼지요."

"고시원은 언제 들어갔어?"

"서너 달 됩니다."

"거긴 왜 전화를 안 바꿔줘?"

"내가 두 달분 월세를 안 냈거든요."

박충식은 32세. 김덕무와 함께 장안평파에서 일하다가 잘린 중급 간부.

김덕무가 '빵'에 있을 때 장안평파에서 잘렸다고 했지만 실상은 다르다. 회장 허기욱의 처남 최경태하고 다퉜기 때문이다.

장안평파에서 운영하는 룸살롱의 지배인을 맡고 있다가 뛰쳐나왔는데 드문 일이다. 조직원이 제 맘대로 뛰쳐나올 수는 없는 것이다.

그러나 박충식은 놔두었다. 왜냐하면 후환이 두렵기 때문이다. 박충식은 치밀한 데다 독종이었다. 더구나 끈질겨서 잘못하다가는 장안평파가 해를 입을 것 같다고 계산했겠지. 그래서 쉬쉬하면서 놔두었던 것이다.

그때 김덕무가 말했다.

"나하고 해장국이나 먹자."

"나 참, 기가 막혀서."

쓴웃음을 지은 강용규가 변상호를 보았다.

오성건설의 부사장실 안. 오전 9시 50분.

변상호는 고개를 숙인 채 두 손을 모으고 서 있다. 강용규가 다시 물었다.

"못 찾았어?"

"예, 대구의 부모 집까지 뒤졌습니다."

"이 새꺄. 어떻게 교육을 시켰길래……."

"죄송합니다."

"손가락 자를래?"

웃음 띤 얼굴로 물었지만 변상호의 얼굴이 굳어졌다.

"예, 부사장님."

강용규가 시선을 준 채 잠깐 동안 입을 열지 않는다.

문제는 리츠클럽의 아가씨 이현 때문이다.

사흘 전.

리츠클럽에서 이현한테 호텔방에 먼저 가서 기다리라고 내보냈던 강용
규다. 그런데 방에 가봤더니 이현이 오지 않았다. 친구하고 같이 살던 셋집
에 사람을 보냈더니 옷만 싸들고 도망간 것이다.

선불금이 2백만 원 남은 것은 제쳐두고 이현은 리츠클럽 80명 아가씨 중
에서 가장 인기 있는 5명 중 하나였다.

그날 밤부터 강용규는 매일 아침에 지배인 변상호로부터 직접 보고를
받고 있다. 이윽고 강용규가 결론을 냈다.

"그렇게 잘 빠진 년은 금방 드러나는 법이여. 찾아라. 그년의 죽은 시체라
도 찾아와."

이것은 사적 감정이 90퍼센트는 포함되었다.

"내가 여기 사장이다."

어깨를 편 김덕무가 말하고는 사무실을 둘러보는 시능을 했다. 여직원도
심부름을 보내서 지저분한 사무실에는 김덕무와 박충식 둘뿐이다.

그때 박충식이 눈을 크게 떴다. 진짜 놀란 표정이다.

"정말요?"

"그럼. 내가 왜 거짓말하겠냐? 이 병신 같은 놈아."

"호구 잡으셨구만요."

"호구라니? 내가 존경하는 사장님이다."

"누굽니까?"

"넌 모르는 분이야."

그러더니 김덕무가 정색했다.

"너, 나하고 같이 일하자."

"폐차장 경비라도 좋지요."

"그것 말고."

"경비 일은 없는가요? 인부도 좋습니다."

"그것 말고."

손까지 저은 김덕무가 눈을 더 가늘게 떴다.

"애들을 모아라. 대가리 수만 채우는 것이 아니라 평생을 같이 일할 놈들."

"형님."

박충식이 이맛살을 찌푸렸다.

"폐차장 일로 돈이 모입니까?"

"폐차장 일이 아녀. 사업이다, 장안평파, 최기동파, 강남의 오태곤파처럼."

"아이구."

박충식의 입이 떡 벌어졌다.

"허접한 폐차장 바지 사장이 되고 나서 형님 간이 배 밖으로 나온 거 아닙니까?"

"이 새끼, 아가리 닥치고 내 말 들어."

김덕무가 쏘아보자 박충식이 어깨를 늘어뜨렸다.

"예, 형님."

"허기욱이가 배신 때리는 바람에 등을 돌린 애들도 내가 보기에는 10명도 넘어. 상계동파에서도 그렇고."

"최기동파에서도 여러 명 있지요."

"그놈들 중에서 간부급으로 믿을 만한 놈들을 모아봐라."

"그런데 돈이 문제지요."

쓴웃음을 지은 박충식이 의자에 등을 붙였다.

"다 돈 때문에 배신당하고 등을 찍혀서 나온 것 아닙니까? 입만 가지고
는 안 되는 세상이라구요."

"그렇지."

"우선 저부터가 먹고 살 길이 막막하다구요. 전과자라 제대로 된 직장도
갈 수 없고."

"그렇지."

"돈 없는 계획은 말짱 사기라구요."

"내가 안다."

"형님도 애들 모아서 무슨 강도질이라도 시킬 겁니까?"

"지랄하고 있네."

"날 경비로 취직도 못 시키면서 애들을 모아서 뭐하게요?"

그때 김덕무가 의자 옆에 놓인 가방을 들어 탁자 위에 올려놓았다. 그러
고는 가방 뚜껑을 열었다.

그 순간 박충식의 입과 눈이 동시에 떡 벌어졌다.

돈이다. 현금 뭉치부터 10만 원권 뭉치까지. 박충식 생전에 이런 돈은 처
음 보았다.

그때 김덕무가 가방 구석에 놓인 봉투를 집어 박충식에게 내밀었다.

"이거 1천만 원이다. 빚 갚고 일단 생활비로 써라."

엉겁결에 봉투를 받은 박충식에게 김덕무가 말을 이었다.

"애들을 만나. 서둘러."

"리츠호텔 건너편의 가든호텔입니다. 지하 1층에는 가든클럽이 있구요."

하석기가 이동철 앞에 서류를 내놓았다. 서류에는 사진도 첨부되어 있었는데 바로 가든호텔과 지하 1층에 위치한 가든클럽의 사진이다.

하석기가 말을 이었다.

"호텔은 9층에 방 200개, 무궁화 3개짜리고, 클럽은 방 45개짜리 3류 클럽인데 매물로 내놓았습니다. 겉은 멀쩡한데 문 닫기 직전이죠."

"나도 오가면서 보았어."

이동철이 서류를 뒤적이며 말했다.

"호텔 주인이 나까무라 씨구나."

"예. 호텔과 클럽 경영을 한국인한테 맡긴 경우입니다."

하석기가 말을 이었다.

"한국인이 주인이었다면 진즉 리츠클럽의 배후인 오태곤파에게 넘어갔겠지요."

고개를 끄덕인 이동철이 서류를 보았다.

"호텔과 클럽을 215억 원에 매물로 내놓은 지가 1년 가깝게 되는군."

"예. 부동산업계에 수소문해서 들었는데 오태곤파가 방해를 해서 수십 번 계약이 불발되었답니다. 그래서 지금은 인수자가 나타나지 않는답니다."

"싸게 먹으려는 것이군."

"오태곤파가 50억에 계약을 하든지 계속 적자로 살든지 하라고 협박을 한답니다. 나까무라 씨는 가든호텔과 클럽으로 1년에 30억쯤 적자를 보고 있거든요. 지금 6년째 적자랍니다."

"좋아. 내가 보고를 하지."

110

서류를 접은 이동철이 자리에서 일어섰다.

진성이 다시 물었다.

"누구라구?"

"네. 지난번에 이 부장님하고 같이 만났던 여자분이라는데요. 이현이라고 했습니다."

놀란 진성이 숨까지 들이켰다.

오후 3시 반. 사장실 안이다.

지금 비서실의 민성희가 전화를 받고 알려준 것이다.

이현. 리츠클럽의 아가씨. 경국대 졸. 24세. 긴 머리. 의류가게가 꿈. 날씬한 몸매와 빵빵한 엉덩이까지 지금도 눈에 선하다.

그때 정신을 가다듬은 진성이 말했다.

"지금 기다리고 있나?"

"예, 사장님."

"바꿔."

"죄송해요."

진성의 목소리를 들은 이현이 맨 처음에 한 말.

"응. 너냐?"

미안할까봐 진성이 그렇게만 말해주었더니 이현이 금방 울먹였다.

"죄송해요, 사장님."

"아니다."

갑자기 전화를 한 것에 대한 사과인 줄 알고 진성이 덧붙였다.

"내가 마침 한가하다. 그래서 네 목소리를 음악 대신으로 듣자."

"사장님. 그날 거기 관리하는 부사장이 왔기 때문에 제가 방에 못 들어갔어요."

"아."

그날 밤이 떠오른 진성의 얼굴에 쓴웃음이 번졌다.

"아냐, 괜찮다."

"소동이 일어난 것도 압니다. 죄송해요."

"그건 그렇고. 그 일로 네가 사과를 하다니. 지배인하고는 다르구나."

"저, 가게 도망쳐 나왔어요."

"저런. 그래도 되는 거냐?"

"네. 세가 겉보기에는 어쩔지 모르지만 생활력은 강하니까요."

"내가 도와줄 일이라도 있어?"

"아뇨. 그것 때문에 전화드린 거 아닙니다. 오해하지 마세요."

"오해했으면 좋겠는데."

"네?"

"네가 부탁하는 것이 있어야 내가 부담을 덜 것이라는 원리는 이해하지?"

"네, 사장님."

"내 전번은 어떻게 안 거냐?"

"예약하실 때 이 부장님이 회사를 말해주셨거든요."

"그렇구나. 앞으로 어쩔 거냐?"

"그 사람들이 대구 집에까지 절 찾으러 내려갔다니까 당분간 숨어 다녀야죠."

"그럴 것 없이 내가 다른 데 취직시켜줄 테니까 오늘 저녁에 이 부장 만나라."

"네?"

"이 부장이 지금 회사에 있으니까 30분쯤 후에 전화를 하고 만나. 알았지?"

이현이 숨만 쉬었고 진성의 말이 이어졌다.

"내가 이 부장한테 이야기해 놓을 테니까 말이다."

사람 인연은 몇 다리만 걸치면 다 엮어진다고 했던가? 일도 그렇다.

나까무라 겐지는 55세. 재일동포다. 한국 이름은 고만서.

한국 이름을 사용하지 않는 이유가 이름이 이상했기 때문. 맨날 '세우고 다니는' 사람처럼 보였기 때문이라고 했다. 그래서 그냥 나까무라상으로 불리고 명함도 그렇게 파고 다님.

오후 5시 반.

나까무라는 가든호텔의 사무실에서 강병호의 전화를 받는다. 행복부동산 사장이다.

강병호가 대뜸 말했다.

"사장님, 매입자가 나타났습니다. 무역회사 사주인데 150억대에서 흥정을 하자는데요."

그때 나까무라의 얼굴에 쓴웃음이 번졌다. 이미 소문이 다 나서 150억대로 내렸어도 매입자가 나타나지 않았기 때문이다.

오태곤파에서 누가 매입하건 '장사 안 되게' 만들겠다고 소문을 퍼뜨려 놓은 것이다.

"괜히 시간 낭비만 하는 거 아뇨? 그 사람들 이곳 내막을 알기나 합니까?"

"아니까 저한테 150억대에서 상담하자는 것 아니겠습니까? 모른다면 215

억으로 이야기하겠지요."

매물로 내놓은 가격은 아직 215억인 것이다. 그때 강병호가 말을 이었다.

"사장님, 만나나 보시지요."

"그럽시다. 내일 봅시다."

마침내 나까무라가 승낙했다.

15년 전.

부친한테서 물려받은 재산은 고국에 투자하겠다는 대망을 품고 한국에 왔다가 조폭의 타깃이 되어서 본전도 건지지 못할 상황이다. 다 청산하고 일본으로 돌아가는 것이 꿈이 되었다.

오후 6시.

사무실에 앉아 있던 김덕무의 입이 떡 벌어졌다. 어둑하고 지저분한 폐차장 사무실에 해가 뜬 것 같다. 그것은 이동철과 함께 들어온 여자 때문이다.

엉거주춤 일어난 김덕무가 목이 막혀서 입도 열지 못했을 때 이동철이 옆에 선 여자를 소개했다.

"이현이라고, 경국대 나왔어."

"아, 예."

"당분간 폐차장 직원으로 써. 차 심부름 같은 건 시키지 말고."

"그럼요."

"이따 우리 사업 때 함께 일할 사람이니까 말야."

"아, 물론 청소 같은 것도 시킬 놈들이 있습니다."

그때서야 말문이 트인 김덕무가 술술 말했다.

"사무실이 삭막해서 꽃병을 놓자고 언놈이 말하던데 잘되었구만요. 안

갖다놔도 되겠습니다."

이렇게 이현의 임시 직장이 마련되었다.

가든호텔 1층의 사장실에는 넷이 둘러앉아 있다.

안쪽 소파에 앉은 사내가 바로 나까무라 사장. 그 옆에는 호텔과 클럽 경영자인 유문수 사장이 앉았다. 전문 경영인으로 나까무라가 고용한 바지 사장이다.

그리고 앞쪽에 행복부동산 강병호와 이동철이 나란히 앉아 있다.

오전 11시.

고개를 든 나까무라가 이동철을 보았다. 인사를 마치고 바로 본론으로 들어가려는 것이다.

"얼마로 매입하실 겁니까?"

매매가는 이미 215억으로 공시가 되어 있는데도 그렇게 묻는 것이다. 다 알 테니까 탁 털어놓고 말해서 빨리 결정을 하라는 뜻이다.

그 말을 들은 이동철의 얼굴에 웃음이 떠올랐다.

"사장님께선 얼마면 파시겠습니까?"

"내가 지금 어떤 상황인지 잘 아시지요? 한국은 법보다 주먹이 가깝다는 것을 실감하고 있습니다."

"알고 있습니다."

"매입자가 도지무역이라는 회사 사주시라면서요?"

"제가 도지무역의 관리부장입니다."

이동철이 그때서야 주머니에서 명함을 꺼내 내밀었다. 부동산 강병호를 통해 매입 희망자 신원을 말해준 것이다. 명함을 들여다본 나까무라가 고개를 들었다.

"145억만 받지요. 땅값만 받는 셈입니다."

이동철이 고개를 끄덕였다.

"알겠습니다. 지금 보고하고 나서 말씀드리지요."

"이 전화를 쓰시지요."

나까무라가 옆쪽 탁자에 놓인 전화기를 눈으로 가리켰다.

10분 후 진성이 나까무라와 통화를 한다. 지금 진성은 도지무역 사장실에 앉아 있다.

"나까무라 사장님, 제가 도지무역의 진성입니다. 안녕하십니까?"

진성이 정중하게 인사를 하자 나까무라가 조금 당황한 목소리로 말했다.

"네, 반갑습니다, 사장님. 이렇게 알게 되어서 영광입니다."

"아니, 제가 영광이지요."

"어제 부동산에서 말씀을 듣고 도지무역에 대해서 알아보았습니다. 그래서 마음 놓고 거래를 하려는 것입니다."

나까무라가 차근차근 말을 이었다.

"아시겠지만 경쟁사의 압박을 많이 받아서요. 매입 희망자가 요즘은 거의 사라진 상황이었거든요."

진성이 소리 죽여 숨을 뱉었다.

솔직한 사람이다. 나름대로 애국심이 일어나 일본에서 투자금을 끌어와 한국에 사업체를 일으켰던 것이 이렇게 되다니, 애국자다.

방금 진성은 나까무라와 함께 있는 이동철한테서 145억 이야기를 들은 것이다. 그래서 나까무라를 바꿔달라고 했다.

그때 나까무라가 말을 이었다.

"사장님이 직접 전화를 받으시니까 제가 제의를 하겠습니다."

"말씀하시지요."

"현재 가든호텔과 가든클럽에서 일하는 직원들을 그대로 고용하겠다는 약속만 해주신다면 120억으로 매도하겠습니다."

"……."

"일시불로 지급하지 않으셔도 됩니다. 5년 분할 상환으로 해드리지요. 120억을 말씀입니다."

그때 진성이 말했다.

"고용원들까지 그렇게 신경을 써 주신다니 제가 배울 점이 많습니다."

"아닙니다. 내가 직원들한테 도움을 많이 받았지요. 그래서 그럽니다."

"제가 150억으로 인수하겠습니다."

순간 나까무라가 입을 다물었고 진성이 말을 이었다.

"직원들을 그대로 고용한다는 계약서를 쓰겠습니다."

"……."

"그리고 150억을 일시불로 지급하겠습니다. 거기 이 부장을 바꿔주시지요."

이동철도 옆에서 듣고 있을 것이었다.

이동철이 남의 뒷조사나 하는 용역업체를 운영할 때부터 데리고 다니던 두 부하가 있다.

하석기와 장주만이다. 둘 다 지방의 전문대를 나와 빌빌거리다가 이동철의 수족이 되었는데 지금은 도지무역 관리부 과장이다. 속된 말로 '줄'을 잘 잡아서 개천에서 용이 난 꼴이다.

하석기와 장주만은 지금도 도지무역 관리부에서 정보관계 업무를 맡고 있었으니 이것도 물 만난 고기 같은 상황이다.

그런데 업무가 각각 다르다. 이동철은 하석기에게 '밤의 사업' 관계 업무를 맡긴 반면에 장주만에게는 '낮의 사업'을 담당 시켰다.

오후 3시 반.

이동철이 하석기를 데리고 가든호텔 인수 건으로 밖에 나가 있는 동안에 장주만이 진성의 호출을 받는다.

사장실로 들어선 장주만이 허리를 90도로 꺾어서 절을 했다. 진성이 눈으로 앞쪽 자리를 가리키면서 말했다.

"듣자."

"예, 사장님."

장주만이 들고 온 가방에서 소형 녹음기를 꺼내 탁자 위에 놓았다. 그러더니 버튼을 누르면서 말했다.

"칠성호텔 라운지에서 박윤태와 윤상화가 만났을 때 나눈 대화입니다."

장주만이 손을 떼면서 말을 잇는다.

"중요한 대화만 편집했습니다."

먼저 박윤태의 목소리가 울렸다.

"리비아 지사에서 다음 달에 정부 입찰이 시작된다는군. 구입 물량이 총 20억 불 규모라는데, 알고 있지?"

"저도 들었습니다. 우리가 참가할 수 있는 물량은 6억불쯤 됩니다."

"도지에서 입찰에 참가하겠지?"

"당연히 참가하겠지요."

윤상화의 목소리에 웃음기가 섞여 있다.

"정부 입찰 오더로 회사를 세운 것이나 마찬가지거든요. 그러니 이번에도 나갈 겁니다."

"로비를 잘 한다는 말이나 같아."

"네, 진성은 로비에 익숙합니다. 대담하게 배팅하는 것으로 알고 있습니다."

"봤어?"

"말하는 것 들었습니다."

"내가 듣기에는……."

잠깐 뜸을 들인 박윤태의 목소리에도 웃음기가 띠어졌다.

"윤 부장하고 그 친구, 도지 사장 말야. 그 친구하고 사이가 좋았다던데……."

"……."

"소문이 말야."

"네, 그렇게 소문이 났겠죠."

윤상화의 목소리에도 웃음이 섞여졌다.

"한때 좋아한 건 사실이니까요."

"잤어?"

불쑥 박윤태가 묻자 윤상화는 짧게 웃었다.

"부사장님도 참."

"왜? 유치하냐?"

"아녜요."

"내가 너를 좋아하니까 묻는 거야. 어쩔 수 없구나."

"그래요. 잤어요."

"몇 번?"

"두 번."

그러더니 윤상화가 묻는다.

"왜요? 질투하세요?"

119

"질투보다 자극이 된다."

박윤태가 한 마디씩 끊어 말한다.

"나한테 이런 자극을 주는 여자가 드물었어. 아니, 네가 처음이야."

"저, 숨겨진 여자로 만족할게요."

"내가 키워줄게. 정말 내 내연의 여자로 만족할 수 있는 거냐?"

"능력만 제대로 평가해주시면 돼요."

그러자 박윤태가 짧게 웃었다.

"핫, 내가 꿩 먹고 알 먹는구나."

"이번에 리비아에서 도지를 누르고 오더를 따겠어요."

"그놈한테의 복수심이 혹시 미련이라든가 무슨 찌꺼기가 있기 때문은 아니냐?"

"전 그런 감상파가 아녜요."

윤상화의 목소리에 웃음이 다시 섞였다.

"한때 상놈한테 무시당했던 제 자존심을 찾겠다는 거죠."

"옳지."

박윤태가 말을 받는다.

"이해가 간다. 넌 한흥상사 사주의 처제였지. 지금은 도지에 넘어갔지만."

그때 장주만이 녹음기의 버튼을 누르더니 진성을 보았다.

"그러고 나서 둘은 곧 호텔방으로 들어갔습니다."

"수고했다."

장주만의 시선을 받은 진성이 쓴웃음을 지었다.

"전쟁이나 사업이나 첩보전이야, 그렇지 않냐?"

"끝냈습니다."

사장실로 들어선 이동철이 말했다. 이동철 뒤로 자금부장 주성호가 따라오고 있다.

오후 5시 반.

이동철은 가든호텔 인수 작업을 마무리하고 돌아온 것이다. 앞쪽에 앉은 이동철이 말을 이었다.

"명의 이전, 등록까지 모두 마쳤습니다. 이젠 가든호텔이 도지무역 계열사가 되었습니다."

"수고했다."

그때 주성호가 말을 이었다.

"나까무라 사장께서 당장 자금 운용 계획이 없으니까 75억씩 연간 분할 지급을 해달라고 하셔서 그대로 했습니다."

그래서 75억만 지급하고 계약을 끝낸 것이다.

진성이 150억으로 인수하고 임직원을 그대로 승계, 고용보장을 해준 것에 대한 보답이다.

"고맙군. 내가 조만간 그분을 만나서 식사라도 해야겠다."

진성이 말했더니 이동철이 바로 대답했다.

"언제라도 연락주시라고 했습니다."

이것으로 진성의 '밤의 사업' 기반 하나가 세워졌다.

그날 오후 8시.

진성과 이동철은 시청 앞 소공동의 한정식당 '아리랑'의 방으로 들어섰다.

방에서 기다리던 김덕무와 박충식이 자리에서 일어섰다.

"사장님, 오셨습니까?"

김덕무가 허리를 꺾으면서 인사를 했고 박충식은 그보다 더 깊게 허리만 꺾었다. 진성이 둘과 악수를 나누고는 자리에 앉았다.

김덕무는 지금까지 15명의 간부급 부하를 모았는데 모두 폐차장에 출근을 한다. 그래서 폐차장에 전부터 있었던 여직원은 놀라 출근하지 않았고 이현 혼자 남았다. 이동철의 지시로 이현에게 차 심부름, 청소 따위 잡일을 시키지 않았지만 시달리는 건 마찬가지일 것이다.

종업원에게 주문을 마쳤을 때 진성이 입을 열었다.

"내가 강남의 가든호텔을 인수했어. 지하에 있는 가든클럽까지 말야."

놀란 김덕무가 숨을 죽였고 박충식은 입까지 벌렸다. 진성이 말을 이었다.

"김 사장이 가든클럽 경영을 맡아라. 현재 근무하는 직원은 그대로 고용하도록 하고."

"가, 가든클럽 말씀입니까?"

겨우 입을 뗀 김덕무의 눈동자에 초점이 잡혔다.

"그 앞쪽에 오태곤파의 리츠클럽이 있지 않습니까?"

진성이 고개를 끄덕였다.

"이미 오태곤파가 잔뜩 긴장하고 있을 거다. 오태곤파가 가든클럽을 먹으려고 했으니까."

그때 김덕무가 어깨를 부풀렸다.

"쉬운 일이 어디 있습니까? 이제 우리도 기반이 생겼으니 목숨을 걸어야지요."

김덕무의 두 눈이 번들거렸다.

"기운이 납니다, 사장님."

박충식의 눈동자에도 초점이 잡혀 있다.

밤 11시.

전화벨 소리에 이현은 응접실로 나왔다. 방 하나에 응접실 겸 주방, 화장실이 구비된 7평형 원룸 하우스다.

전화기를 귀에 붙인 이현이 응답했을 때 사내의 목소리가 울렸다.

"좀 늦은 시간인데, 괜찮겠냐?"

진성의 목소리다.

이곳 전번은 이동철이 알고 있었기 때문에 이현은 크게 놀라지는 않았다. 이현이 서둘러 대답했다.

"네, 사장님. 괜찮아요."

"나, 네 집 왼쪽 편의점 옆에 있는 카페에 와 있다. 나올 수 있나?"

"네. 나갈게요."

몸을 세운 이현의 목소리가 떨렸다.

카페의 칸막이가 된 방으로 들어선 이현이 혼자 앉아 있는 진성을 보았다. 진성은 손에 맥주병을 쥐고 있었는데 이현을 보더니 빙그레 웃었다.

카페의 홀은 손님이 대여섯 명뿐이다. 고개를 숙여 보인 이현이 수줍게 웃었다.

"오셨어요?"

"응. 거기, 거친 놈들이 많아서 힘든 거 아니냐?"

진성이 묻자 이현이 이제는 활짝 웃었다.

"아녜요. 얼마나 저를 생각해 주시는데요? 공주 대접을 받아요."

"그래? 다행이다."

"저한테 너무 잘해주세요."

"거친 놈들의 천성이 오히려 순진하지."

"아니, 사장님 말씀이에요."

이현이 눈웃음을 쳤다.

"제가 너무 부담이 돼요."

지금 진성에게 말하는 중이다. 진성이 웃음 띤 얼굴로 이현을 보았다.

"내가 리츠호텔 건너편의 가든호텔을 인수했어."

이현이 눈만 크게 떴고 진성의 말이 이어졌다.

"호텔 지하층의 가든클럽까지 말이다."

"……."

"내일부터 김 사장이 가든클럽 일 때문에 바쁠 거다. 폐차장에 모인 사내들 대부분도 그쪽 일을 하게 될 테니까."

"……."

"폐차장은 대기실 역할이야. 본부라고 해도 되겠지."

"저는요?"

마침내 이현이 물었다.

방 안은 어둑했지만 이현의 눈동자가 반짝이고 있다.

"저를 아무데나 일하게 해주세요."

"그것 때문에 너한테 왔는데."

진성이 웃음 띤 얼굴로 지그시 이현을 보았다.

"너 의류가게 한다고 했지?"

"아니, 이제는 맘 바꿨어요."

정색한 이현이 진성의 시선을 받았다.

"사장님하고 같이 있겠어요."

"그럼 곧 일거리가 생길 거다."

고개를 끄덕인 이현이 반팔 셔츠의 깃을 오므리는 시늉을 했다.

"그럼, 기다릴게요. 하지만……."

"하지만 뭐냐?"

"절 이대로 두실 건가요?"

"이대로 두다니?"

되물었던 진성의 얼굴에 웃음이 떠올랐다.

"너한테 내가 뭘 바란 거 없어."

"그건 알아요. 제가 사장님한테 먼저 전화를 드렸으니까."

"마침 일자리가 있었고……"

"그런데 제가 문제라는 거죠."

이현이 정색하고 진성을 보았다.

"점점 부담이 되니까 오늘 밤 제 방에 와주세요."

진성이 천천히 고개를 끄덕였다.

위선 떠는 성격이 아니다.

"뭐라고? 가든호텔이 팔려?"

깜짝 놀란 오태곤이 앞에 선 강용규를 쏘아보았다.

오전 12시 반, 리츠클럽의 방 안이다.

오늘은 오랜만에 리츠클럽에 놀러온 오태곤에게 강용규가 보고를 한 것이다.

"예, 회장님."

시선을 내린 강용규가 비장한 표정을 짓고 말했다.

"제가 살 만한 사람들한테는 손을 썼지만 이번 경우는 난데없는 매입자가 나타나는 바람에……"

"언놈이 샀는데?"

"예, 무역회사에서 샀습니다. 도지무역이란 회사 사주가……"

"도지무역?"

"예, 신생회사입니다. 무역업을 하는……."

"얼마로 샀다는 거냐?"

"150억이라고 들었습니다."

"상황을 알고 산 건가?"

"상황을 안다면 150억을 주고 샀을 리가 없습니다, 회장님."

"하긴 그렇다."

어깨를 부풀렸다가 내린 오태곤이 지그시 강용규를 보았다.

밀실에는 넷이 앉아 있다. 오태곤과 고문 배창수, 그리고 5명 부사장 중 하나이며 행동대장인 전기철, 그리고 강용규다.

다시 오태곤이 입을 열었다.

"그렇다면 가든호텔은 어떻게 처리할 것 같으냐? 그 도지인가 뭔가 하는 놈들이 말야."

"일단은 지켜봤다가 대처를 하겠습니다."

"이번 기회에 끝내."

오태곤이 자르듯 말했기 때문에 강용규가 긴장했다. 가는 눈을 치켜뜬 오태곤이 한마디씩 분명하게 말을 잇는다.

"알고 샀건 모르고 샀건 간에 가든호텔, 클럽을 손에 넣는 방법을 찾으란 말이다. 가능한 한 최소의 금액으로."

"예, 회장님."

"리츠호텔 건너편의 가든호텔까지 먹으면 이 거리가 다 우리 손에 들어오는 것이나 같다."

오태곤의 눈이 흐려졌고 목소리가 떠 있는 것처럼 느껴졌다.

눈을 뜬 진성이 먼저 가슴에 얹힌 이현의 머리를 보았다.

방 안의 불은 꺼놓았지만 얼굴 윤곽이 선명하게 드러났다. 아늑한 방이다. 침대 대신 매트리스를 깔고 그 위에 담요를 덮어 놓은 것이 더 몸에 맞고 편안하다.

이현의 몸은 태어났을 때 그대로다. 사지를 자연스럽게 진성의 몸에 붙인 채 허리 아래쪽만 얇은 시트로 가려져 있을 뿐이다.

벽에 붙은 시계가 오전 3시 반을 가리키고 있다. 두 시간쯤 잠을 잔 것 같다.

진성이 이현의 잠든 얼굴을 물끄러미 보았다. 격렬했던 정사의 감동이 다시 밀려왔고 심장 박동이 빨라졌다. 둘이 한 몸이 되었을 때 진성은 이현의 기쁨이 진심이라는 것을 확신할 수가 있었다. 이런 감동은 처음 느끼는 것이다.

그때 이현이 눈을 떴다. 자다가 깬 것이 분명한데도 눈이 맑았다. 금방 감았다가 뜬 것 같다.

"깼어요?"

진성의 허리를 두 손으로 감아 안으면서 이현이 몸을 붙였다.

"조금 전에."

두 몸이 빈틈없이 엉켜지자 진성은 저절로 숨이 빨라졌다. 만족감이다.

"좋아요."

같은 느낌을 받는지 이현이 진성의 가슴에 얼굴을 묻으면서 말했다. 진성은 입을 벌렸다가 닫았다.

사람은 언제나 욕심을 부린다. 더, 더, 하다가 망하는 것이다. 지금도 이 행복감을 더 느끼려고 '말'을 하려고 했다. 이 정도에서 만끽하도록 하자.

이현의 숨결이 진성의 가슴을 스치고 지나고 있다. 따뜻한 숨이 가슴 끝

부분에 가서는 서늘해졌다. 진성이 고개를 숙여 이현의 볼에 입을 맞췄다.

이것이 최선이다. 앞으로의 약속은 하지 말기로 하자. 말이 많으면 실수도 많아지는 법이다.

그때 이현이 꿈틀거리며 몸을 비볐다. 어느덧 몸이 다시 뜨거워져 있다.

"아니, 저게 누구야?"

깜짝 놀란 변상호가 옆에 서 있는 김준기에게 물었다.

이곳은 가든호텔의 로비 라운지 안, 오전 10시.

변상호는 영업부장 김준기와 함께 라운지에 앉아 가든호텔을 탐색하는 중이다. 둘이 앉아 있는 위치에서는 지하 1층 가든클럽으로 내려가는 계단이 정면으로 보인다.

그런데 로비를 지나 계단으로 다가가는 두 사내를 본 것이다.

"저거, 장안평파 김덕무 아니냐?"

변상호가 옆쪽 화분의 나뭇잎 사이로 머리를 감추면서 묻자 김준기가 숨을 들이켰다.

"맞습니다. 코 삐뚤어진 거 보니까 김덕무 맞습니다."

"그 옆에 놈 봐라. 박충식이 아니냐?"

"맞네요."

김준기의 얼굴도 굳어졌다.

둘이 로비와 라운지 사이의 칸막이 바로 옆을 지났기 때문에 변상호는 자라처럼 머리를 움츠렸다. 3초쯤 지났을 때 김준기가 머리를 뽑더니 둘의 뒷모습을 보았다.

"어? 클럽으로 내려가는데요?"

물론 클럽은 지금 영업 안 한다. 그래서 둘만 계단 쪽으로 다가가고 있다.

그때 변상호가 눈썹을 모았다.

"김덕무가 장안평파 탈퇴했지 않나?"

"박충식이도 마찬가지죠."

김준기가 둘의 뒷모습을 힐끗거리며 말했다.

"장안평파는 둘은 건들지 못하고 있다는 소문이 났습니다."

"그런데 저것들이 여긴 웬일이야?"

변상호가 목을 뽑고 계단을 보았을 때 둘의 모습은 보이지 않았다. 내려간 것이다.

그때 변상호가 벌떡 일어섰다.

"안 되겠다. 보고부터 해야지."

"너, 봤냐?"

계단을 내려가면서 김덕무가 묻자 박충식이 앞쪽을 향한 채 대답했다.

"오태곤파 똘마니들 아닙니까? 한 놈은 저기, 리츠클럽 지배인 하는 놈이고요."

"너보다 서열이 낮지?"

그때 계단 끝쯤에서 박충식이 멈춰 섰다.

계단 네 개를 더 내려가면 가든클럽의 현관이다. 이곳에서는 로비 쪽에서 머리끝도 보이지 않는다.

"형님, 절 어떻게 보고 그러쇼?"

"뭐가 자식아?"

"저런 새끼는 나보다 서너 계단 밑이라구요. 오태곤파 부사장 노릇을 하는 강용규가 바로 내 윗선일 겁니다."

조폭 족보야말로 개 족보다. 하지만 파가 달라도 제각기 제 위주로 경력과 연공, 인연 등을 따져서 서열을 정하는데 박충식은 저보다 10년도 더 연상인 강용규를 바로 위에 놓았다.

그때 김덕무가 발을 떼며 말했다.

"오늘부터 저놈들이 난리가 나겠구만."

"도대체 어떻게 된 영문인지 장안평파에 알아볼 겁니다."

박충식이 웃으면서 말을 받는다.

30분 후.

"뭐? 장안평파에 있던 김덕무가?"

이맛살을 찌푸린 오태곤이 물었다.

오성건설의 회장실 안, 오태곤은 방금 출근한 참이다.

보고자는 부사장 강용규. 전화기를 귀에 붙인 오태곤이 소파에 앉았다. 분위기가 금방 서늘해졌기 때문에 비서는 굳어진 상태.

그때 강용규가 말을 이었다.

"예, 김덕무하고 역시 장안평파에 있다가 탈퇴한 박충식이란 놈하고 둘이서 가든클럽에 들어가 있습니다."

"지금?"

벽시계가 10시 35분을 가리키고 있다. 클럽은 문을 닫고 있을 시간이다.

"예, 회장님. 안에서 무슨 회의를 하는 것 같습니다."

"음, 그렇다면……."

"제가 알아봤더니 김덕무하고 박충식이는 장안평파에서 탈퇴한 것이 맞습니다."

"그럼 이번에 가든호텔을 인수한 도지무역이란 곳하고 관계가 있단 말이냐?"

"곧 알아보겠습니다."

머리가 아파진 오태곤이 어금니를 물었다. 어젯밤에 마신 술이 아직 덜 깨기도 했다.

"확실하게 알아봐!"

소리치듯 말한 오태곤이 전화기를 비서에게 던졌다. 전화기가 여비서의 가슴에 맞고 떨어졌다. 클럽에서 데려온 비서다.

"계약조건에 따라서 사장님은 그대로 근무해 주시지요."

김덕무가 조심스럽게 말했는데 얼굴도 차분했다. 김덕무에게 이런 대사와 분위기는 굉장히 어려워서 얼굴에 땀이 날 지경이었다.

이동철한테서 '최대한 점잖게' 대화를 나누고 오라는 지시를 받았기 때문이다.

김덕무는 도지무역 '밤의 사업'의 책임자다. 그러나 보스는 진성이다. 그리고 이동철은 보스의 전달자인 것이다. 이 위계질서를 지켜야 하는 것이다.

그때 사장 유문수가 고개를 떨궜다.

"알겠습니다. 이거 장사가 잘 안 돼서 전전긍긍하고 있었는데 계속 일하게 해주시는군요."

유문수는 나까무라가 고용한 바지 사장이다.

전직이 인테리어 업체를 운영하다가 망해먹고 가든클럽 사장이 된 지 4년. 성실하고 정직한 성품으로 나까무라의 인정을 받았지만 어디, 성품만 좋다고 사업이 잘되겠는가? 월급 타가는 것이 미안해서 2년 전부터 절반만 받아가고 있다.

그때 김덕무가 말을 이었다.

"여기 있는 박충식이 지배인으로 클럽 일을 도와줄 것입니다. 그리고."

어깨를 부풀린 김덕무가 유문수를 보았다.

"기존에 근무했던 종업원은 그대로 일하도록 하라는 지시를 받았습니다. 그것을 사장님께서 종업원들한테 말해주시지요."

"아이구, 저야 시키신 대로 일할 뿐입니다."

그러더니 유문수가 박충식에게 고개를 숙였다.

"지배인께 맡기겠습니다. 잘 부탁합니다."

이 정도면 만족한 관계다. 박충식이 따라서 고개를 숙여 인사를 한다.

"제가 잘 모시겠습니다, 사장님."

"한동상사에서는 윤상화 씨가 이끄는 팀장 넷하고 팀원 8명이 출발합니다."

정수연이 말을 이었다.

"거기에다 리비아의 한동상사 법인이 협조를 할 테니까요. 이번 오더에 집중한다는 소문이 났습니다."

도지무역 회의실 안.

소파에는 진성과 무역1부장 정수연, 과장 이윤섭, 김선아, 2부의 과장 윤재중, 고영도 그리고 비서실 과장 민성희까지 7명이 둘러앉아 있다.

이것이 이번 리비아 작전의 전체 작전 팀이다. 이 중에서 리비아 출전 멤버가 뽑힌다.

실무 책임자 격인 정수연이 번들거리는 눈으로 진성을 보았다.

"아마 한동법인에서 리비아 입찰 관계자에게 로비를 했을 겁니다. 한동은 리비아에 대규모 건설공사를 하고 있어서 정부 관계자들과 밀접한 관계니까요."

진성이 고개를 끄덕였다.

한동과 비교하면 도지무역은 로비력이나 생산력, 지명도는 물론이고 자금력에서도 비교가 되지 않는다. 지난번의 리비아 오더는 정부 입찰이 아니다.

"우리는 처음부터 시작하는 거야."

진성이 말을 이었다.

"지난번 오더는 내가 운이 좋았을 뿐이고 이번에는 진짜 실력이다."

운도 있었지만 또 다른 요인도 필요했다는 것을 모두가 알 만한 간부들이다.

진성의 얼굴이 굳어졌다.

"윤상화는 우리가 올 것도 예상하고 있을 거야. 우리가 지난번 리비아 오더 수주한 내막까지 다 알고 있는 상황이라 상황은 우리가 불리하다."

회의실에 잠깐 정적이 덮였고 진성이 간부들을 둘러보았다.

"이번 리비아는 나, 1부 과장 김선아, 2부 과장 고영도, 그리고 비서실의 민 과장이 간다."

정수연은 수출1, 2부를 총괄하고 있기 때문에 이번 작전에 직접 참가할 수는 없는 것이다. 진성이 말을 이었다.

"각 과장은 보조원 한 명씩을 선발하도록. 그래서 출장 인원은 나까지 7명이다. 내일까지 출장 준비를 마치고 이틀 후에 출발이다."

이것으로 회의가 끝났다.

회의를 마치고 사장실로 돌아온 진성이 다시 정수연과 민성희를 불렀다.

조금 전이 간부 회의였다면 지금은 측근 회의라고 해야 맞다. 고위층 회의라고 해도 되고. 민성희는 비서실 과장이니까 청와대 비서실장이 장관급

133

회의에 동석하는 것과 비슷한 이치.

그런데 도지무역은 여자가 많다. 수출부장도 여자고 비서실장도 그렇다. 이번에 출장을 가는 간부들 넷 중에 둘이 여자다.

"김선아가 추진력, 순발력이 뛰어납니다."

김선아를 추천한 정수연이 웃음 띤 얼굴로 진성을 보았다.

"이번 기회에 사장님이 겪어보실 수가 있겠지요. 아마 만족하실 겁니다."

"내가 민 과장을 데려가는 건 김선아하고 짝을 맞추려는 의도가 아냐."

진성이 눈으로 민성희를 가리키며 말을 이었다.

"비서실을 기획조정실 기능으로 키우기 위해서 단련시키려는 거다."

"그래야지요."

"회사 규모가 커지면 다른 곳의 간부를 영입해 맞추는 것보다 기존 멤버를 중심으로 함께 성장하려는 거야."

정수연이 머리를 끄덕였다.

그래서 정수연이 부장으로 같은 나이대의 과장들을 관리하고 있는 것이다. 얼마든지 간부들을 영입할 수 있었지만 기존 사원을 중심으로 맞춰가고 있다.

그때 진성의 얼굴에 웃음이 떠올랐다.

"지난번 내가 너하고 리비아 출장을 다녀온 후에 소문이 쫙 퍼졌다더군."

"네, 윤상화가 그 소문을 퍼뜨렸다고 하더군요."

정수연이 웃음 띤 얼굴로 말을 이었다.

"아무래도 저는 결혼하기 힘들겠어요."

고개를 끄덕인 진성의 시선이 민성희에게로 옮겨졌다.

"민 과장은 그런 소문도 애인한테 말해주는 것이 나을 거다. 그래야 오해를 차단하는 데 도움이 돼."

"민 과장 애인 있어?"

정수연이 불쑥 물었다가 어깨를 늘어뜨렸다.

"죄송합니다."

4장
사막의 연인

다시 트리폴리로 날아가는 비행기 안.

서울 일은 정수연과 이동철에게 맡긴 셈이다. 물론 도지무역은 회장 전용환이 중심을 잡아주고 있지만 회사 관리는 수출부 정수연과 재무부 주성호, 관리부 이동철이 실무 책임자다. 믿을 만하다.

그리고 '밤의 사업'에 김덕무가 이제 물 만난 고기처럼 덤벼들었다. 그들에게 '밤, 낮의 사업'을 맡기고 다시 트리폴리로.

다시 시작이다.

7명은 모두 비즈니스 석에 탑승했다.

진성, 민성희, 김선아, 고영도 그리고 사원 셋, 최미영, 박일수, 양기준이다. 여자가 셋, 남자 넷의 팀. 비서실은 민성희, 최미영이고 김선아가 박일수, 고영도가 양기준을 대동했다.

비즈니스 티켓을 끊은 것은 진성의 지시다. 재무부에서 진성만 비즈니스 티켓을 끊었는데 진성이 사규를 바꿨다, 사장과 동행할 경우에는 사장과 같은 클래스로 올린다는 것으로.

진성의 옆자리에는 민성희가 앉았다.

비서실에서 티켓을 끊었기 때문에 민성희가 좌석 배치를 했다고 볼 수 있다. 그것까지 진성의 지시를 받을 필요는 없으니까.

비행기가 순항 고도에 올라 벨트 사인도 꺼지고 가는지 서 있는지도 모르는 상태가 되었을 때 진성이 민성희에게 말했다.

"지난번 리비아에 갔을 때 정수연하고 로마에서 같은 방에서 잔 적이 있어."

민성희가 시선만 주었는데 그때는 도지무역에 입사 전이다. 다른 회사에 다니고 있을 때다. 민성희는 놀라지도, 당황하지도 않은 표정으로 쳐다만 보았다. 꾸민 것 같지는 않다.

진성이 말을 이었다.

"방이 없어서 그렇게 되었지만 무슨 일 없었어. 그것으로 변화가 있었던 것도 아니고."

"……."

"그런데 느낀 점이 있어. 아니 그것으로 내가 규칙을 정했다고 할까?"

"……."

"내가 떳떳하면 구애받지 않겠다는 거다. 주위 시선, 소문 따위에 연연하지 않겠다는 거야."

그때 진성의 시선을 받은 민성희가 눈을 구부리면서 웃었다.

"사장님 신분이면 견딜 수 있으시겠지만 직원 입장이 되면 다를 것 같은데요."

"그렇겠지."

진성이 바로 고개를 끄덕였다.

"내가 너희들한테 강요하면 안 되지. 너희들은 너희들이 판단해야지."

정색한 진성이 말을 이었다.

"바로 너 같은 직원이 있어야 돼. 사장 분위기에 휘말려들지 않는 직원 말이다."

"잘 알겠습니다."

"새겨들어라."

"예, 사장님."

"사장도 인간이야. 그걸 직원들이 바로 잡아줄 수도 있는 거야."

진성이 어깨를 부풀렸다가 내렸다.

"사장은 이사의 3배, 부장의 5배, 과장의 10배쯤 인성이 뛰어난 것이 아니란 말이다. 참을성도 마찬가지고."

"사장님은 뛰어나세요."

"노력하고 있어."

"미리 그렇게 겁내지 마세요, 사장님."

그때 진성이 다시 한숨을 쉬었다.

"내가 괜한 말을 꺼냈군. 졌다."

트리폴리 공항에 마중 나온 사내는 아부핫산이었는데 지난번에 만난 무사비의 사촌이다.

무사비가 소개시켜 준 것이다. 진성과 아부핫산은 처음 만났기 때문에 입국장에서 '진성' 이름을 쓴 종이를 들고 있어야만 했다.

아부핫산은 40대 초반쯤으로 콧수염이 잘 다듬어졌고 날씬한 몸매의 장신이다. 티 한 점 없는 흰색 쑵을 입고 터번을 둘렀는데 발에는 샌들 대신 검정 수제화를 신었다.

아부핫산이 준비해온 2대의 승합차에 나눠 탄 일행은 곧장 호텔로 향했다.

"이번 입찰은 경쟁이 치열할 것 같습니다."

아부핫산이 옆자리에 앉은 진성에게 말했다.

"세계 각국에서 입찰 신청 상사들이 몰려드는데 마감일인 다음 주 초까지 약 500여 개 상사가 신청을 할 예정이라는 겁니다."

예상하고 있었기 때문에 진성은 고개만 끄덕였다.

아부핫산은 여행사 사장 겸 대리인 역할도 한다. 지금은 도지무역의 대리인으로 입찰 신청이나 정보수집 등의 업무로 계약을 했다.

그때 옆에서 듣던 김선아가 물었다.

"입찰 기간은 2주일 맞지요?"

"예, 2주일에 변동 없습니다."

고개를 끄덕인 아부핫산이 다시 진성에게 말했다.

"해당 아이템에 대한 예산하고 담당 기관, 기관장과 실무 책임자까지 모두 조사해놓았습니다."

이것이 대리인의 역할 중 하나다.

그때 앞쪽 자리에 앉은 민성희가 고개를 돌려 아부핫산을 보았다.

"한동그룹 입찰단은 지금 어디에 있죠?"

이 차에는 진성, 김선아, 민성희까지 셋이 타고 있다.

아부핫산이 바로 대답했다.

"한동그룹 현지법인의 직원 숙소에 모두 들어가 있습니다. 호텔에 투숙하면 기밀이 샐까 봐 그러는 것 같습니다. 국제그룹 입찰단도 국제그룹 사원 숙소에 들어갔습니다."

국제그룹은 재계 서열 1위 그룹이다.

차 안에 잠시 정적이 덮였다. 도지무역 멤버는 비록 비즈니스 석을 타고 왔지만 일단 시작부터 다르다. 국제, 한동은 현지 법인의 조직력, 정보력, 그리고 영향력을 최대한 활용할 것이다. 숙소 잡는 것도 봐라.

리비아는 생필품 전체에 대해서 국가 입찰 제도를 이용하여 구매하고 있다. 그래서 입찰 기간이 되면 전 세계의 생산자들이 몰려와 입찰에 참가하는 것이다.

이번의 생필품 구매량은 약 20억 불 정도.

도지무역이 참가할 품목의 금액은 6억 불 규모이고, 그것은 한동이나 국제도 마찬가지다.

입찰 품목은 이미 정해져 있어서 가격 경쟁이다. 가격이 결정되면 지정한 시간 내에 샘플을 보내 확인을 받고 나서 신용장이 보내지는 것이다.

밤 10시 반, 리비아 시간.

호텔방 안에서 제출할 입찰 서류를 마지막으로 검토하고 있다. 모두 247개 품목. 여러 번 수정했지만 아직도 몇 개 품목은 비어 있다.

한동이나 국제는 대기업이다. 그래서 정책적으로 오더를 받을 수가 있다.

A 품목에서 손해를 보더라도 B 품목에서 이윤을 내어 만회할 수 있는 것이다. 계열사와 거래선이 많을수록 그런 융통성이 가능하다.

그러나 도지무역은 중소기업이다. 여기서 빼내어 저곳에다 막을 수 없는 것이다.

"섬유류, 잡화류에서 한동이 우리 가격을 꿰고 있습니다."

여러 번 한 소리지만 김선아가 진성에게 말했다.

그럴 것이, 한홍상사 출신으로 도지무역 수출부까지 총괄했던 윤상화가 한동의 지휘관인 것이다. 트리폴리에서 국제와 도지무역의 전쟁이다. 윤상화와 진성의 전쟁인 것이다.

김선아는 면바지에 반팔 티셔츠를 입었고 샌들을 신었다. 긴 머리를 고무줄로 아무렇게나 묶었다.

"윤상화가 우리 가격보다 몇 퍼센트 내려서 오퍼할지 모르겠습니다."

김선아의 시선을 받은 진성이 쓴웃음을 지었다.

"우리가 장사 한두 번 하냐? 우리가 윤상화처럼 일을 한 적도 한두 번이 아니잖아? 안 그래?"

"윤상화처럼 들고 뛴 적은 없죠. 컨닝한 수준이었잖아요, 우리는."

옆에 둘러앉았던 과장들은 쓴웃음을 지었지만 사원 급들은 긴장하고 있다.

이곳은 진성의 호텔방 안. 회의실로 사용하려고 스위트룸을 얻었는데 회의실, 대기실에 야외 풀장까지 있다. 옥상에서는 트리폴리의 야경이 내려다보인다.

고개를 끄덕인 진성이 민성희에게 말했다.

"국제의 오 전무도 법인 숙소에 같이 있나 알아봐."

"네."

밤 11시가 되어가는데도 바로 대답한 민성희가 최미영을 데리고 방을 나갔다.

옆방은 소파와 피아노까지 놓은 응접실이고 화장실이 딸린 방이 4개나 있어서 진성은 이곳에 비서실 팀과 김선아 팀까지 투숙하도록 했다. 방값도 줄일 겸 일거양득이다.

진성이 김선아를 보았다.

"일단 기준 가격을 쳐놓고 기다려."

공사 입찰과 비슷하지만 품목이 수백 개라는 것이 다르다. 그래서 몇 개 때문에 다 망칠 수도 있는 것이다.

윤상화가 턱을 손등으로 고이고 앉아 있다가 입을 열었다.

"잡화 입찰 담당관이 누구라고 했죠?"

"예, 하즈란입니다."

법인 소속의 상사 담당 차장 김인보가 바로 대답했다.

김인보는 이번에 상사에서 온 입찰팀에 합류했다. 법인장 백영배 상무도 모든 인력과 인맥을 동원, 협조 중이다.

윤상화가 다시 물었다.

"하즈란에 대해서 알아보았나요?"

"예. 그것이……"

김인보는 35세. 상사에 있다가 리비아 법인으로 오고 나서 차장 진급을 했다.

리비아는 물량은 크지만 해외 법인, 지사 요원에게는 3급이다. 생활환경이 척박하고 가족을 데려올 곳이 못 된다. 다만 진급에 유리해서 눈 딱 감고 뛰어들어 진급을 하고 나서 빠져나가는 코스다.

김인보가 바로 그렇다. 김인보가 말을 이었다.

"리비아 정부는 입찰 담당관과 업체들의 유착을 방지하려고 올해부터 입찰 직전에 담당관을 임명합니다. 그래서 지금 알아보는 중입니다."

윤상화가 고개를 끄덕였다. 그러나 입찰 개시일이 사흘 남았다.

"서둘러줘요, 김 차장."

"예, 부장님."

외면한 채 대답한 김인보의 콧등을 보면서 윤상화는 문득 이자가 낙하산인 자신을 건성으로 대하는 것 같다는 생각을 한다.

회사란 다 그렇다. 스쳐지나가는 상급자에게는 누구나 건성이다.

고개를 돌린 윤상화가 이번 입찰단의 선임자 격인 이동호 차장을 보았다. 이동호는 김인보하고 같은 차장이지만 선임이다.

해외 법인 차장하고 본사 차장은 급이 다르다. 서울시청 과장하고 지방 군청 과장하고의 차이쯤 될 것이다.

"이 차장, 지금 서울이 몇 시죠?"

이동호가 손목시계를 보았다. 밤 11시 반. 그러면 7시간 시차니까 서울은 오전 6시 반이다.

윤상화가 지시했다.

"기조실에 연락해서 내일 출근하자마자 리비아 대사관의 함둘라 참사관에게 이곳의 입찰 담당관 하즈란의 신상 내역을 알아봐 달라고 해요."

"네, 부장님."

"내가 따로 부사장님께 연락할 테니까."

"네, 부장님. 알겠습니다."

이동호가 전화기를 쥐었을 때 이미 김인보의 얼굴은 굳어 있다. 머릿속은 아마 텅 비었겠지만 이런 느낌은 들었겠지.

"아, 이 허세 좀 봐라. 부사장하고 직통 전화를 한단 말야? 일개 부장급이?"

시치미를 뗀 윤상화가 다시 둘러앉은 팀원을 둘러보았다.

이것은 김인보에 대한 시위다. 사회생활은 물론이고 직장생활도 이런 쇼가 절대적으로 필요하다. 배경을 이용하지 못하는 직장인은 패배자다. 아예 경쟁을 포기한 것이나 같다.

밤 12시가 되어가고 있지만 이곳도 치열하게 분주하다.

김인보가 왜 연줄이 없겠는가?

직장생활 하면서 만드는 게 연줄이다. 그것이 혈연, 학연, 지연 등 여러 가지인데 왕따라도 인연이 있다. 더구나 간부급이 되면 더 매달린다. 인연을 통해서 얻는 정보는 직장생활의 생명수다.

밤늦게까지 회의를 마치고 숙소로 돌아온 김인보는 곧 전화기를 들었다. 10평 독채 숙소를 배정받았기 때문에 숙소 전화기를 쓴다.

오전 12시 반, 서울은 오전 7시 반.

출근 준비에 바쁜 시간이다. 그래서 신호음 두 번 만에 응답소리가 났다.

"여보세요."

고등학교 동창으로 한동상사 관리부에 근무하는 오상균이다. 직급은 과장. 업무가 차량 관리다.

"어, 나, 김인보다."

소리쳐 말했더니 오상균이 깜짝 놀랐다.

"어, 너, 지금 어디냐?"

"어디긴? 트리폴리지."

"그건 알고. 트리폴리에서 전화하는 거야?"

"그래. 너 출근하는 거냐?"

"아니. 오늘은 휴가야. 그래서 막 일어났어. 그런데 무슨 일이야?"

"뭐, 좀 물어보려고."

"이 새끼, 아쉬운 게 있으니까 전화하지."

"미안하다."

"뭔데?"

"너 기조실의 윤상화 부장이라고 알아? 이번에 트리폴리에 입찰단장으로 왔는데. 한홍상사라고 중소기업에 있다가 상사로 특채되었다고 하던

144

데……."

"알아."

한마디로 오상균이 말을 잘랐기 때문에 김인보가 기다렸다.

그때 숨을 한번 쉬고 뱉을 시간이 지나고 나서 오상균이 말했다.

"소문이 다 났지."

"무슨 소문?"

김인보가 전화기를 귀에 딱 붙였다. 그때 오상균이 말했다.

"정략적으로 영입했다는 소문."

"그래? 누가?"

"부사장이."

"부사장 빽이라는 거냐?"

"당연하지."

"능력이 있다는 건가?"

"아마 그럴지도. 그런데……."

"뭐가?"

"글쎄……. 이건 떠도는 소문이라……."

"뭔데, 이 자식아."

"너만 알고 있어라."

"아, 당연하지."

"내 입에서 나갔다는 것이 알려지면 너나 나나 옷 벗어야 돼. 소문이 났
더라도 말야."

"말해. 입 딱 닫고 있을게."

"거기 윤 아무개 부장 배 위에 부사장이 올라갔다는 소문이야."

"아!"

숨을 들이켠 김인보가 길게 뱉으면서 말했다.

"알았다. 고맙다."

더 말할 게 없었기 때문에 김인보는 전화기를 내려놓았다. 그리고 마음을 굳혔다.

이번에 전력투구를 해야 된다. 윤상화 라인을 잘 잡아야 성공이고, 밉보이면 끝난다.

입찰 2일 전 오전 10시.

D-2가 아니다, 입찰은 시작일부터 2주일간 계속되니까.

국제상사 오경환 전무는 숙소로 걸려온 직통전화를 받는다.

"여보세요."

"오경환 전무님 되시죠?"

생소한 사내의 목소리.

"예, 전데요."

"전 도지무역 사장, 진성이라고 합니다. 이번 입찰에 참가한 중소기업 사장이죠."

"아, 그러세요."

오경환은 43세. 한국 제1의 재벌그룹인 국제그룹 주력사인 국제상사의 직원이어서 기업계에서는 왕가로 인정받는다. 그 왕가의 고위층 간부였으니 콧대가 석 자쯤 높은 것은 당연한 이치.

그때 사내의 목소리가 이어졌다.

"도지무역은 얼마 전에 의류 생산업체인 한흥상사를 흡수한 무역회사입니다."

"알고 있습니다."

언론에도 보도된 사실이어서 듣고 보았다.

"그런데 무슨 일이십니까?"

"이번 입찰에 대해서 상의했으면 합니다. 요약해서 말씀드리면 국제와 저희 도지무역이 공동으로 입찰에 참여하는 것입니다."

"……."

"그리고 오더는 국제상사 이름으로 수주하고 생산은 도지무역이 맡는 것입니다."

오경환은 숨을 골랐다. 일단 나쁜 제의는 아니다.

오더를 받고 나서 생산업체를 찾으려고 헤매는 수고를 덜 뿐만 아니라 첫째로 생산업체의 전문성을 디밀고 오더를 딸 수가 있다. 바이어는 전문 생산업체를 믿기 때문이다.

그런데 좀 난데없었기 때문에 오경환이 한번 튕겨 보았다.

"팀장들하고 상의해봐야겠는데요. 오더를 공동 수주하는 데 그쪽에서는 어떻게 도와주실 수가 있지요?"

"로비자금을 대지요."

순간 오경환의 심장이 철렁 소리를 내었다.

대기업이 크면 클수록 동맥경화증에 걸린 혈관처럼 소통이 원활하지 못하다는 것은 명백한 현실. 아무리 소통을 빨리 한다고 해도 결제 과정만 봐도 어지럽다.

사원, 대리, 과장, 차장, 부장, 이사, 상무보, 상무, 전무, 부사장, 사장, 회장.

기업이 커지면서 전무보, 부사장보, 사장을 5명 둔 곳도 있다. 이러니 결재가 시간이 걸릴 수밖에. 특히 로비자금에 관해서는 고문, 법률자문단, 회장까지 거치기 때문에 아예 두 손을 들거나 편법을 쓰는 수밖에 없다. 그 편법이란 담당 중역이 딴 곳에서 조달해서 자체 해결해버리는 방법이다. 지금 도지무역의 진성이란 사장이 과감하게 그 편법을 제의한 것이다.

그때 오경환이 입을 열었다.

"그럼 만납시다."

오경환은 결단이 빠르다. 그래서 수천 대 일의 경쟁을 뚫고 이 자리에 온 것이지만.

이곳은 트리폴리 외곽의 고속도로변에 위치한 휴게소.

한산한 휴게소 안으로 동양인 하나가 들어섰다. 조금 전에 도착한 승용차에서 내린 사내다. 승용차 안에는 세 사내가 앉아 있었지만 내리지 않았다.

안쪽 자리에 앉아 있던 진성이 자리에서 일어서자 사내는 곧장 이쪽으로 다가왔다. 사내는 국제상사의 오경환 전무다. 다가선 오경환이 손을 내밀기 전에 물었다.

"진성 사장이세요?"

"예, 제가."

"반갑습니다."

손을 내민 오경환이 웃음 띤 얼굴로 진성을 보았다.

"리비아에서 빅 오더를 하셨더군요."

그사이에 조사를 한 것이다.

도지무역은 리비아에서 1억 7천만 불 오더를 수주했다. 리비아 정부 내역에는 잡혀 있지 않지만 한국의 수출 통계에는 기록되어 있는 것이다. 비공식 오더다.

둘이 마주 보고 앉았을 때 진성이 대답했다.

"예. CIA가 주선해서 벵가지로 군수품, 생필품을 수출했습니다."

고개를 끄덕인 오경환이 진성을 보았다.

"입찰 담당자들하고 안면이 있습니까?"

"전혀 없습니다."

"우리도 그래요."

오경환이 한숨을 쉬었다.

"예상은 했지만 갑자기 바뀌는 바람에."

"담당관이 둘입니다. 하즈란이 잡화 입찰 담당관이고 타르카리가 군수품 담당관입니다."

"타르카리? 군수품도 하즈란이 맡는 줄 알았는데요."

"오늘 오전에 바뀌었습니다."

"이놈들이 정신 못 차리게 하는군."

"입찰 담당관도 의심하고 있으니까요."

"어떻게 그렇게 잘 아시오?"

"벵가지 오더를 하면서 이쪽 체제에 조금 익숙해졌기 때문이지요."

그때 오경환이 정색하고 진성을 보았다.

갸름한 얼굴에 금테 안경을 쓴 오경환은 날카로운 인상이다. 흰 얼굴, 곧은 콧날, 엷은 입술은 꾹 다물렸고 중키에 날씬한 몸매, 한마디로 귀족 분위기다.

진성은 그 반대다.

"진 사장님, 그럼 작전 논의를 해봅시다."

오경환이 시선을 준 채 말을 이었다.

"자, 서로 써먹을 무기를 내놓고 사용 방법을 상의하는 겁니다."

과연 한국 초일류 기업의 전무다. 결단과 속도를 보라.

진성이 숙소로 돌아왔을 때는 오후 2시 무렵이다. 3시간이 넘게 오경환과 작전회의를 하고 온 것이다.

오경환은 운전사까지 셋을 데려갔지만 아무도 휴게소 안에 들어오지 않았고 아부핫산과 함께 간 진성도 마찬가지였다.

회의실로 과장들을 모은 진성이 말했다.

"합의했다. 공동 작전이야."

모두의 얼굴에 웃음이 떠올랐다.

이틀 전. 오더시트만 쳐놓고 막막했던 상황이다. 오퍼를 내고 기다리기만 하는 건 감나무 밑에서 감이 떨어질 때까지 입 벌리고 누워 있는 것이나 같기 때문이다.

진성이 말을 이었다.

"국제가 타르카리와 하즈란의 조사를 하기로 했어. 우리도 할 것이지만 말야."

진성이 가져온 서류봉투를 탁자 위에 놓았다.

"이것이 국제에서 입찰에 제출할 가격이야. 참고해서 우리도 우리 측 가격을 낸다."

김선아가 봉투에서 서류를 꺼내었다.

오퍼다. 서류에는 국제상사가 제출할 247개 품목의 가격이 적혀 있었기 때문에 모두의 시선이 모였다. 이 가격은 극비다. 도지무역의 가격과 비교하면 높은 것도 있고 낮은 것도 있다.

진성이 말을 이었다.

"내일 오전 11시에 다시 만나기로 했으니까 그때까지 우리 가격을 작성해서 넘겨줘야 돼."

"알겠습니다."

김선아가 고영도와 함께 오퍼시트를 갖고 옆쪽으로 옮겨가면서 말했다.

이른바 국제, 도지무역의 절충 가격이다. 서로 절충해서 가장 싼 가격을 적어내는 것이다.

"하즈란은 현역 육군 대령으로 국방장관 카말의 라인입니다."

기조실 한민수 과장의 목소리가 수화기를 울렸다. 한민수의 말이 이어졌다.

"하즈란은 군수지원단 부사령관을 역임했고 지금은 국방장관의 보좌관입니다. 가족은 처와 두 아들이 있는데 카이로에 살고 있습니다. 두 아들이 카이로 대학에 유학 중이어서요."

"그럼 하즈란은 혼자 트리폴리에 사나?"

"그런 것 같습니다."

"다른 정보는?"

"그것이 함둘라가 1차적으로 알아낸 정보입니다."

함둘라는 서울 주재 리비아 대사관의 참사관이다.

한동은 함둘라를 매수해놓은 상태다. 현지에 법인이 설립되었고 건설 등 여러 사업부가 진출한 상태인 터라 서울 주재 대사관이 1차 로비 대상이 되는 것은 당연하다.

그것은 한동뿐만이 아니다. 다른 대기업도 로비를 하는 것은 공공연한 사실이었고 대사관 고위층은 물론이고 직원들도 그것으로 부수입을 올리는 것이다.

그때 한민수가 말을 이었다.

"타르카리는 함둘라가 잘 모르는 사람이라고 했습니다."

"모르다니? 그 사람도 현역 대령이라던데?"

"예, 대령이라고만 알지 처음 듣는 이름이랍니다."

"그럴 리가? 입찰 담당관이야. 더구나 군수품 입찰 담당관이면 요직인데, 난데없는 사람이 튀어나올 수가 있나?"

"글쎄요? 그래서 저도 함둘라한테 그렇게 말했더니 가끔 그런 인간이 나온답니다."

"어디서?"

"글쎄요."

더 이상 얻을 정보가 없었기 때문에 윤상화는 심호흡을 했다.

"수고했어요, 한 과장."

트리폴리 시간으로 오후 2시 반, 서울은 오후 9시 반일 것이다.

무사비가 호텔방에 들어섰을 때는 오후 5시가 되어갈 무렵이다.

무사비는 아부핫산과 함께 들어왔는데 둘이 커다란 트렁크를 하나씩 끌고 있다.

"보스, 오랜만입니다."

무사비가 진성의 뺨에 입술을 붙이며 인사를 했다. 한 번, 두 번, 세 번. 턱수염이 볼에 닿는다.

인사를 마친 무사비가 소파에 앉더니 옆에 나란히 세워놓은 트렁크를 눈으로 가리켰다.

"5백만 불입니다. 1만 불 뭉치가 250개씩 들어 있어요."

"수고했어요, 무사비."

"천만의 말씀입니다."

이곳은 응접실이다.

진성이 벨을 누르자 곧 민성희가 방으로 들어섰다. 무사비에게 목례만

한 민성희에게 진성이 말했다.

"남자 불러서 이 가방 가져가. 안에 5백만 불 들었으니까 확인하고."

민성희가 몸을 돌리더니 곧 박일수와 양기준을 데려와 가방을 끌고 나갔다.

로비 자금이다. 무사비의 해외 계좌에 5백만 불을 입금시켜주고 이곳에서 현금으로 받은 것이다.

그때 무사비가 입을 열었다.

"지금 전 상사원들이 입찰 담당관의 가족, 친지까지 조사해서 연줄을 잡으려고 눈을 부릅뜨고 있을 겁니다."

진성은 쓴웃음만 지었다. 그래서 진성도 무사비에게 해당 입찰 담당관 하즈란과 타르카리의 뒷조사를 부탁한 것이다.

무사비가 말을 이었다.

"하즈란은 카말 국방장관 계열로 국방장관 보좌관을 겸임하고 있어서 실세지요. 가족이 모두 카이로가 가 있는데 매달 생활비가 1만 불 정도 든다는 소문입니다. 하즈란 월급은 2천 불 정도고요."

무사비의 얼굴에 웃음이 떠올랐다.

"이건 아는 놈들이 드물겠는데 하즈란의 정부가 있지요. 이집트 대사관에서 고용한 콜걸인데 하즈란이 그 여자 집에서 자주 밤을 보냅니다. 아마 돈이 엄청 들겠지요."

"……."

"그 여자는 CIA하고도 관계가 있을 겁니다, CIA는 이집트 대사관을 주무르고 있으니까요."

"이 정보는 몇 명밖에 모르겠군"

진성의 두 눈이 번들거렸다. 이런 정보가 황금 정보다.

그때 무사비가 주머니에서 접힌 쪽지를 꺼내 읽었다.

"군수품 담당 입찰관 타르카리가 나타나니까 상사들이 대혼란을 일으키는 것 같더군요. 타르카리가 신비의 인물처럼 지금까지 전혀 노출되지 않았거든요."

숨을 들이켠 진성이 무사비를 응시했다.

그렇다. 무사비는 CIA, 그리고 IS는 물론 IS의 반군 내부 정보까지 정통한 상인이다. 정보 장사꾼이나 같다.

"사장님."

전화기의 송화기를 손바닥으로 막은 김선아가 진성을 보았다. 얼굴이 굳어 있는데 입술 한쪽이 묘하게 비틀려 있다.

오후 6시 10분.

진성은 안쪽 응접실에서 무사비와 밀담을 나누다가 전화 왔다는 소리에 이곳 회의실로 나온 참이다. 김선아 옆에는 민성희가 서 있었다. 민성희의 이맛살도 조금 찌푸려져 있었기 때문에 진성이 풀썩 웃었다.

"회사에 불 난 거냐?"

그때 김선아가 송화기를 막은 채 말했다.

"윤상화 씨인데요."

순간 진성의 눈빛이 강해졌다가 금방 수그러졌지만 그것을 다 보았다.

고개를 끄덕인 진성이 다가가 손을 내밀었다. 진성에게 전화기를 넘겨준 김선아가 몸을 돌리려고 했기 때문에 진성이 손을 저어서 그럴 필요 없다는 시늉을 했다.

전화기를 귀에 붙인 진성이 말했다.

"아, 윤상화 씨?"

그때 윤상화가 웃음 띤 목소리로 말했다.

"방금 전화 받은 김선아 씨가 놀라더군요."

"그럴 수밖에. 놀라지 않는 것이 이상하지."

옆에 서 있던 김선아, 민성희를 외면하고 있었지만 저쪽 내용도 짐작할 것이다.

그때 윤상화가 말했다.

"인사드리려고 전화했습니다. 죄송하다는 말씀도 드리고 싶고요."

"죄송할 건 없어. 어쩌면 당연한 일이지. 그러니까 열심히 해."

"국제상사와 컨소시엄을 구성하셨다면서요?"

그 순간 진성의 얼굴에 웃음이 떠올랐다.

"과연 한동의 정보력이 대단해. 하루 만에 우리가 국제하고 연합한 것을 알아내다니."

그 순간 김선아와 민성희의 얼굴색이 변했다. 김선아는 이를 악물었는지 볼에 근육이 일어났다.

그때 윤상화가 웃음 띤 목소리로 말했다.

"국제상사에서는 비밀로 할 필요도 없는 것 같았어요. 오늘 오후에 직원들이 그런 말을 하고 다녔으니까요."

"하긴. 내일이면 다 알 수 있을 테니까."

"그래서 그런 건 아니지만 우리도 전문업체인 양우상사와 컨소시엄을 결성하기로 했습니다."

"잘했어. 양우상사라면 확실한 생산업체니까 가격 경쟁력도 대단할 거야."

그 순간 김선아와 민성희가 눈을 치켜떴다.

양우상사는 한흥상사처럼 생산 전문업체인 것이다. 한흥과 양우는 생산업체로 20여 년간 경쟁해왔다. 양우상사도 이번에 입찰 오더를 따려고 이곳에 온 것이다.

진성의 얼굴에 웃음이 떠올랐다.

이 합작을 추진한 주역이 윤상화일 것이다. 진성의 머리 꼭대기에 올라가 있다고 자부하겠지.

전화기를 내려놓은 진성이 둘러선 김선아와 민성희, 고영도를 보았다.

어느새 고영도까지 다 와 있었던 것이다.

"한동이 양우하고 연합했다는군."

옆에서 대충 들은 김선아가 눈을 치켜뜨고 말했다.

"윤상화의 작업이죠. 윤상화가 양우상사를 잘 아니까요."

한흥상사에서 근무할 때 경쟁업체인 양우상사의 매출, 신제품 개발까지 모두 신경을 썼기 때문이다.

그때 민성희가 말했다.

"재계 1, 3위 재벌그룹이 전문 생산업체 1, 2위하고 연합해서 입찰 전쟁을 하는군요."

"모양은 좋지만 한가한 소리할 때가 아니라구."

김선아가 핀잔을 주었기 때문에 민성희는 눈을 흘겼다.

민성희가 회사 경력은 1년쯤 많지만 김선아는 제 사수인 정수연을 닮았는지 입바른 소리를 잘했다. 그래서 자신보다 경력이 높은 남자 사원들한테도 거침없이 대한다.

그때 진성이 말했다.

"입찰 가격은 한동이나 우리나 비슷할 것 같다."

넷은 소파에 둘러앉았다. 직원 셋은 왔다 갔다 했지만 팀장급이 둘러앉아 있었기 때문에 다가오지 않는다.

진성이 고영도에게 말했다.

"그럼 고 과장이 양기준 데리고 국제에 오퍼시트 전달하고 와."

"예, 사장님."

도지무역의 실제 생산가격이다. 이것을 참조로 국제가 최종 가격을 책정, 입찰 부서에 제출하는 것이다.

1차로 국제상사가 독자적인 가격 산출을 하고 2차로 그것을 기준으로 생산 전문업체인 도지무역이 가격을 내어서 국제에 보내는 것이다. 국제는 그 가격을 검토, 입찰 서류를 작성하는 방식이다.

고영도가 서둘러 2차 가격이 적힌 오퍼시트를 봉투에 넣고 양기준과 함께 방을 나갔다. 국제상사에서도 기다리고 있을 것이다.

10분 후에 국제상사 오경환 전무는 진성의 전화를 받는다.

인사를 마친 진성이 바로 말했다.

"금방 한동상사 윤 부장이 전화를 해왔는데 전문업체인 양우상사하고 연합해서 입찰에 참여하기로 했다는군요. 아세요?"

"예, 나도 조금 전에 들었습니다."

오경환이 대수롭지 않다는 표정을 짓고 대답했다.

"그들도 머리가 있으니까요."

"방금 오퍼시트를 보냈습니다."

"알겠습니다."

오경환이 말을 이었다.

"그런데 입찰 담당관에 대한 정보는 더 없습니까?"

"노력 중입니다."

"내일 국제 이름으로 입찰 오퍼는 제출하겠지만 결국 키는 입찰 담당관과 위원장이 쥐고 있는 것이라 초조해지는군요."

말은 그렇게 했지만 로비에 따라서 오더를 받느냐 못 받느냐가 결정된다는 말이다. 가격, 품질이 거의 비슷하기 때문에 누구 손을 들어주느냐에 달린 것이다.

전화기를 내려놓은 오경환의 얼굴도 찌푸려졌다.

대기업이며 현지 법인까지 운용하고 현지에서 수억 불짜리 공사를 하고 있는 국제상사다. 그동안 리비아 정부에 인맥을 착실하게 쌓아왔지만 이번 입찰에서는 막히는 느낌이 든다.

첫째 담당관인 하즈란과 타르카리에 대한 정보가 부족하다. 특히 타르카리는 전무(全無)한 실정이다. 도지무역과 연합해서 로비 자금까지 확보해 놓았지만 뿌릴 방법이 없는 것이다.

그 시간에 윤상화는 양우상사의 최영수 부사장과 숙소의 응접실에서 만나고 있다.

최영수는 입찰단 8명을 이끌고 트리폴리에 왔다가 윤상화의 연합 제의를 받고 두말하지 않고 받아들인 상황이다.

그러나 이쪽 분위기는 다르다. 로비 자금 이야기는 꺼내지도 않았고 오직 오더 수주 시 생산 협조만 받기로 되어 있다. 그래서 한동과 양우는 동업자 관계가 아니라 종속 관계다.

윤상화가 탁자 위에 놓인 오퍼시트를 보았다.

양우상사가 가져온 가격 리스트다.

"부사장님, 입찰에는 우리 이름으로 들어가겠지만 전문업체인 양우와 연합했다는 것이 상당한 효과를 줄 겁니다. 서류에도 그렇게 기록되어 있으니까요."

윤상화가 말을 이었다.

"로비 자금도 우리가 대겠지만 만일 오더가 되었을 경우에는 그 절반을 로컬 계약 단가에서 제하겠습니다."

"이해합니다."

고개를 끄덕인 최영수가 말을 이었다.

"로비 자금 내역서만 보내주시면 그대로 따르겠습니다."

이것 때문에 다시 만나고 있는 것이다. 숙소의 응접실에는 둘뿐이다.

최영수는 38세, 양우상사 회장 최태경의 장남이다.

최영수가 고개를 들고 윤상화를 보았다.

"그런데 이번 입찰에서 국제상사가 의류, 잡화, 군수품 오더를 딸 것이라는 소문이 돌고 있습니다."

"그건 국제상사가 도지무역과 연합하면서 퍼뜨린 소문이에요."

윤상화가 웃음 띤 얼굴로 말을 이었다.

"나도 들었는데 그 영향으로 동구권 상사들이 서로 컨소시엄을 맺는 분위기가 퍼지고 있더군요."

한동상사와 양우상사도 마찬가지인 것이다, 그 소문을 듣자마자 윤상화가 양우상사 최영수에게 연락을 했으니까. 어쨌든 선수는 도지무역이 친 셈이다.

그때 윤상화의 얼굴에 웃음이 떠올랐다.

"그렇게 되니까 국제상사와 도지무역의 컨소시엄 영향력이 없어져 버렸지 않습니까? 우리한테는 득이지요."

내일 입찰서류 제출 시에는 아마 컨소시엄을 맺은 연합 업체들이 최소한 50여 개는 될 것이다.

일단 진성의 선공(先攻)은 무너뜨렸다. 윤상화의 기민한 반격이 성공한 셈이다.

그날 밤.

11시가 되었을 때 무사비가 다시 진성의 호텔방으로 찾아왔다. 모두가 회의실에 모여 있었기 때문에 진성과 무사비는 둘이서 응접실로 들어가 마주 앉았다.

무사비는 오늘 세 번째 진성을 만나고 있다.

"사장님, 저하고 밖으로 나가시지요. 만날 사람이 있습니다."

무사비가 조심스럽게 말했다.

"전화를 하려고 했지만 도청 염려가 있어서요."

방에 둘뿐이었지만 무사비가 방 안을 둘러보는 시늉을 했다.

"누구 말인가?"

진성도 목소리를 낮추고 묻자 무사비가 눈으로 문 쪽만 가리켰다.

고개를 끄덕인 진성이 자리에서 일어섰다.

호텔 건너편의 골목 안에 아랍식당이 있다.

밤이 깊었지만 손님이 들락거렸고 안에서 소음이 울렸다. 앞장선 무사비가 식당 안으로 들어서더니 곧장 안쪽으로 들어갔다. 안은 50평쯤 되는 면적에 손님이 반쯤 차 있었고 떠들썩한 분위기다.

무사비는 안쪽 주방 앞의 방으로 들어섰다. 진성은 주방 옆쪽이 뒷문이라는 것을 눈여겨보았다. 방으로 들어선 진성은 안에 앉아 있는 사내와 시선이 마주쳤다. 콧수염을 기르고 흑갈색 피부의 아랍인이다.

진성을 본 사내가 자리에서 일어서더니 손을 내밀었다. 흰색 쑵 차림이다.

"패트릭입니다."

이런, 패트릭이라니. 서양인 이름이다.

"진성입니다."

악수를 하면서 사내가 이를 드러내고 웃었다.

"반갑습니다. 무사비 씨한테 이야기 들었습니다."

자리에 앉았을 때 패트릭이 진성을 보았다.

"하즈란과 타르카리에 대한 정보가 필요하시지요?"

"그렇습니다."

"20만 불을 받겠습니다."

불쑥 말한 패트릭이 진성을 보았다. 진성의 옆에 앉은 무사비가 움직이지 않는 것을 보면 예상하고 있었던 것 같다.

패트릭의 시선을 받은 채 진성이 물었다.

"그럴 만한 가치가 있습니까?"

"이용하기에 따라서 그 수만 배의 가치가 있겠지요."

패트릭이 바로 대답했다.

"정보는 정확합니다. 주관은 거의 섞지 않았습니다."

"내가 보기 전이라 다시 묻는 겁니다만."

진성이 숨을 고르고 나서 다시 물었다.

"이 정보는 어떻게 얻으셨습니까?"

그때 무사비가 입을 열었다.

"패트릭 씨는 기관에 근무하고 있습니다."

진성의 시선을 받은 무사비가 말을 이었다.

"그래서 둘의 정체를 알 수 있는 거죠."

그때 진성이 고개를 끄덕였다.

"무사비 씨가 보증하신다면 그 정보를 사지요."

다음 날 오후 6시가 되었을 때 입찰 서류가 접수된 것을 확인하고 돌아온 김선아와 고영도가 진성에게 보고했다.

"국제가 접수시켰습니다."

김선아가 말을 이었다.

"5시에 마감했을 때 보니까 저희들 품목에는 총 122개 상사가 입찰 서류를 제출했습니다."

300개 정도의 업체로 예상하고 있었는데 절반 가깝게 줄었다. 제각기 컨소시엄을 만들었기 때문이다. 2개 또는 군소업체 3개가 연합한 곳도 있다는 것이다.

진성이 고개를 끄덕였다.

122개 상사라면 122 대 1이다.

오후 8시.

진성과 오경환은 다시 국제상사의 숙소에서 이번에는 넷이 만났다.

진성과 민성희 그리고 오경환은 실무 책임자 이기철 부장을 대동했다.

이기철은 37세. 명문대 출신의 엘리트다. 한국 제1의 기업 부장이면 요즘은 고시 패스한 법관보다도 윗수로 쳐준다.

그러니 본인이 아무리 겸손한 척해도 안 믿는다. 코 안에 철 기둥이 받치고 있다고 생각하기 때문이다. 선입견이다.

진성이 입을 열었다.

"하즈란과 타르카리에 대한 정보를 얻을 수 있을 것 같습니다."

오경환과 이기철이 시선만 주었고 진성이 말을 이었다.

162

"그 자료가 상당히 정확하고 디테일합니다. 그 자료가 정보기관 쪽에서 흘러나온 것이라 신빙성도 있구요. 그런데 자료비를 요구합니다."

"얼맙니까?"

바로 오경환이 묻자 진성이 대답했다.

"50만 불."

옆에 앉은 민성희가 고개를 들었다. 민성희는 진성이 20만 불을 주고 자료를 얻은 것을 아는 것이다.

그때 오경환이 고개를 끄덕였다.

"삽시다."

"그럼 50만 불을 주고 로비 자금 450만 불을 가져다 드리지요."

"알겠습니다. 정보자료까지 함께 주시지요."

"그럼 11시까지 고 과장을 보내지요."

자리에서 일어선 진성이 웃음 띤 얼굴로 오경환을 보았다.

"로비를 할 때도 도와드리겠습니다."

"대단하군."

진성을 배웅하고 응접실로 돌아온 오경환이 고개를 끄덕이며 말했다.

"정보력이 빨라. 특히 타르카리에 대한 정보는 아무도 모르는 것 같던데 말야."

"그런데 정보비가 너무 비쌉니다, 전무님."

이기철이 정색하고 오경환을 보았다.

"진 사장이 불렸을 가능성도 있습니다."

"그럴 수도 있지."

"로비도 도와주겠다는 말도 거슬립니다."

"넌 그따위 자존심을 버려야 돼."

"죄송합니다."

"전혀 죄송하다는 생각이 안 들고 있어, 넌."

"예, 수정하겠습니다."

"팀원들 대기시켜."

몸을 돌린 오경환이 말을 이었다.

"이따 갖고 올 정보를 검토해서 로비 계획을 수립해야 한다."

오퍼를 내었으니 2주일간 입찰 담당 부서는 가격 검토를 할 것이다. 그동안 로비를 끝내야 한다. 로비가 진짜 전쟁이다.

20만 불을 주고 산 하즈란, 타르카리에 대한 자료는 풍부했다.

하즈란의 정부 이름은 야민. 34세. 이집트 대사관의 행정실 소속으로 사진까지 붙였고 이혼녀였다. 하즈란이 알고 있는지는 적혀 있지 않았다.

하즈란의 가족이 살고 있는 카이로의 주소, 가족사진까지 첨부되었다. 이것은 전문가 솜씨보다도 기록실에서 빼낸 것 같다.

그리고 타르카리는…….

진성이 민성희에게 지시했다.

"모두 복사해놓고 원본을 오 전무에게 넘기도록."

고영도와 양기준, 박일수가 돈 가방과 자료를 들고 나갔기 때문에 호텔에는 진성과 여자 셋만 남았다.

밤 10시 반.

입찰 서류를 접수한 날이었기 때문에 모두 들뜬 분위기다. 응접실에 앉아 있는 진성에게 김선아가 다가와 물었다.

"술 가져온 게 있는데요, 술 드시겠어요?"

김선아의 시선을 받은 진성이 쓴웃음을 지었다.

"너도 마시고 싶겠지. 이리 가져와. 모두 같이 마시자."

그러자 기다렸다는 듯이 민성희까지 나서서 술과 안주를 날라 왔다. 위스키가 3병, 마른안주와 과일을 벌려놓았다.

김선아와 민성희, 그리고 비서실 소속의 최미영이 나란히 앞쪽에 앉았을 때 진성의 얼굴에 저절로 웃음이 떠올랐다.

"셋이 다 미인이라 눈이 부시구나."

"사장님이 그런 말씀까지 하시네요."

김선아가 바로 말을 받는다.

"전 처음 들어요."

"넌 그런 말 안 하면 더 빛이 날 텐데."

그때 민성희가 잔에 술을 따르면서 말했다.

"사장님, 이번에 오더 따지 못해도 실망하지 마세요."

"아, 그럼."

술잔을 든 진성이 얼굴을 펴고 웃었다.

"오더 가져가지 못해도 너희들한테 인사상 불이익은 없을 거다."

"어휴."

김선아가 제 잔에 술을 따르면서 한숨을 쉬었다.

"이제 마음 놓았네."

과장된 표현이지만 가벼운 분위기다.

지금까지의 긴장이 풀린 것 같다.

"이런."

자료를 본 오경환이 숨을 들이켰다. 지금 타르카리의 기록을 읽고 있는 것이다.

무하비 타르카리. 44세.

카디피 대통령 비밀경호대 대령. 특전대 부대장 역임. 리비아 사막의 테러 훈련소장 역임.

지금까지 공식석상에 나타나지 않았으나 처음 행정 직책을 받음.

거주지: 트리폴리 북서쪽 장교 주택 107동 4호. 독신.

취미: 동전 모으기.

특기: 밝혀지지 않음.

교우관계 불명.

대통령 비밀경호대 대령은 대통령의 최측근이어야 임명되는 직책임. 현재 경호대 대령직 유지.

고개를 든 오경환이 이기철을 보았다.

"교우관계가 불명이니 접근하기가 어려울 것 같다. 더 알아봐야 되겠어."

"예, 전무님."

고개를 기울인 이기철이 이맛살을 찌푸렸다.

"50만 불짜리 정보치고는 빈약합니다."

"정보 루트는 진 사장이 쥐고 있어. 계속 정보를 받아온다고 했다."

"그렇다면 로비는 도지 측에 맡기는 것이 낫습니다, 전무님."

"나도 그렇게 생각하고 있어."

"우리가 위험 부담까지 뒤집어 쓸 수는 없지 않겠습니까?"

그러자 오경환이 쓴웃음을 지었다.

"그렇지. 진 사장한테 그렇게 말하기로 하자. 서둘러야겠다."

"예, 전무님."

"앞으로 14일간 로비 전쟁이야."

15일 후에는 결과가 발표되기 때문이다.

오퍼까지 낸 상태에서 각 상사는 모두 로비에 나섰다고 해도 과언이 아니다. 윤상화도 마찬가지다.

오전 10시.

윤상화 주재로 작전회의가 열렸다. 팀장 4명, 팀원 8명을 이끈 대 군단이다.

숙소 안의 회의실, 윤상화가 입을 열었다.

"아직 타르카리에 대한 정보는 그자가 특공대장 출신이라는 것밖에 밝혀지지 않았지만 그렇다고 가만있을 수는 없어. 먼저 하즈란을 접촉할 예정이야."

윤상화의 시선이 왼쪽에 앉은 이동호에게 옮겨졌다.

"이 차장이 하즈란을 접촉할 방법을 찾아봐. 그자는 사교 범위가 넓어서 인연을 찾기 쉬울 거야."

"알겠습니다."

이동호가 고개를 끄덕였다. 로비 실무 책임자는 이동호다. 이동호가 현지 법인 직원들의 협조를 받아 집행할 것이다.

회의가 끝나고 숙소 밖으로 나왔을 때 이동호가 투덜거렸다.

"로비하다가 잡히면 총살을 당할 수도 있다던데, 이거, 리비아에서 객사할지도 모르겠구나."

"살살해."

팀장 오병기가 웃음을 참고 말했다.

"그것도 요령이 있어야 돼, 이 사람아. 고지식하게 하지 말고."

오병기도 차장급 팀장으로 이동호에 이어서 차석이다.

아침 햇살이지만 땅바닥에 부딪치는 반사광에 눈이 부셨기 때문에 둘은 숙소의 벽에 붙어 섰다.

"이런 젠장. 로비하는 놈이 하나둘이 아닐 텐데. 로비가 진짜 전쟁이야."

이동호가 힐끗 숙소 문 쪽을 노려보고는 말을 이었다.

"부장은 손에 물 묻히려고 하지 않아."

"당연하지."

"그러다가 돈은 중국 놈이 먹고 재주는 곰이 부리는 꼴이 되는 거야."

"근데 로비 자금은 얼마나 준비한 거야?"

오병기가 묻자 이동호는 고개를 저었다.

"부사장이 법인장한테 지시한 것 같아. 윤 부장만 알겠지."

"도지무역의 진성이란 놈이 로비를 잘한다고 소문이 났어. 벵가지 쪽 군수품 오더로 돈을 엄청 벌었다는군."

"글쎄, 그 문제로 부장이 법인장하고 무슨 작전을 추진하는 모양인데."

"작전이라니?"

오병기가 눈을 가늘게 떴다.

"어떤 작전이란 말야?"

"글쎄, 내가 법인장 측근한테서 들었는데 진성이 반군한테 군수품을 비밀리에 판매한 것을 리비아 정부 측에 알려줬다는 거야. 그것이 윤 부장의 아이디어라는군."

"오 마이 갓."

168

감동한 오병기가 어깨를 부풀렸다가 내렸다. 두 눈이 번들거리고 있다.

"만일 그것이 리비아 정부 측에 전해졌다면 입찰오더 따위는 문제가 아니겠군."

"진성이 체포될 수도 있어."

이동호가 쓴웃음을 짓고 말했다.

"그렇게 되면 우리는 적 하나를 눈앞에서 사라지게 한 셈이지."

"이건 진짜 죽느냐 사느냐군."

오병기가 고개를 절레절레 흔들었다. 어느덧 얼굴의 웃음기도 사라져 있다.

"윤 부장이 진성을 죽일 작정이군."

오후 4시.

진성은 다시 패트릭과 나란히 앉아 있었는데 이곳은 호텔에서 사거리 하나 떨어진 모스크 옆 대기실이다.

대리석 벽에 등을 붙인 채 나란히 앉은 둘은 모두 쑵 차림으로 진성은 터번까지 두르고 있어서 영락없는 아랍인이다. 이곳은 모스크에 입장하기 전 손발을 씻는 대기실이다. 아직 기도 시간이 아니어서 주위는 한산하다.

그때 패트릭이 앞쪽을 향한 채 말했다.

"위험해요."

"뭐가 말입니까?"

"분위기 말입니다."

진성이 입을 다물었고 앞쪽 벽을 향한 채 패트릭이 말을 이었다.

"지금 입찰 담당관에 대한 로비가 시작된 것 같은데 리비아 정보기관에서 모르고 있을 것 같습니까?"

고개를 돌린 진성이 패트릭을 보았다.

지금은 로비 전쟁이다. 가격, 품질이야 다 비슷한 상태여서 로비가 생사를 좌우한다는 건 모두 다 안다. 가만있는 상사는 뭘 모르거나 로비할 능력이 없는 회사뿐이다. 정보기관도 눈치챘겠지만 그런다고 가만있을 수가 있겠는가?

그때 패트릭이 입을 열었다.

"한국 기업은 물론이고 유럽, 러시아, 중국도 로비를 하고 있어요. 아마 수십 개 업체가 달려들고 있을 겁니다."

"……."

"리비아 정보국이 그 뒤를 쫓고 있어요. 로비업체의 뒤를 쫓고 있다는 말입니다."

"……."

"잘못 걸리면 바로 체포, 구속됩니다. 그러니까 로비도 기술이 필요해요."

패트릭의 얼굴에 쓴웃음이 떠올랐다.

"거기에다 한국인들은 서로 중상모략을 하더군요. 다른 나라에선 이런 경우가 없었는데 한국 상사들끼리 싸웁니다."

"……."

"미스터 진."

진성을 부른 패트릭의 얼굴에 다시 쓴웃음이 떠올랐다.

"정보국에 당신에 대한 정보가 들어왔어요. 정보국에서 당신 뒷조사를 시작했습니다."

그때 진성이 풀썩 웃었다.

"어디서 정보가 갔는지 알 만합니다."

패트릭은 리비아 정보국 소령인 것이다. 고개를 돌린 패트릭이 진성을 보았다.

"한동상사에서 신고한 내용을 보면 도지무역이 벵가지의 반군에 군수품을 보냈다는 겁니다. 정보국은 바로 그 증거도 확보했습니다."

"IS에 대항하는 반군이니까 정부 측을 도와준 것이지요."

"그것도 압니다. 하지만 불법이지요."

"나를 잡으면 정보국의 입장이 곤란해질 텐데요, 패트릭 씨. 바로 CIA가 드러납니다."

그때 진성의 시선을 받은 패트릭이 웃음 띤 얼굴로 고개를 끄덕였다.

"그래서 고위층이 아직 결정을 내리지 못하고 있습니다."

진성이 CIA의 지원을 받고 있다는 것을 그들도 알고 있는 것이다. CIA가 부각되면 정보국은 물론이고 정부 입장도 난처해진다. 리비아 정부가 CIA와 비밀 협상을 했다는 증거가 드러나기 때문이다.

그때 진성이 패트릭을 보았다.

"패트릭 씨, 내가 당신하고 만나는 것을 정보국이 압니까?"

"모릅니다."

패트릭이 정색하고 진성을 보았다.

"알게 되면 큰일 나는 거죠."

"그럼 내가 자연스럽게 먼저 정보국에 접근할 수는 없겠군요."

"그렇죠."

고개를 끄덕인 패트릭이 진성의 의도를 짐작한 것 같다. 패트릭이 입을 열었다.

"수사를 진행시키지요. 그것이 자연스러운 방법 같은데."

"그렇게 부딪치는 것이 낫겠네요."

진성의 얼굴에 다시 쓴웃음이 떠올랐다.

"한동이 만들어주는 셈이군요."

바로 윤상화다.

회의실에 모인 팀장 셋의 시선을 받은 진성이 숨을 골랐다.

밖에 나갔다온 진성이 바로 팀장을 모은 것이다.

"내가 곧 리비아 정보국에 체포될 것 같다."

진성이 말했을 때 셋의 반응은 달랐다.

김선아는 눈만 치켜뜬 채 입을 오히려 꾹 다물었고 민성희는 몸을 굳히더니 진성을 응시한 눈동자가 흐려졌다. 그리고 고영도는 입 안의 침을 삼키더니 호흡을 고르고 있다.

모두 입을 열지는 않았기 때문에 진성이 입을 열었다.

"내가 지난번 IS 반군 오더를 받은 것 때문이지. IS의 반군용 군수품 오더지만 정부 입장에서 보면 불법 비밀 오더인 셈이지."

"그것이 정부를 위한 오더니까 곧 풀려나겠지요?"

김선아가 묻자 진성이 웃었다.

"무스타파는 IS의 반군이지만 아직 이쪽 정부하고 우호적인 관계도 아냐. 정부 측에서 보면 그도 반군이야."

"가만 놔둬도 되는 걸 구태여 체포까지 하는 이유가 뭐죠?"

민성희가 따지듯 물었다.

"리비아 정부가 그 정도로 준법체제가 잘 되어 있나요?"

"신고가 들어갔으니까 놔둘 수는 없겠지."

진성의 말에 셋이 일제히 긴장했다.

"신고라니요?"

민성희가 다시 물었을 때 진성이 대답했다.

"한동에서 정보국에 신고를 했어."

"윤상화군요."

김선아가 눈을 치켜뜨고 말했다.

"살모사 같은 년."

진성의 얼굴에 웃음이 떠올랐다.

윤상화의 이미지는 전혀 살모사를 닮지는 않았다. 그냥 꽃뱀 수준이다. 실패한 꽃뱀.

진성이 입을 열었다.

"걱정 마. 당황하지 말고 기다려."

셋을 둘러본 진성이 말을 이었다.

"한동이 소문을 퍼뜨리겠지만 맞대응 하지 마라."

"국제상사에서 연락이 올 텐데요."

민성희가 묻자 진성이 고개를 끄덕였다.

"반군 오더 때문인 줄 알 테니 그쪽에서도 속수무책일 거야. 나도 사건이 이렇게 흘러갈 줄은 예상하지 못했으니까."

"그럼 어떻게 합니까?"

"이것이 전화위복이 될 수도 있어."

진성이 목소리를 죽였지만 셋은 더 긴장했다. 진성이 말을 이었다.

"윤상화는 나를 궁지에 빠뜨렸다고 생각하겠지만 말이야."

"방법이 있습니까?"

이번에는 김선아가 물었다.

"동요하지 말고 기다려라."

"로비 자금은 어떻게 합니까?"

민성희가 이어서 물었다.

"이렇게 되면 로비 자금은 도로 받아와야 되는 것 아닙니까?"

"그래야겠군."

고개를 끄덕인 진성이 눈으로 전화기를 가리켰다.

"국제는 도지가 이렇게 되면 로비할 입장이 못 될 테니까. 오 전무 바꿔."

그러자 고영도가 서둘러 전화기를 들었다.

"아니, 그게 무슨 말입니까?"

놀란 오경환이 목소리를 낮췄다.

"체포될 것 같다고요?"

"예. 아마 내일쯤 될 것 같은데요."

수화기에서 울리는 진성의 목소리가 차분했기 때문에 오경환은 실감이 안 났다. 옆에 서 있던 이기철이 놀라 바짝 붙어 섰다.

진성이 말을 잇는다.

"제가 벵가지로 보낸 군수품 때문에 그럽니다. IS의 반군용이지만 불법 수출이어서요. 정보국에 신고가 들어간 겁니다."

"도대체……"

"한동에서 정보를 준 것 같습니다."

"개새끼들."

"그래서 말입니다, 전무님."

"말씀하세요."

"로비 자금이 필요 없을 것 같습니다."

"그렇죠, 이 상황에. 돌려드려야죠."

"아니, 로비는 내가 한다는 말씀입니다."

"뭐라구요?"

"제가 직접 하겠습니다."

"아니, 잡혀가신다면서요?"

"예. 잡혀가서 로비를 할 수도 있지 않겠습니까?"

그때 오경환이 전화기를 고쳐 쥐고는 심호흡을 두 번이나 했다. 그러고 나서 말을 이었다.

"좋습니다. 그 자금은 오늘 중 돌려드리지요. 사람을 보내세요."

"지금 바로 고 과장을 보내겠습니다."

"그런데 부탁 좀 합시다."

"말씀하시지요."

"우리가 연루되지 않게 해주시기 바랍니다. 이런 말 드리는 게 미안한데요."

"압니다."

진성의 목소리에 웃음기가 띠어졌다.

"국제와 도지는 이곳에서 연합했지 지난번 도지무역의 벵가지 수출하고는 전혀 상관이 없지요."

"이번 입찰 오더에 영향이 있지 않겠습니까?"

"그건 두고 봐야지요."

"아니, 도지무역 사장이 체포된 상황인데. 더구나 국제상사와 도지무역은 이미 컨소시엄을 맺고 오퍼까지 냈지 않습니까?"

오경환은 말끝까지 떨렸고 얼굴도 상기되었다.

도지무역 사장이 체포된 마당에 합작 상대인 국제가 오더를 어떻게 받겠는가? 오경환은 발로 땅을 구르고 싶은 심정이다.

그래서 뱉듯이 말을 맺는다.

"빨리 직원 보내세요."

로비 자금이고 개뿔이고 얼른 던져 버려야 한다. 조금이라도 연루되면
안 된다.

사내들이 왔을 때는 다음 날 오전 10시 경이다.

아침 식사를 마치고 회의실에 모였을 때 쏟아져 들어왔다. 모두 5명. 밖
에도 두어 명이 있는 것 같다.

"진성 씨를 보안법 위반으로 체포합니다."

사내 하나가 말했는데 뭔가 보여주지도 않았다. 영화 같은데서 보면 종
이 같은 것을 내밀면서 말하던데 그냥 빈손으로 말했다.

"진성이 누구요?"

모두 양복 차림이어서 분위기가 더 썰렁했다.

회의실에 둘러앉은 팀원은 모두 굳어 있다. 입도 열지 못한다.

그때 진성이 자리에서 일어섰다.

"나요."

"갑시다."

사내 둘이 다가오더니 진성의 양쪽 팔을 쥐었다. 진성이 팔을 흔들었다.

"따라갈 테니까 놓아요."

그러자 지휘관으로 보이는 사내가 진성 좌우의 사내들에게 아랍어로
말하자 곧 물러섰다. 진성이 발을 떼면서 아직도 굳어 있는 팀원들에게 말
했다.

"이틀만 기다렸다가 연락이 없을 때는 대사관에 연락해."

이미 대책을 이야기해 놓은 것이다.

"사장님."

민성희가 번들거리는 눈으로 진성을 보았다. 목이 메어 있다.

176

"몸 관리 잘하세요."

"걱정 말고."

몸을 돌리면서 진성이 말을 이었다.

"내가 시킨 대로만 해."

"진 사장이 잡혀갔습니다."

이기철이 말하자 오경환이 고개를 끄덕였다.

오전 10시 반.

이기철이 말을 이었다.

"회의 중에 체포되었다는데요."

"누구한테서 연락받았어?"

"도지무역의 민 과장입니다."

"혐의는?"

"보안법 위반이랍니다."

"알았어. 마침내 끝장이 났군."

혀를 찬 오경환이 의자에 등을 붙였다.

"괜히 합작을 하는 바람에 망했어."

오경환이 주도해서 도지무역과 합작을 한 것이다. 이기철은 외면했고 오경환이 탄식했다.

"한동한테 밀렸어. 개 같은……."

잡혀간 진성이 어떻게 될 것인지는 말도 꺼내지 않는다.

"서둘지 마."

김선아가 이맛살을 찌푸리고 민성희를 보았지만 목소리는 부드럽다.

"그리고 걱정하지도 마."

"참, 내. 기가 막혀서."

민성희가 눈을 흘겼다.

둘은 회의실에 남아 있었는데 고영도는 팀원들과 함께 밖에 나갔다.

"걱정도 하지 말라니? 국가보안법 위반이라고 했잖아?"

"아, 글쎄. 보스가 그런 대비도 하지 않고 잡혀갔겠어?"

김선아의 목소리가 높아졌다.

"보스한테는 이런 일은 아무것도 아냐. 이보다 더 심한 경우도 겪었다구."

민성희는 입을 다물었다. 김선아는 진성을 오래 겪은 측근이다. 소외감을 느끼기도 했다.

사막이다.

트리폴리 남쪽의 거대한 사막. 리비아 사막에 국가정보국 수용소가 있다. 사막 복판에 세워진 모래 색 벽돌 건물인 이곳은 트리폴리에서 250킬로 거리다.

진성은 체포된 뒤 바로 이곳으로 이송되었다. 헬기로 이송된 것이다.

오후 3시.

시계를 빼앗지 않아서 시간은 알 수 있다. 감방 벽에 등을 붙이고 앉은 진성이 앞쪽의 철창을 보았다. 이곳은 별관이어서 조용하다. 안쪽 사무실에서도 인기척이 들리지 않는다.

호텔에서 체포된 후 바로 군부대로 이송된 후에 헬기에 태워져서 이곳으로 옮겨진 것이다. 심문도 없고 몸수색도 없다. 이곳까지 데려온 사내들도 수용소 사무실에 인계 절차만 마친 후에 사라져버렸다.

수용소는 군인들이 관리하고 있었는데 군인들도 진성에게 뭘 묻지도 않았다. 그러고 나서 2시간이 지난 것이다.

　서늘한 시멘트벽에 등을 붙이고 앉아 있던 진성이 이윽고 머리를 기대고는 잠이 들었다. 쪼그리고 앉은 채 잠이 든 것이다.

　"도지무역 사장이 체포되었어요."

　백영배가 말했는데 얼굴에 희미하게 웃음기가 번져 있다. 크게 웃기는 꺼림칙했기 때문일 것이다.

　한동의 리비아 법인장실 안, 오후 3시 반.

　백영배가 눈을 가늘게 뜨고 윤상화를 보았다.

　"오전 10시경에 호텔방에서 회의를 하다가 끌려갔다는군요."

　"……."

　"도지무역 입찰단은 공황상태가 되었겠지만 도지와 연합했던 국제상사도 날벼락을 맞은 거지."

　그때는 참을 수가 없어진 백영배가 얼굴을 펴고 웃었다.

　"적의 불행이 내 행복이라지만 참, 각박한 세상이야. 내가 웃음을 참을 수가 없다니."

　"……."

　"국가보안법 위반으로 체포되었다는 거요."

　"……."

　"빠져나오기 힘들 겁니다."

　윤상화가 고개를 끄덕였다.

　당연하다. 반군에게 군수품을 공급한 것이다. 반역죄나 같다.

　같은 시간.

리비아 정보국장 아메드 소장이 전화기에 귀를 붙였다. 앞에 선 부관 키트나 중령은 긴장하고 있다.

"여보세요."

"아, 아메드 씨?"

수화기에서 굵은 목소리가 울렸다.

"나 제임스요."

제임스 브라운.

미국 대사관의 환경담당 영사. 그러나 CIA 책임자다. 아메드와는 자주 만나는 사이.

아메드는 제임스를 통해 미국 정부의 입장을 전달받는 경우가 많다. 이 것은 비공식 채널이면서 오히려 정부간 공식 교류보다 더 긴밀한 관계다.

"제임스 씨, 무슨 일입니까?"

조금 긴장한 아메드가 묻자 제임스가 대답했다.

"용건을 말씀드리지요. 오늘 오전에 체포된 한국인 사업가 때문입니다."

"아, 그렇습니까?"

전화기를 고쳐 쥔 아메드가 힐끗 키트나를 보았다. 긴장한 키트나가 메모장과 볼펜을 꺼내 기록할 준비를 했다.

그때 제임스의 목소리가 울렸다.

"아메드 씨, 그 한국인 사업가는 무스타파한테 군수품을 보낸 겁니다. 알고 계시지요?"

"압니다."

"IS에 대항하는 부대였으니 리비아 정부군을 도와 준 셈이죠. 그렇죠?"

"하지만 불법이지요, 제임스 씨. 정부 허락을 받지 않고 막대한 양의 군수품을 보낸 것입니다."

"그렇다면 무스타파한테 작전을 중지하고 이집트로 물러나라고 하지요."

순간 숨을 들이켠 아메드가 쓴웃음을 지었다.

"제임스 씨, 무슨 문제가 있습니까?"

"당신이 문제를 만들고 있어요, 아메드 씨."

"내가 문제를 만들다니요?"

"앞으로 선적될 군수품까지 막을 겁니까?"

"아니, 그것은……."

"군수품이 아직 절반 가깝게 남아있단 말이오. 무스타파가 받을 군수품이 말이오."

순간 숨을 들이켠 아메드의 눈동자가 흔들렸다.

그때 제임스의 목소리가 더 낮아졌다.

"아메드 씨."

"예, 제임스 씨."

"당신, 왜 그랬습니까?"

"아니, 그게……."

당황한 아메드가 어깨를 부풀렸다.

진성에 대한 고발 서류를 받은 것이 바로 옆에 선 부관 키트나다. 키트나가 진성을 구속, 사막의 수용소로 보냈다. 물론 아메드의 지시를 받았지만 이렇게 제임스 브라운까지 나설 줄을 몰랐다. 게다가 무스타파에게 건네줄 군수품이 절반 정도나 남아 있다니. 끝난 것이 아니었구나. 그것을 여기서 어떻게 알 수 있단 말인가?

그때 제임스가 말했다.

"내가 국가원수 각하를 만나야 될 것 같은데요, 아메드 씨."

"……."

"정보국장이 무스타파에게 갈 군수품 오더를 중지시켰다고 말입니다. 그럼 각하께서는 정보국장이 IS의 핫산하고 밀약을 맺은 것으로 믿으실 겁니다."

"제임스 씨."

마침내 아메드가 불렀는데 목소리가 갈라져 있다.

"나로서는 고발을 받은 이상 어쩔 수가 없었습니다. 허가 없는 불법 행위였거든요."

"알았습니다. 그럼, 총살시키세요."

"제임스 씨."

"난 각하를 만나러 갑니다."

"제임스 씨, 왜 이러십니까?"

"당신이 체포한 그 한국인 배후에 우리가 있다는 걸 당신은 알고 있으면서도 이런 거요."

"다 끝난 줄 알았습니다. 아직 군수품이 남아 있다는 걸 어떻게 압니까?"

"그럼 끝났다면 잡아 죽일 생각이었군."

"……"

"당신은 은혜를 모르는 사람이야."

"아니, 제임스 씨."

"전화 끊습니다."

그러고는 통화가 끊겼기 때문에 아메드가 어깨를 부풀렸다. 옆에 선 키트나가 메모장에 적는 시늉을 했다가 눈동자만 올려 떴다.

그때 아메드가 내동댕이친 전화기가 키트나의 목에 맞았다. 아주 정통으로 맞아서 키트나는 한 발짝 뒤로 물러섰다.

그때 아메드가 다시 소리쳤다.

"제임스를 다시 연결해!"

이대로 놔두면 안 된다. 국가 원수에게 달려가면 최소한 계급 박탈이다. 남몰래 도와준 CIA의 위신을 짓밟은 대가를 미국 측에 보여줘야 한다.

오후 6시가 되었을 때 김선아가 방으로 들어와 물었다.

"밥 안 먹어?"

창가의 의자에 앉아 있던 민성희가 고개를 들었다. 눈썹이 치켜 올라갔다.

"노크도 안 하고 왜 쑥쑥 들어오는 거야?"

목소리가 높다.

그때 김선아가 픽 웃었다.

"걱정되어서 왔더니 적반하장이네."

다가선 김선아가 민성희를 내려다보았다.

"울었어?"

"어?"

민성희가 벌떡 일어섰다.

"내가 미쳤냐?"

"운 얼굴인데?"

"너 장난해?"

"내가 미쳤냐? 너하고 장난하게?"

"아니, 이……."

"욕할래?"

"너 까불 거야?"

"내가 까부냐?"

"아유, 내가 저질하고는 말을 말아야지."

"넌 공주냐?"

"이런."

민성희가 어깨를 부풀렸다. 얼굴은 붉게 상기되었고 입은 앙다물었다.

그때 김선아가 민성희를 물끄러미 보았다.

"너, 참 섹시하다. 남자가 끌리겠어."

"뭐?"

"걱정 말고 나와서 밥 먹으러 가자."

"뭐?"

"우리가 기운 차리고 있어야지. 빨랑 나와."

몸을 돌린 김선아가 방을 나가면서 말을 이었다.

"니가 혹시 방에서 목이나 매지 않았나 해서 들어왔어."

"아니, 저것이."

어느덧 민성희의 어깨는 늘어졌고 눈빛은 약해져 있다.

"진 사장이 체포되기 전에 부탁한 일이 있습니다."

패트릭이 말하자 제임스가 눈썹을 찌푸렸다.

"부탁을 해?"

"예, 체포되었을 경우에 결국 석방되리라고 믿었던 것이죠. 그래서 부탁을 한 겁니다."

이곳은 트리폴리 중심부의 아라비아빌딩 2층 사무실 안이다. 간판에는 베드윈무역이라고 붙어 있지만 CIA의 연락사무소 역할이다.

오후 7시.

제임스는 패트릭과 사무실에서 마주 앉아 있다. 패트릭의 얼굴에 쓴웃음이 떠올랐다.

"자신을 고발한 사람을 구속시켜 달라고 하더군요."

"그야 당연히 복수를 해야지."

제임스가 싱겁다는 표정을 짓고 패트릭을 보았다.

"경쟁사겠지?"

"그렇습니다."

패트릭이 주머니에서 쪽지를 꺼내 제임스에게 내밀었다.

"여기 회사하고 고발한 놈 이름이 적혀 있습니다."

"총살을 시키라고 할까?"

"그건 잘 모르겠습니다."

"알았어. 아메드가 눈이 빠지라고 전화기를 보고 있을 텐데 슬슬 전화를 하지."

지금까지 아메드 전화를 받지 않았던 것이다. 전화기를 끌어당긴 제임스가 말을 이었다.

"갑자기 세상이 바뀌는 것 같겠군."

오후 8시 30분.

숙소에서 회의를 마친 팀원들이 막 회의실을 나올 때다.

앞쪽 현관으로 사내들이 들어섰다. 대여섯 명. 모두 현지인. 양복 차림. 한눈에 봐도 기관원이다. 모두 몸을 굳혔을 때 앞장선 사내가 소리쳤다.

"모두 동작 그만! 움직이지 마라!"

그러더니 주위를 둘러보았다.

"윤상화! 윤상화!"

사내가 연습을 했는지 윤상화의 이름을 정확하게 불렀다. 응접실 안이 물벼락을 맞은 듯이 조용해졌다. 왜 그러냐고 묻지도 못한다. 기가 질렸기 때문이다.

다시 사내가 소리쳤다.

"윤상화! 어디 있어!"

그때 벌려선 사내들이 팀원들을 밀치면서 소리쳤다.

"신분증!"

그때 회의실 문이 열리면서 윤상화가 나왔다. 안에서 다 들렸기 때문에 윤상화의 얼굴은 하얗게 굳어 있다.

"난데요. 왜 그러죠?"

윤상화가 크게 말했지만 목소리가 떨렸다. 그때 사내가 다가서며 말했다.

"내란 음모죄로 체포한다."

내란 음모죄라니. 모두 영어에 능통했지만 이런 죄명은 한국에서도 듣지 못했다. 윤상화까지 입만 떡 벌리고 있다.

5장

전사(戰士)

밤 12시가 되었을 때 방의 벨이 울렸다.

마침 문 근처에 있던 양기준이 문을 열었다가 놀라 소리쳤다.

"사장님!"

그 외침이 뒤쪽에 들렸고 회의실에 있던 고영도, 박일수가 뛰어나왔다.

"사장님!"

최미영의 째지는 것 같은 외침.

그 순간 안쪽 응접실에서 김선아가 달려왔다. 민성희는 맨 나중에 나왔는데 그 와중에도 머리를 매만지고 있다. 놀람에서 깨어나 가장 순발력 있게 자신을 둘러본 경우다.

"사장님."

목이 멘 고영도가 가장 먼저 달려갔지만 손을 내밀지는 못했다.

"어, 그래."

순식간에 둘러싼 팀원들을 둘러보는 진성의 차림은 잡혀갈 때 그대로다. 체포된 지 14시간쯤 되었나?

진성이 고영도의 손을 잡았다가 바로 다가온 김선아와 악수를 했고 뒤쪽에서 주춤거리는 민성희에게 다가가 어깨를 툭 치는 것으로 인사를 대신했다.

"나 좀 씻고 나올게."

침실로 들어서면서 진성이 말했을 때 김선아가 뒤에 대고 소리쳤다.

"갈아입으실 옷 넣어드릴게요."

그러고는 고개를 돌려 민성희를 보았다.

"이봐, 챙겨드려! 난 식사준비를 할 테니까."

눈을 치켜떴던 민성희가 최미영과 함께 따라 들어갔을 때 고영도가 말했다.

"난 술을 구해오겠어."

신바람이 난 표정이다.

1시간쯤 전에 한동의 숙소에서 윤상화가 기관원에게 연행되었다는 이야기를 들었기는 했다. 호텔방 안은 활기가 덮이고 있다.

사막의 수용소 안.

진성이 갇혔던 그 감방에 윤상화가 들어가 있다. 윤상화도 헬기로 실려와 갇혀 있는 것이다. 입었던 옷 그대로였고 심문도 받지 않고 그냥 처박아놓고 돌아갔다.

사방 50미터 간격의 시멘트 방으로 앞쪽은 철 기둥이 10센티 간격으로 박혔는데 3면은 벽이다. 안쪽 구석에 변기가 놓였고 왼쪽 벽에는 침대가 있을 뿐이다.

윤상화는 침대에 걸터앉아 앞쪽의 벽을 본다.

내란죄라고 했지만 이번에 진성을 고발한 문제가 잘못된 것 같다. 진성이 재주를 부린 것이 분명하다. 그러나 반군에게 무기를 공급한 것은 사실이니까 확인해 보면 알 수 있겠지.

같은 시간의 트리폴리 호텔 안에서 진성이 팀원들에게 말했다.

"우리가 보낸 군수품의 수령자는 리비아에 대항하는 반군이 아냐."

모두의 시선을 받은 진성의 얼굴에 쓴웃음이 번졌다.

"반군의 반군이다. 그러니까 리비아를 도와주는 반란군이다."

물론 무스타파는 반군이기는 하다. 그래서 도지무역 내부에서도 그냥 반군이라고만 불렀고 진성도 자세한 설명은 하지 않았다. 정수연만 제외하고는 그 내막을 아는 사람이 없었으니까.

윤상화가 그 덫에 걸린 셈이다. 그때 고영도가 말했다.

"사장님, 오늘 오후에 국제상사에서 구매본부에 도지무역과의 컨소시엄은 무효라는 청원서를 제출했습니다."

고영도의 얼굴에 쓴웃음이 번졌다.

"국제 법인의 모든 로비력을 동원해서 상급기관인 산업부와 대통령 비서실에도 청원서를 제출했다고 합니다."

"당연한 일이야."

술잔을 든 진성이 둘러앉은 팀원에게 말했다.

"이제 윤상화가 잡혀갔으니까 한동과 합작한 양우상사도 청원서를 제출할 거다."

"그렇군요."

김선아가 고개를 끄덕이며 말했다.

"만 하루도 안 되어서 세상이 변한 것 같아요. 내일 어떻게 될지 알 수 없어요."

"사장님이 석방되었다는 걸 알면 국제가 어떤 표정을 지을까요?"

민성희가 혼잣말처럼 말하자 모두의 얼굴에 웃음이 떠올랐다.

오경환이 윤상화의 체포 소식을 들은 것은 오전 1시 반경이었다.

한동상사가 사원들에게 입단속을 시켰기 때문인데 한동에 들렀던 양우상사 직원이 듣고는 소문을 퍼뜨렸던 것이다.

보고자는 이기철 부장. 침대에 누워 있던 오경환이 전화를 받는다.

"한동의 입찰 책임자 윤상화가 체포되었습니다."

오경환은 숨을 죽였고 이기철의 목소리가 이어졌다.

"오후 9시경이라고 합니다. 숙소에서 회의를 하다가 체포되어 끌려갔다는데요."

"왜?"

"내란음모죄라고 했다는데요."

"내란음모죄?"

"예, 양우상사 직원이 한동 법인 직원한테서 들었다고 합니다."

"이런. 진성에 이어서 윤상화까지……."

"윤상화를 증인으로 데려간 것이 아닌가 생각했습니다만, 윤상화가 고발을 했다니까요."

"그런데 혐의가 이상하잖아?"

"그렇습니다, 전무님."

"그럼 한동도 입찰은 깨진 건가?"

"예. 그럴 가능성이……."

이기철이 서둘러서 국제와 도지무역의 합작은 무효화해 달라는 청원서를 제출해 놓은 것이다. 순발력과 기지가 뛰어난 이기철이어서 오늘 오후에 청원서가 다 제출되었다.

그때 오경환이 길게 숨을 품었다.

"청원서만 제대로 먹히면 해볼 만한 싸움이 되겠다."

"예, 전무님. 주무십시오."

이기철도 한숨 돌렸다는 목소리로 말했다.

다음 날 오전 8시 반.

진성이 침실에서 전화를 받는다. 샤워를 마치고 나온 진성이 응답했을
때 곧 사내의 목소리가 울렸다. 굵은 목소리의 사내. 영어를 쓴다.

"진성 씨 맞습니까?"

"예. 난데요."

"어제 고생하셨지요?"

"아닙니다. 그런데 누구십니까?"

"난 타르카리라고 합니다."

순간 진성이 숨을 들이켰다.

입찰담당관, 신비의 인물 타르카리다. 그 타르카리란 말인가?

진성이 확인했다.

"아니, 타르카리 씨라면……."

"예. 군수품 입찰담당관이지요."

"오, 반갑습니다. 그런데 웬일이십니까?"

"30분 후에 호텔 왼쪽 물 담배 가게에서 뵙지요."

"예. 알겠습니다."

"그런데 소문이 나면 곤란합니다. 아시지요?"

"물론입니다. 걱정하지 마십시오."

숨을 고른 진성이 말을 이었다.

"그럼 30분 후에 뵙겠습니다."

전화기를 내려놓은 진성이 털썩 의자에 앉았다.

정부에서 체포한 것에 대한 보상으로 타르카리에게 연락했을 것이다. 곧 알게 되겠지.

"나, 호텔 옆 물 담배 가게에 다녀올게."

마침 응접실에 나와 있던 민성희에게 말한 진성이 방을 나왔다. 아직 김선아 등은 보이지 않는다.

"무슨 일 있으세요?"

따라 나온 민성희가 물었기 때문에 진성이 고개만 돌렸다. 복도에는 둘뿐이다.

"누구하고 만나기로 했어."

"누군데요?"

진성이 바짝 다가섰더니 민성희의 얼굴이 붉어졌다. 민성희한테서 옅은 향내가 맡아졌다. 긴 머리, 목이 깊게 파인 원피스 차림에 무릎 밑은 맨다리다.

진성이 목소리를 낮췄다.

"타르카리가 날 찾아왔어."

"옛?"

놀란 민성희가 숨을 들이켰다. 진성이 말을 이었다.

"타르카리가 비밀로 해달라고 했다. 그러니까 너만 알고 있도록 해."

"네, 사장님."

민성희가 반짝이는 눈으로 진성을 보았다. 눈동자 속에 진성의 얼굴이 떠 있다.

물 담배 가게 안에는 쑵 차림의 사내 하나만 앉아서 물 담배를 물고 있었는데 옆 자리의 물 담배도 준비가 다 되어 있다.

다가간 진성에게 사내가 앉은 채로 손을 내밀어 악수를 청했다.

"타르카리입니다."

"진성입니다."

악수를 나눈 진성에게 타르카리가 옆자리를 가리켜 보였다.

"물 담배 피워보셨지요?"

"예, 피워봤습니다."

옆쪽에 앉은 진성이 담배 뿌리를 입에 물고 증기를 빨아들였다. 호스로 연결된 담배에서 구수한 맛이 났다.

타르카리는 턱수염과 콧수염을 잘 다듬은 40대쯤의 건장한 체격이다. 담배 연기를 앞으로 내뿜은 타르카리가 입을 열었다.

"짐작하셨겠지만 상부의 지시를 받았습니다."

진성은 듣기만 했고 타르카리가 말을 이었다.

"당신 때문에 정보국장이 문책을 당할 뻔했습니다."

타르카리가 고개를 돌려 진성을 보았다.

"어제 국제상사가 도지무역과의 합작을 철회하겠다는 청원서를 냈더군요. 당신이 체포되니까 손을 떼려고 한 것이지요."

타르카리의 얼굴에 쓴웃음이 번졌다.

"아마 오늘 그 청원이 받아들여질 것입니다. 그러니까 도지무역은 독자적으로 다시 오퍼를 내시지요."

"감사합니다, 타르카리 씨."

"군수품 오더를 드리지요."

타르카리가 담배 연기를 다시 길게 내뿜었다.

"예산이 3억 2천만 불이니까 그 이상은 써내지 마세요."

"알겠습니다, 타르카리 씨."

진성이 어깨를 부풀렸다가 내렸다.

국제, 도지 합작 컨소시엄이 오퍼한 군수품 가격은 2억 9천5백만 불이었던 것이다. 누가 대조를 할 것도 아니고 입찰자 마음이다.

엉겁결에 물 담배를 빨아들였다가 하마터면 재채기를 할 뻔한 진성이 기를 쓰고 참았다.

"오퍼를 작성해, 도지무역 독자적으로."

호텔방으로 들어선 진성이 김선아와 고영도에게 소리치듯 말했다.

"서둘러라! 오전 중에 구매본부 입찰 사무국 책임자 아부라디 씨한테 가져가도록, 지금 기다리고 있을 테니까."

"알겠습니다."

놀란 고영도와 김선아가 동시에 대답했고 호텔방이 금방 분주해졌다. 방으로 들어선 진성의 뒤를 민성희가 따라왔다.

"사장님, 조금 전에 국제상사 오경환 전무한테서 전화가 왔습니다."

고개를 돌린 진성에게 민성희가 말을 이었다.

"사장님이 석방되신 것을 알고 있었습니다. 외출하셨다니까 전화 기다린다고 했습니다."

"놔둬."

쓴웃음을 지은 진성이 말을 이었다.

"합작이 무효라는 청원까지 내놓고 나서 나한테 무슨 할 말이 있단 말인가?"

민성희가 눈만 크게 뜨고 진성을 보았다. 얼굴이 상기되었고 숨소리도
가쁘다.

그 시간에 오경환이 이기철에게 말했다.

"윤상화가 구속되고 진성이 석방되었어. 이건 전세가 역전된 거야."

이기철은 눈만 껌뻑였고 오경환이 말을 이었다.

"이거 하루 사이에 세상이 뒤집힌 것 같군. 어떻게 생각하나?"

"그것은……"

이기철이 시선을 내렸다. 어떻게 설명을 한단 말인가? 그때 오경환이 잇
새로 말했다.

"합작 무효화 청원을 재빠르게 낸 것이 너무 경솔했던 게 아닌가?"

"……"

"잠깐 기다리고 있었다면 내가 진성한테 전화를 해도 쑥스럽지 않을 텐
데 말야."

이기철이 소리죽여 숨을 뱉었다.

재빠르게 합작 취소 청원을 접수시킨 것은 이기철이다. 이기철이 제의했
고 오경환도 바로 승인을 했던 것이다. 어쨌든 이기철의 비상한 순발력이
었다.

그런데 지금 분위기가 이상하다.

보안법 위반, 반역죄로 체포되었던 진성이 석방되고 진성을 고발했던 윤
상화가 내란죄로 구속된 것이다. 오경환이 외면한 채 말했다.

"진성이 전화도 안 받는 것 같군. 우리가 청원서를 낸 걸 아는 것 같다."

오전 11시 반.

구매본부에 찾아갔던 고영도와 김선아가 돌아왔다. 떠난 지 한 시간 만에 돌아온 것이다.

응접실에 앉아 있는 진성 앞으로 팀원들이 다가왔다. 고영도, 김선아 팀 4명이 구매본부에 다녀온 것이다. 그래서 기다리고 있던 민성희 팀까지 진성 앞으로 다가가 섰다.

김선아가 고영도에게 보고를 맡긴 것 같다. 양보를 했겠지. 김선아가 점점 성숙해가고 있다. 그때 고영도가 어깨를 부풀리며 말했다.

"구매본부에 갔더니 경비실에서부터 기다리고 있었습니다."

"……."

"입찰이 끝난 터라 출입이 통제되고 있었는데도 경비실에 도지무역에서 왔다고 하니까 저희들 넷을 다 출입시켜줬습니다."

억제하려고 애쓰는 것 같았지만 고영도의 목소리가 떨리기 시작했고 얼굴이 상기되었다.

"본관 앞에 갔더니 구매본부 입찰사무국 직원이 나와서 기다리고 있었습니다."

누군가 침 삼키는 소리를 냈다. 민성희 팀의 최미영인 것 같다. 최미영도 미인이다.

"직원의 안내를 받아서 사무국장 아부라디 씨 방으로 들어갔습니다. 우리 넷이 모두 말입니다."

이제는 고영도의 두 눈이 번들거렸다.

"아부라디 씨가 직접 서류를 받고 확인증에 도장을 찍어줬습니다."

고영도가 '입찰 확인증'이라고 적힌 서류를 진성에게 내밀었다. 1부 더 가져간 입찰서류에도 '확인' 도장이 찍혀 있다.

고개를 끄덕인 진성이 앞에 선 팀원들을 보았다.

"생필품 오더가 남아 있어. 일단 생필품 오더의 오퍼도 작성해놓도록. 거기에서 연락이 올지도 모르니까 말야."

'그래, 진성이 손을 쓴 거야.' 마침내 윤상화가 결론을 내렸다.

감방 안, 벽에 등을 붙이고 앉은 윤상화가 흐려진 시선으로 앞쪽을 보았다.

오후 3시 반.

오늘 아침 식사는 계란 프라이 2개에 양고기가 섞인 쌀밥과 우유였는데 밥만 조금 남기고 다 먹었다. 체포된 순간부터 진성의 얼굴이 떠올랐지만 이제 확신할 수 있다. 진성이 지금도 잡혀 있는 줄 아는 윤상화다. 물귀신 작전으로 자신을 끌고 들어갔다고 믿는 것이다.

그때 안쪽 문이 열리더니 감방 앞쪽 복도로 군인이 나타났다. 간수다. 이곳이 군(軍)이 관리하는 수용소인 줄은 알았지만 어느 부대인지도 알려주지 않았다. 심문도 하지 않고 옷도 주지 않아서 잡혀올 때의 차림 그대로다.

사내가 잠자코 철창문을 열었기 때문에 윤상화의 심장 박동이 빨라졌다. 밥 가져온 사내는 아니다. 문을 연 사내가 손가락을 까닥여 나오라는 시늉을 했다.

마치 개를 부르는 시늉이었지만 윤상화는 벌떡 일어섰다.

안쪽 문을 열고 들어섰더니 가운데 철제 책상만 하나 놓여 있고 사내 하나가 이쪽을 바라보며 앉아 있다. 어깨의 계급장을 보니까 장교다.

사내가 눈으로 앞쪽 의자를 가리켰다. 윤상화가 자리에 앉았을 때 사내가 말했다. 유창한 영어.

"넌 내란죄로 구속되었는데 내란죄는 군사재판 1회만 거쳐서 즉결 처분이다. 그러니까 변호사 따위를 부를 필요가 없는 거야."

숨만 들이켠 윤상화에게 사내가 말을 이었다.

"넌 진성 씨가 반군에게 군수품을 선적했다고 고발을 했는데 사실과 다르다."

장교의 얼굴에 쓴웃음이 떠올랐다.

"진성 씨는 IS 반란군 내부의 반군에게 군수품을 공급한 거야. 이해가 가나?"

"……."

"넌 헛발질을 한 것이지. 진성 씨는 리비아 정부를 위해 일한 것이나 마찬가지였거든."

"……."

"네 고발을 믿고 진성 씨를 체포한 정보국 장교는 지금 구속되었어."

"……."

"정보국장이 곤란한 처지에 몰렸단 말이다."

"그렇다면."

마침내 윤상화가 입을 열었다.

"진성은 어떻게 되었죠?"

"이미 석방되었어."

사내가 의자에 등을 붙이고는 지그시 윤상화를 보았다.

"넌 IS 동조자로 몰려 총살당할지도 모른다."

그렇다면 내란죄가 맞다, 결국 IS를 위해 일해 준 꼴이니까.

오후 4시 반.

민성희 팀의 최미영이 호텔방 전화를 받았다.

점심을 마치고 팀원들은 휴식 중. 오후에 고영도와 김선아가 다시 구매본부에 들러서 이번에는 생필품 오퍼를 제출하고 돌아왔다.

입찰 마감이 사흘이나 지났지만 구매본부에 연락을 했더니 오퍼를 갖고 오라고 했기 때문이다. 지난번 만난 입찰사무국 책임자 아부라디가 오퍼를 받은 것이다.

생필품 오더는 하즈란이 입찰 담당관이다.

"여보세요."

최미영이 응답하자 곧 사내의 목소리가 울렸다.

"거기 진성 씨 있습니까? 여긴 구매본부인데요."

"예, 계십니다."

화들짝 놀란 최미영의 목소리가 굵어지자 주위의 팀원들이 모두 몸을 굳혔다. 그때 사내가 말했다.

"전화 바꿔주실 수 있습니까?"

"예. 잠깐만 기다리세요."

누구냐고 묻는 것이 정상이지만 구매본부는 신(神)이나 같다. 신에게 이름을 묻다니.

최미영이 전화기를 놔두고 안쪽 응접실로 달려갔다.

잠시 후에 진성이 전화기를 귀에 붙였고 주위로 팀원 6명이 '싹' 모였다. 화장실에 있던 고영도도 달려왔다.

"예, 진성입니다."

응답했을 때 사내의 목소리가 울렸다.

"난 생필품 담당관 하즈란입니다."

"아, 예. 반갑습니다, 하즈란 씨."

하즈란의 이름을 들은 팀원들이 바짝 긴장했다. 모두 숨도 쉬지 않는다. 진성이 일부러 이름을 부른 것이다.

그때 하즈란이 말을 이었다.

"6시에 호텔에서 사거리 하나 떨어진 시바 모스크 옆 카페에서 뵙지요."

"예, 알겠습니다."

"라단 카페입니다."

그러고는 통화가 끊겼기 때문에 진성이 전화기를 내려놓았다.

방 안에 잠깐 정적이 덮였다. 진성이 앞에 선 김선아를 응시한 채 입을 열지 않았기 때문이다. 이윽고 몸을 돌린 진성이 발을 떼며 말했다.

"하즈란한테서 전화 온 것도 극비야. 절대 밖으로 새나가면 안 된다."

6시 정각에 진성이 모스크 옆 카페로 들어섰다.

흙벽돌로 만든 카페다. 손님은 모두 현지인으로 진한 커피 냄새가 카페 안을 가득 메웠다. 손님이 절반쯤 차 있는 어둑한 카페 안쪽에서 흰 숍 차림의 사내가 진성을 향해 손을 들었다.

진성도 흰색 숍에 터번을 둘러서 현지인 차림이다. 진성이 다가가자 사내가 일어서서 손을 내밀었다.

마른 체격에 피부가 검고 웃음 띤 얼굴이다. 50대쯤. 턱수염이 절반쯤 희었지만 잘 어울렸다.

"하즈란입니다. 이번에 고생하셨지요?"

"아닙니다."

악수를 나눈 진성이 앞자리에 앉으면서 웃었다.

"오히려 잡혀가는 바람에 사실이 밝혀져서 일이 잘 풀렸습니다."

하즈란의 경우도 마찬가지인 것이다.

커피를 시키고 난 진성에게 하즈란이 말했다.

"나도 구매본부장의 지시를 받고 진 사장을 만나러 온 겁니다. 구매본부장은 정보국장의 부탁을 받았겠지요."

진성이 고개를 끄덕였다.

정보국장은 CIA나 더 고위층의 압력을 받았을 것이다.

그때 하즈란이 주머니에서 접힌 쪽지를 꺼내 진성에게 내밀었다.

"이거 가져가서 다시 오퍼를 작성해 오시지요. 내일 오전까지 사무국의 아부라디한테 갖다 주시면 됩니다."

쪽지를 편 진성이 숨을 들이켰다. 생필품 품목 번호별로 가격이 적혀 있는 것이다.

진성의 표정을 본 하즈란이 빙그레 웃었다.

"128개 생필품의 적정 가격입니다. 아마 도지무역이 보낸 오퍼 가격하고 비교하면 높은 것도 있고 낮은 것도 있을 겁니다."

고개만 끄덕인 진성에게 하즈란이 말을 이었다.

"생필품 예산은 2억 2천만 불입니다. 그 가격 내에서 오퍼를 해오세요."

"감사합니다."

"아니, 우리도 당연히 도와드려야죠. 우리를 위해서 위험을 무릅쓰고 군수품을 선적시켜 주셨지 않습니까?"

"아닙니다. 장사꾼에게 당연한 일이지요."

진성이 다시 쪽지를 보았다.

오늘 오후에 구매본부에 제출한 생필품 오퍼 총액은 1억 9천5백만 불인 것이다. 이대로 써내면 2억 2천만 불. 2천5백만 불 차액이 나온다. 각 품목에 15퍼센트 정도의 이익금을 추가시켰기 때문에 5천5백만 불이 넘는 이윤이 나온다.

진성의 머릿속 계산기가 번뜩이면서 움직인 결과다.

"감사합니다. 내일 오전까지 이 가격에 맞춰서 입찰 서류를 재작성해서 가져가겠습니다."

쪽지를 주머니에 넣은 진성이 하즈란을 보았다. 하즈란의 검은 눈동자와 마주쳤을 때 진성이 말했다.

"앞으로 자주 뵙기를 바랍니다."

그러자 하즈란이 고개를 끄덕이며 웃었다.

또 소동이 일어났다.

진성한테서 이야기를 듣고 쪽지를 건네받은 팀원들이 모두 달려들었다. 신이 났기 때문에 모두 활기가 일어났다.

"서둘지 마라. 시간은 넉넉해."

진성이 소리쳐 분위기를 가라앉혀야 할 정도였다.

오퍼를 김선아와 고영도에게 맡기고 응접실로 나왔을 때 민성희가 따라 들어왔다.

"저 소외감 느껴요."

민성희가 입술을 조금 내밀고 눈썹을 찌푸렸다. 울상이다. 민성희의 이런 울상은 처음이다. 어리광을 부리는 것 같다.

"왜?"

대충 짐작하면서 진성이 물었더니 민성희가 앞에 생수병을 놓으면서 말했다.

"무역 일을 하고 싶어요."

"윤상화가 그랬지."

진성이 웃음 띤 얼굴로 민성희를 보았다.

"윤상화도 비서실에서 근무하다가 무역부로 옮겨왔거든."

"아유, 그럼 안 하겠습니다."

쓴웃음을 지은 민성희가 냉장고 앞에 서서 진성을 보았다. 방에는 잠깐 정적이 덮였다. 시선을 대고 있었기 때문에 진성은 기분이 묘해졌다.

민성희는 트리폴리에 와서 부쩍 묘한 분위기를 연출한다. 물론 그것을 느끼는 진성도 문제가 있다. 민성희한테서 여자를 느끼기 때문이다. 받는 사람이 건조하면 주는 사람이 아무리 기를 써도 이런 분위기 안 된다.

그때 진성이 말했다.

"긴장 풀지 마. 아직 안 끝났어."

사흘째 되는 날 오전.

아침 식사로 계란 프라이 한 쪽을 먹고 침대에 누워 있던 윤상화가 철창을 곤봉으로 두드리는 소리에 일어나 앉았다. 간수가 쳐다보고 있다가 말했다.

"나와."

딱 한 마디.

어제 장교하고 10분쯤 이야기하고 나서 두 번째로 불려나간다. 입고 온 그대로여서 다 구겨졌지만 윤상화는 머리만 매만지고 사내를 따라 조사실로 들어섰다.

어제의 장교가 무표정한 얼굴로 맞는다. 윤상화가 앞쪽에 앉았을 때 장교가 입을 열었다.

"한국 대사관에서 너에 대한 공정한 조사를 촉구하는 공문을 보내왔어. 외교부를 통한 공식 서한이다."

장교의 얼굴에 쓴웃음이 번졌다.

"이것으로 끝이야. 한국 정부는 더 이상 우리한테 요구할 건 없어."

윤상화의 시선을 받은 장교가 말을 이었다.

"네 일정을 알려주려고 불렀다. 넌 내일 내란죄로 기소되어 군법 재판을 받고 모레 선고 재판을 받는다. 그리고 선고가 끝나면 바로 집행되지."

"……."

"내란죄는 대부분 즉결 처분으로 총살이야."

"……."

"총살장은 바로 이곳 뒷마당이야. 이 수용소는 내란죄, 반역죄 전용 수용소이고 현재 수용자는 너 하나야. 모두 수감 후 며칠 안에 처형되기 때문에 거의 비어 있는 상태다."

"……."

"리비아는 다른 국가하고 달리 내란죄, 반역 혐의자는 변호인을 두지 않는다. 쓸데없는 절차를 없앤 것이지. 지금까지 그렇게 진행해 왔으니까 알고 있도록 해라."

그러고는 장교가 벨을 눌렀다.

끝났으니까 죄수를 데려가라는 신호다. 뒤쪽 문이 열리면서 간수가 들어섰을 때 장교가 생각난 듯이 말했다.

"처형 후에 시신은 화장시키고 나서 정보국이 유골을 보관시키는데 가족이 정부에 신청을 하면 돌려보낼 수는 있어. 하지만……."

고개를 기울였던 장교가 말을 이었다.

"아직 그런 경우는 없었다. 신청을 한 경우도 드물었고 또 신청을 해도 절차가 까다로워서……."

장교의 얼굴에 쓴웃음이 번졌다.

"그래서 유골은 6개월쯤 지나서 사막에 뿌려진다고 들었다."

"접수하고 왔습니다."

김선아가 씩씩하게 보고했을 때는 오후 3시가 되어갈 무렵.

김선아는 생필품 입찰 오퍼를 다시 입찰사무국의 아부라디에게 접수시키고 온 것이다.

가격은 2억 1천5백만 불. 2억 2천만 불에서 5백만 불을 깎았다. 군수품 오퍼 가격도 3억 1천만 불로 접수시켰으니 3억 2천에서 1천만 불을 깎은 가격이다.

두 품목을 합치면 5억 2천5백만 불. 건설, 기계 등 수십 억불짜리 오더도 있지만 엄청난 오더다.

"수고했다. 이제 푹 쉬어."

진성이 웃음 띤 얼굴로 둘러선 팀원들을 보았다.

"앞으로 열흘이다. 열흘간 리비아 관광을 해라."

진성이 봉투를 꺼내 민성희에게 내밀었다.

"여기 2만 불 들었다. 너희들의 열흘간 관광비야."

팀원 6명은 다음 날 오전 9시에 미니버스를 빌려 동쪽 바닷가를 따라 홈스, 미수라타, 알카다히야, 수르트, 시드라까지 갔다가 돌아올 예정.

각각 1박씩 하고 바닷가에서 노는 일정이었기 때문에 모두 들떠 있다. 자유 여행이니까 갈 사람은 가고 트리폴리에서 놀 사람은 남으라고 했더니 6명 모두 떠나기로 한 것이다.

진성은 남았다. 진성이 호텔에 혼자 남겠다고 했을 때 굳이 같이 가자고 권하는 사람은 없었다.

그날 밤.

침대에 누웠던 진성은 벨소리에 상반신을 일으켰다. 스위트룸에는 방이

4개. 진성과 김선아, 민성희, 최미영까지 여자 셋이 사용하고 있다. 고영도와 박일수는 아래층에서 방 2개를 쓴다.

전화기를 귀에 붙인 진성이 응답하자 민성희의 목소리가 울렸다.

오후 11시 반.

"전데요. 아무래도 저는 남아 있어야 될 것 같습니다."

진성은 듣기만 했고 민성희의 말이 이어졌다.

"무역 팀에서도 김 과장이 남아 있기로 합의를 했습니다."

"뭐야? 너희들?"

"고 과장이 셋을 데리고 예정대로 여행가기로 했습니다. 그것도 5일로 줄였어요."

진성은 입맛만 다셨다. 그동안에 다른 일이 일어날지도 모른다.

"알았다."

"그리고 고 과장은 내일 인사하지 않고 출발한다네요. 사장님한테 죄송해서요."

민성희가 마무리를 했다.

'윤상화가 기폭제 역할을 했다.'

다음 날 오전 고영도 일행이 여행을 떠났을 때 응접실에 혼자 남은 진성의 머릿속에 떠오른 생각이다.

민성희와 김선아는 때로는 앙숙 같다가도 어떤 때는 딱 붙어 다닌다. 호흡이 맞기도 하는 것이다. 지금 둘은 시장에 갔다.

윤상화는 지금 구속된 상태. 그리고 내가 석방되어 나와 있다는 것을 한 동그룹, 국제그룹 측에서는 다 알 것이다.

내가 은밀하게 타르카리와 하즈란에게 오퍼를 했다는 사실은 모르겠지.

이곳은 전장(戰場)이다. 그리고 우리는 전사(戰士)인 것이다.

윤상화가 빠진 후에 한동의 입찰팀은 붕괴되었다. 팀장 4명, 팀원 8명으로 구성된 12명이 머리 잃은 뱀 꼴이 된 것이다.

한동 리비아 법인장 백영배는 처음에는 본사에 시달려서 죽을 맛이었지만 슬슬 책임에서 벗어나는 중이다. 그것은 본사에서 윤상화가 진성을 모함했다는 사실을 이해했기 때문이다. 그래서 현재 입찰팀은 법인장 백영배가 지휘하는 상태.

오전 11시.

백영배가 한동상사 부사장 박윤태의 전화를 받는다.

"어떻게 되고 있지?"

불쑥 박윤태가 묻자 백영배가 심호흡을 하고 나서 대답했다. 대답을 준비하고 있었다.

"외교부에서 연락을 받았습니다. 윤 부장은 내란죄로 구속되어서 리비아 정부 측은 면회는 물론 변호사 접견도 안 된다는 것입니다."

"그건 나도 이곳 대사관에서 들었어!"

박윤태의 목소리에 짜증이 섞였다.

"내가 말한 산업장관은 연락해봤어?"

"예, 비서실장과 통화를 했습니다."

"비서실장?"

"예, 세 번이나 했지만 비서실장이 계속 기다리라고 하는 바람에……."

"이런 개새끼들."

마침내 박윤태의 입에서 욕설이 터졌다.

"모두 병신들이야! 너희들은."

"······."

"만일 윤 부장이 어떻게 된다면 모두 책임을 져야 될 거야!"

"······."

"도무지 서울에 있는 나보다 현장 정보가 더 없다는 게 말이 돼?"

그러고는 통화가 툭 끊겼기 때문에 백영배는 어깨를 늘어뜨렸다.

어쩌란 말인가?

한국 제1의 재벌그룹인 국제그룹 리비아 현지 법인장 사무실 안.

이곳 분위기도 가라앉아 있다. 그러나 제3 재벌그룹인 한동보다는 낫다.

상석에 앉은 국제상사 오경환 전무가 입을 열었다.

"진성이 호텔에 있는 건 확실하지?"

"예, 전무님."

이기철이 바로 대답했다. 둘러앉은 간부급 팀원은 6명. 법인장 고대성 상무도 왼쪽 옆에 앉아있다.

오경환이 다시 물었다.

"전화를 안 받는다면 찾아가 보는 게 어때?"

그때 끝 쪽에 앉아 있던 과장이 대답했다.

"제가 세 번이나 갔습니다만 7층 입구에서 저지당했습니다."

오경환이 이맛살을 찌푸렸다.

"누가 저지를 한단 말야?"

"예, 호텔 직원들. 도지 측에서 고용한 것 같습니다. 복도에 서너 명이 서 있습니다."

"국제상사에서 왔다고도 했어?"

"예, 전해달라고 했는데도 안 됩니다."

그때 법인장 고대성이 말했다.

"우리가 도지무역과 합작을 깬 것에 대해서 유감이 있는 것 같습니다."

"그건 어쩔 수 없는 것 아닌가?"

외면한 오경환이 투덜거렸다.

"우리가 그렇게 될 줄 알았나?"

경솔했다는 이유로 이기철은 오경환으로부터 계속 스트레스를 받고 있는 중이다. 오경환이 한숨을 뱉으면서 말했다.

"하긴 우리보다 한동이 더 황당하겠지."

그때 고대성이 말을 이었다.

"한동과 합작해서 응찰했던 양우상사는 합작 파기도 못 하고 죽을 지경이라고 합니다."

오경환의 얼굴에 저절로 쓴웃음이 번졌다. 양우상사는 한동에서 끌어들인 경우다.

오경환이 어깨를 펴면서 물었다.

"앞으로 며칠 남았나?"

"9일입니다."

이기철이 바로 대답했다.

피고석에 앉은 윤상화가 주위를 둘러보았다.

재판정이라야 교실 하나만 했다. 앞쪽 연단에 재판관 셋이 앉았고 좌측에 장교가 두 명 앉아있다. 검사 역이겠지.

옆에는 지금까지 심문했던 조사관이, 뒤쪽에는 10여 명의 장교들이 둘씩, 셋씩 앉아 있다.

이것이 재판장이다.

오전 11시. 감옥에 갇힌 지 6일째 되는 날.

윤상화는 세수를 해서 말끔해진 얼굴. 머리도 감아 뒤로 묶어 올렸다. 옷은 카키색 민소매 셔츠에 진 바지. 샌들을 신었다.

재판장은 50대쯤의 장교. 어깨의 견장에 별 하나가 붙어 있다.

그때 중앙에 앉은 재판장이 재판 시작을 선언했고 먼저 좌측의 검사 하나가 일어나 윤상화의 죄상을 열거했다. 아랍어. 통역이 없었기 때문에 윤상화는 아랍어의 억양만 듣는다.

영어로 통역할 배려도 필요 없다는 분위기다, 방청객도 장교들뿐이었으니까. 변호인도 없는 재판이다. 심문했던 장교가 옆에 앉아있을 뿐이다.

윤상화는 멍한 표정으로 검사의 격한 표정과 말을 듣는다. 내란죄를 지은 코리안에 대한 적의가 뿜어 나오고 있다.

윤상화는 문득 통역이 없는 것이 낫다는 생각을 했다, 들으면 더 기가 막힐 테니까.

그때 문득 눈앞에 진성의 얼굴이 떠올랐다.

이젠 진성에 대한 적의도 사라졌다. 원통하고 억울하다는 생각도 없다. 사형을 당한다는 두려움도 조금 무디어졌다.

이러다가 죽겠지. 유골은 사막에 뿌려질까? 뼛가루는 사막의 모래와 뒤섞여 잘 보이지도 않을 텐데.

"전화 왔어요."

민성희가 다가와 말했을 때는 오후 3시 반.

진성이 응접실에 앉아있을 때다.

"이동철 부장입니다."

고개를 끄덕인 진성이 전화기를 받았다. 서울은 밤 10시 반일 것이다.

"응, 나다."

"사장님, 가든 클럽이 개업했습니다."

"그래."

"김덕무가 전면에 나선 셈이지요."

"준비는 잘 해놓았지?"

"예, 제가 보기에도 단단합니다."

옆에 민성희가 서 있었기 때문에 진성이 말을 골랐다.

"김 사장한테 신중하게 처신하라고 해."

"예. 사장님."

김 사장이란 김덕무다. 김덕무는 지금 폐차장을 본부로 삼아 조직을 강화시키는 중이다. 통화가 끝났을 때 옆에 서 있던 민성희가 물었다.

"사장님, 김 과장 방에서 술 마시고 있는데 술 드시겠어요?"

시선이 마주쳤을 때 민성희의 눈이 번들거렸다. 민성희의 시선을 받은 채 진성이 고개를 저었다.

"아니, 너희들끼리 마셔."

"무슨 고민이 있으세요?"

불쑥 물은 민성희가 쓴웃음을 지었다.

"김 과장도 그래요. 사장님 얼굴에 가끔 그늘이 진다구요."

"그런 거 없어."

"모두 들떠 있는데 사장님만 컨디션이 가라앉은 것 같아서요."

"긴장이 풀려서 그런가 보다."

"그렇다면 안심이구요."

민성희가 웃음 띤 얼굴로 몸을 돌렸을 때 진성이 마음을 굳혔다.

오전 10시.

호텔 근처 카페로 들어선 패트릭이 안쪽 자리에 앉아 있는 진성에게로 곧장 다가왔다. 자리에서 일어선 진성이 패트릭과 악수를 나누고는 마주 보고 앉는다.

"무슨 일입니까?"

패트릭이 주위를 둘러보면서 물었다.

카페 안에는 손님이 그들 둘뿐이다. 종업원도 보이지 않아서 빈집 같다. 진성이 정색하고 패트릭을 보았다.

"제임스 브라운한테 연락이 되죠?"

"그럼요."

"내가 호텔에서 기다릴 테니까 좀 보자고 해주세요."

진성의 시선을 받은 패트릭이 천천히 고개를 끄덕였다.

"그러지요."

"이번에 패트릭 씨께 신세를 많이 졌습니다. 앞으로도 잘 부탁합니다."

진성이 들고 온 헝겊가방을 집어 패트릭 의자 옆에 놓았다.

"10만 불입니다."

"아유, 고맙습니다."

패트릭이 쓴웃음을 짓고는 고개를 연신 끄덕였다.

"이러시면 내가 부끄러워집니다."

패트릭한테는 지난번 20만 불에 이어서 30만 불을 준 셈이다.

진성이 자리에서 일어서며 말했다.

"로마에서는 로마 방식을 따라야지요."

법을 방식으로 바꾸었지만 맞는 말이다.

로비가 관성화된 사회에서 저 혼자 결백하게 살 수는 없는 것이다.

호텔에 돌아온 지 한 시간도 안 되어서 전화가 왔다.

이번에는 김선아가 받았는데 11시가 다 되었는데도 어젯밤에 마신 술이 덜 깨었는지 눈이 부었다.

전화기를 귀에 붙인 진성이 사내의 목소리를 듣는다.

"진 선생님, 30분 후에 패트릭 씨하고 만난 카페에서 뵙지요."

"예, 그렇게 하겠습니다."

전화기를 내려놓은 진성이 자리에서 일어섰다. 다시 나간다.

카페에서 기다리고 있던 진성이 안으로 들어서는 세 사내를 보았다. 한 명은 양복 차림이고 둘은 아랍인으로 숍을 걸쳤다.

카페 안에는 손님이 서너 명으로 늘어나 있었지만 여전히 한산하다.

그때 양복 차림의 서양인이 곧장 진성에게 다가왔다. 장신, 40대쯤의 백인이다.

자리에서 일어선 진성에게 사내가 손을 내밀었다. 웃음 띤 얼굴, 붉은 얼굴에 푸른 눈동자, 머리칼은 검다.

"제임스 브라운입니다."

진성의 손을 쥔 사내가 힘을 주어 흔들었다. 제임스가 CIA의 리비아 책임자인 것이다. 인사를 마친 둘은 마주 보고 앉았다. 함께 들어온 아랍인 둘은 출입구 근처에 앉아 있다.

고개를 든 제임스가 진성을 보았다. 말을 기다리는 표정이다.

그때 진성이 입을 열었다.

"지금 내란죄로 구속되어 있는 윤상화를 석방시켜 주시지요."

제임스는 시선만 주었고 진성이 말을 이었다.

"내가 반군에게 군수품을 공급했다고 고발한 대가를 받는 것 아닙니

213

까? 모르고 한 짓입니다."

진성의 얼굴에 쓴웃음이 떠올랐다.

"상황을 보니까 윤상화는 군사재판을 받고 곧 선고가 내려지겠더군요."

"오늘 선고일입니다."

따라 웃은 제임스가 손목시계를 보았다. 11시 45분이다.

"지금쯤 사형 선고가 내려졌을 겁니다."

"살려주시지요."

진성이 똑바로 제임스를 보았다.

"사형당할 일이 아닙니다."

"그것, 참."

쓴웃음을 지은 제임스가 지그시 진성을 보았다.

"윤상화하고 악연이 있습니까?"

"예, 나하고 같은 회사에 있다가 경쟁사로 빠져 나갔지요."

"그것이 이런 상황으로 발전되었군요."

"살려주십시오."

그때 제임스가 심호흡을 했다.

"내가 정보국장한테 연락을 하지요."

"감사합니다."

"이번에 입찰 오더는 잘 될 겁니다."

"덕분에 잘 풀렸습니다."

"로비 자금이 들어가겠지요?"

불쑥 제임스가 물었기 때문에 진성이 시선을 주었다. 시선을 받은 제임스가 빙그레 웃었을 때 진성이 고개를 끄덕였다.

"그래야겠지요."

"제가 주선을 했지만 로비 자금 내막은 알 수가 없을 것 같네요."

"제가 말씀드리지요."

그때 제임스가 고개를 끄덕였다.

"잘 알겠습니다. 지금 바로 연락을 하겠습니다."

이것이다.

제임스는 로비 자금 내역을 알려주는 조건으로 윤상화를 석방시켜 주겠다는 것이다. 그 로비 자금으로 리비아 정보국은 물론 구매본부의 약점을 쥐려는 것이겠지.

자리에서 일어섰을 때 진성이 생각난 듯 물었다.

"윤상화는 사막의 수용소에 있겠지요?"

"그럴 겁니다."

고개를 끄덕인 진성이 제임스를 보았다.

"부탁이 있습니다."

"사형을 선고한다."

이 말은 옆에 앉아 있던 조사관이 영어로 통역을 해준 것이다. 조금 전에 재판장이 엄격한 표정과 엄숙한 목소리로 내뱉고는 자리에서 일어선 순간이다. 윤상화는 통역을 듣고 나서도 감동이 일어나지 않았다.

재판장 뒤쪽에 걸린 벽시계가 오후 12시 10분을 가리키고 있다.

"자, 일어나."

조사관이 일어나면서 말했다.

재판장은 일어나는 사람들의 부스럭대는 소음만 들렸고 조용하다.

덥다. 갑자기 숨이 막힌 느낌이 들었기 때문에 윤상화가 심호흡을 했다.

그 순간 머릿속이 하얗게 되더니 윤상화는 일어서다가 흔들거리면서 쓰러졌다.

잠시 후에 윤상화는 눈을 떴다. 의식이 돌아온 것이다.

윤상화는 자신이 감방의 침대에 누워 있는 것을 알았다. 재판장에서 이곳으로 옮겨온 것이다. 이제 머릿속은 맑았고 정신이 또렷해졌다.

그 순간 조사관의 목소리가 귀에 울렸다.

"사형을 선고한다."

그 순간 윤상화가 어금니를 물고 천장을 노려보았다.

죽다니. 교수형인가, 아니면 총살인가는 아직 생각하지 못했다. 어쨌든 죽는다. 세상에, 이렇게 가게 되다니. 허무하다.

천장을 응시한 채 윤상화는 움직이지 않았다. 그러다 문득 이러다가 죽었으면 좋겠다는 생각이 들었다. 주위는 조용하다. 귀에서 이명만 울린다.

세상에, 내가 죽다니.

그때 윤상화의 눈에서 눈물이 흘러내려 귀에 닿았다. 저도 모르게 흘러내린 눈물이다.

어라? 아직 슬프지도, 분하지도, 억울하지도 않는데 웬일이래?

눈에 따로 감정이 있나?

철창 안으로 다가선 조사관이 윤상화를 보았다.

윤상화는 침대 끝에 걸터앉아 있었는데 시선은 조서관의 턱 끝까지만 올라왔다. 시선을 마주치기가 싫었기 때문이다.

오전 10시 40분.

어제 오후에 사형 선고를 받았으니 오늘은 집행인가?

머릿속이 하얗게 비워지기 시작했기 때문에 윤상화는 혀로 입술을 축였다. 그때 조서관이 말했다.

"나와라."

윤상화는 천천히 일어섰다.

어제처럼 넘어질까 봐 겁이 났기 때문이다. 지금 집행을 하려는 것 같다.

서두르는구나.

철창문이 열렸고 조사관은 비켜서서 기다리고 있다.

30대 중반쯤 되었나? 콧수염만 기른 사내의 얼굴은 말(馬)상이다. 중키에 말랐다.

철창 밖으로 나왔을 때 조사관이 앞장서며 말했다.

"따라와."

윤상화는 다리 힘이 풀렸기 때문에 어금니를 물었다.

복도를 걸어 안쪽 사무실로 들어섰지만 이곳은 비었다. 사내는 사무실을 거쳐 다시 복도로 나왔다. 복도는 텅 비었다. 그리고 길다. 30미터쯤 걸어 다시 왼쪽 문을 열고 안으로 들어섰다. 이곳도 사무실이다.

안에 앉아 있던 장교 하나가 자리에서 일어서더니 열쇠로 안쪽 문을 열었다.

그 순간 와락 밖의 소음이 울렸다. 윤상화가 숨을 들이켜고 눈을 크게 떴다. 땅 냄새가 맡아졌다.

"나와."

앞장서 밖으로 나가면서 사내가 말했다.

기다린 지 20분쯤 된 것 같아서 다시 시계를 보았을 때다.

문이 열리면서 장교 하나가 나오더니 곧 윤상화의 모습이 보였다. 거리는 30미터 정도. 윤상화는 장교의 뒤에 서서 다가오고 있었지만 아직 이쪽을 보지 못했다.

"저기 옵니다."

트리폴리에서부터 진성과 함께 온 대령이 말했다. 정복 차림의 대령은 진성의 옆에 선 채 다가오는 둘을 주시하고 있다.

진성이 심호흡을 했다.

윤상화와의 거리는 20미터로 좁혀졌지만 아직 이쪽을 보지 못했다. 좌우에 철망이 쳐 있는 길을 다가오고 있다. 거리가 10미터쯤으로 가까워졌을 때 윤상화가 이쪽을 보았다. 앞장선 장교가 조금 몸을 비틀었기 때문이다.

눈썹을 모은 윤상화가 눈을 크게 뜬 채 다가오고 있다. 7미터, 6미터, 5미터 거리가 되었을 때 윤상화가 딱 발을 멈췄다.

이제야 알아보았나?

윤상화는 눈을 깜빡였다가 다시 크게 떴다. 믿기지 않았기 때문이다.

진성이다, 진성이 여기 있다니.

옆에 장교 하나가 서 있는 것이 다시 체포되어 온 것 같기도 하다.

앞에 서 있던 장교가 힘차게 경례를 했다. 몸을 반듯이 세우고 힘찬 구호를 붙인다. 그때 진성 옆에 선 장교가 고개만 끄덕이더니 말했다.

아랍어다.

그러자 여기까지 끌고 온 장교가 힐끗 윤상화를 보더니 몸을 돌리면서 말했다.

"굿바이."

잘 가라구?

조사관이었던 장교의 뒷모습을 보던 윤상화의 시선이 이제는 앞에 선 진성에게로 옮겨졌다. 진성과 시선이 부딪쳤다.

진성은 모래 색 사파리 차림이다. 머리에 등산모로 햇볕을 가렸는데 눈

218

빛이 가라앉아 있다. 그때 진성이 말했다.

"가자. 널 데리러 왔어."

윤상화가 시선만 준 채 움직이지 않았다.

아니, 입도 발도 떼어지지 않았다. 머릿속이 다시 하얗게 되기 시작했다. 이제는 어서 하얗게 채워져서 쓰러지면 좋겠다는 생각이 들었다.

그때 진성이 다가왔다. 그래서 윤상화가 뒤로 물러서려고 했지만 발이 떨어지지 않았다.

젠장.

다가간 진성이 윤상화의 어깨 밑에 손을 넣더니 들어 올리면서 발을 떼었다. 감싸 안고 걷는 것이다. 진성이 껴안은 순간 윤상화의 몸이 굳어졌다가 발을 떼자 저절로 따라서 발이 옮겨졌다. 이제는 대령이 앞장을 섰고 진성은 윤상화를 감싸 안고서 뒤를 따른다.

철망 사이를 빠져나오자 이제는 모래 밭. 연병장이다. 뒤쪽이 수용소 건물이다.

윤상화의 몸은 가벼웠다. 전에 안아본 적은 있었지만 이렇게 들고 간 적은 없다.

스무 발짝쯤 발을 떼었을까?

발의 보조가 어긋나더니 윤상화가 고개를 돌려 진성을 보았다. 그러더니 윤상화의 몸이 무거워졌다.

"놔."

윤상화가 가쁜 숨을 뱉으며 말했다.

"놓으라니깐."

그때 진성이 팔을 떼면서 어깨로 밀어버렸다. 그러자 윤상화가 옆으로 쓰러졌다. 땅바닥에 두 손을 짚으면서 주저앉아버린 것이다.

뒤쪽의 소동을 본 대령도 걸음을 멈췄다. 진성이 주저앉은 윤상화를 내려다보았다.

"일어나."

"싫어."

윤상화가 고개를 저었는데 눈에 맺혀 있던 눈물이 흩어졌다.

그때 진성이 다시 윤상화의 겨드랑이에 손을 넣어 일으켜 세웠다.

"가자."

다시 감싸 안은 진성이 발을 떼었지만 윤상화는 발을 떼다가 비틀거렸다. 그때 대령이 말했다.

"긴장이 풀려서 그럽니다. 안아야 돼요."

고개를 끄덕인 진성이 윤상화 앞에 쪼그리고 앉았다.

"업혀."

윤상화는 쳐다만 보았고 진성이 다시 앞을 향한 채 말을 뱉는다.

"업혀."

딱 한마디 말만 계속했다.

그때 윤상화가 상반신을 세우더니 진성의 등에 업혔다. 아무 말도 하지 않는다.

진성의 등에 업혀 헬기장으로 다가가면서 윤상화는 눈을 감았다. 두 팔로 진성의 목을 감은 데다 가슴은 등에 딱 붙였기 때문에 진성의 몸이 느껴졌다.

그 순간 알 수 없는 서러움이 밀려왔고 그것이 바로 눈물로 이어졌다. 그러나 울음소리는커녕 숨도 멈췄다. 눈물만 쏟아낼 뿐이다.

윤상화는 눈물범벅이 된 얼굴을 진성의 등에 싹싹 비벼 닦았다.

그때 헬기의 로우터 소리가 울렸다.

헬기 안.

엔진 음이 컸기 때문에 헤드셋을 써야 대화가 가능하다. 진성과 대령은 헤드셋을 썼지만 윤상화에게는 주지 않았다.

긴장이 풀린 윤상화가 좌석에 등을 붙이고는 눈을 감았다. 살았다는 감동은 일어나지 않는다. 앞에 앉아 있는 진성에 대해서도 아직 실감이 나지 않는다.

이렇게 된 원인과 그 진행 과정도 머릿속에서 지워진 상태다. 진성이 이 자리에 있는 것도 당연한 일 같다.

이윽고 윤상화는 잠이 들었다.

"으악!"

숙소 앞에 서 있던 강신호 과장이 비명 같은 외침을 뱉었다.

안에 있던 입찰팀 중 대여섯이 그 소리를 들었지만 두 명이 반응했다. 나머지는 넘어졌나? 하는 반응. 둘이 밖으로 나왔을 때 동시에 숨을 들이켰다.

앞에 윤상화가 서 있었기 때문이다.

일주일 전에 체포되었을 때의 그 차림. 그러나 얼굴은 핼쑥했고 옷도 그대로여서 '그지' 행색이다. 그러나 눈빛이 더 강해진 것 같다.

사내 셋이 다시 반응을 하기 전에 윤상화가 그 눈빛으로 소리쳤다.

"뭐해? 정신 나갔어?"

오후 5시다.

"백화점에서 아무것도 안 사셨어요?"

응접실로 따라 들어선 민성희가 물었다. 오전에 백화점 구경을 하겠다면서 나간 것이다.

"응, 살 게 없었어."

건성으로 대답한 진성의 옆으로 김선아가 다가왔다.

"얼굴이 볕에 타셨어요."

"아, 그래?"

손바닥으로 얼굴을 쓴 진성이 침실로 다가가면서 말했다.

"밖에서 좀 걸어서……."

사막 복판에 위치한 수용소에서 땡볕을 쏘인 덕분이다.

침실로 들어선 진성이 길게 숨을 뱉었다. 이제 입찰 결과가 나올 때까지 진짜 관광 여행을 가자.

"뭐? 윤 부장이 석방되었어?"

버럭 소리친 박윤태가 다시 물었다.

"지금 어디 있어?"

밤 11시 반, 법인장 백영배의 목소리가 울렸다.

"예. 지금 샤워를 하고 있습니다."

"어, 어떻게 풀려난 거야?"

"그, 그건 아직 듣지 못했습니다, 부사장님."

"내가 기다리고 있을 테니까 샤워 끝나면 바로 연락하라고 해!"

"예, 부사장님."

어깨를 부풀린 박윤태가 전화기를 내려놓았다. 저절로 긴 숨이 뱉어졌다.

오후 6시 반.

아부핫산이 회의실로 들어섰다.

진성이 부른 것이다. 민성희와 김선아는 외출 준비 때문에 아부핫산을 본 적도 하지 않는다. 진성과 외식을 하기로 했기 때문이다.

"보스, 무슨 일이십니까?"

아부핫산이 궁금한 표정으로 묻는다. 아부핫산은 무역중개상 무사비의 사촌이다. 진성이 입을 열었다.

"아부핫산, 당신 취직할 생각 없나?"

"어디로 말씀입니까?"

"내 회사 말야."

그 순간 아부핫산이 숨을 들이켰다. 아부핫산이 입 안의 침을 삼키고 나서 대답했다.

"시켜주신다면 감사하지요."

"아직 오더가 결정되지 않았지만 트리폴리에 지점을 세울 생각이야."

아부핫산은 충격을 받았는지 눈만 껌벅였고 진성이 말을 이었다.

"아부핫산, 네가 지점장을 맡아."

"예, 보스."

어깨를 편 아부핫산이 똑바로 진성을 보았다.

"열심히 하겠습니다."

"사무실을 하나 얻어야겠어. 내가 떠나기 전에 알아보도록."

"이삼 일이면 됩니다. 처음에는 조그만 사무실로 시작하지요. 책상과 전화 한 대만 있으면 충분합니다."

아부핫산의 두 눈이 번들거렸고 목소리에 열기가 띠어졌다.

"제가 오늘 밤부터 알아보지요."

진성이 고개를 끄덕였다.

국제와 한동은 리비아에 현지법인을 설립해놓고 있다. 도지무역은 일단

1인 지사로 시작한다.

"어떻게 된 거야?"

백영배가 보고한 지 1시간 반쯤이 지났을 때다.

오후 7시. 한국은 오전 1시다.

윤상화의 목소리를 들은 박윤태가 대뜸 소리친 것이다. 윤상화가 전화기를 고쳐 쥐었다.

"혐의가 없다고 석방되었어요."

"내란 혐의? 개자식들."

윤상화가 전화기를 귀에서 조금 떼었다. 박윤태의 씩씩거리는 숨소리가 귀로 뿜어지는 것 같았기 때문이다.

"그래, 어디로 끌려간 거야?"

"모르겠어요."

알고 있었지만 그렇게 말이 나왔다.

"별일 없었어?"

다시 박윤태가 묻는다.

"네. 그냥 방에만 있었어요."

"진성이가 고발한 것이 맞지?"

"모르겠어요."

그것도 저절로 말이 뱉어졌다.

"아니, 그게 무슨 말이야? 그놈이 풀려나와서 윤 부장을 집어넣은 거 아니냐구?"

"그것도 모르겠어요."

"그놈도 윤 부장이 풀려난 거, 알고 있나?"

"모르겠어요."

그랬다가 윤상화가 덧붙였다.

"알겠지요."

"고생 많이 했어."

"죄송해요. 걱정시켜 드려서요."

그때서야 윤상화가 박윤태에게 인사를 했다.

"제가 너무 욕심을 부렸던 것 같아요. 그걸 하지 않았어야 했어요."

'그걸'이란 진성을 고발한 것이다. 인맥을 통해서 정보국에 정식으로 고발장을 접수시켰으니까. 그것도 윤상화가 고발인이었다.

그때 박윤태가 말을 이었다.

"잘했어. 그놈은 윤 부장을 끝장내려고 했지만 결국 실패한 것 아닌가?"

"……"

"내가 여기서 이라크 대사관에 압력을 넣었고 외무부를 통해 한국대사관에도 여러 번 연락을 했어. 외무부 차관까지 나서서 서둘렀다구."

"……"

"그것이 효과를 본 것 같구먼그래. 리비아가 한국과 경제협력 중이어서 이것이 언론에 보도되면 악영향을 줄 수도 있으니까 말야."

"……"

"어쨌든 다행이야, 윤 부장. 바로 귀국해."

"네, 부사장님."

윤상화가 소리 죽여 숨을 뱉었다.

"감사합니다."

"지금 팀원들은 어디에 있지?"

아부핫산을 보낸 진성이 민성희에게 물었다.

응접실에서 TV를 보던 민성희가 고개를 들었다. 외출 준비를 마친 차림이다.

"수르트에서 관광 중입니다."

고영도가 이끄는 팀원 3명이 3일째 관광을 하는 중이다. 리비아는 특별한 관광지가 없어서 바닷가 도로를 따라가면서 하룻밤을 묵는 방법으로 노는 것이다.

민성희의 시선을 받은 진성이 말했다.

"우리도 내일 출발할까?"

"어디를요?"

민성희의 눈이 반짝였다. 김선아는 제 방에 있는 것 같다.

"관광 말야."

"내일부터요?"

벌떡 일어선 민성희의 얼굴에 웃음이 떠올랐다. 얼굴이 환해졌다.

"그럼 준비하겠습니다. 차를 한 대 빌리는 게 낫겠어요. 운전은 김 과장도 저도 할 수 있으니까요."

그때 김선아가 방에서 나오다가 민성희의 말을 중간 부근에서부터 들었어도 전모를 파악한 것 같다. 김선아가 말을 잇는다.

"갑자기 팀원들하고 합류할 필요도 없어요. 우리 셋이서 천천히 가죠. 아직 입찰 발표일이 엿새나 남아 있으니까요."

미수라타의 해변.

오전 10시 반쯤 트리폴리를 출발해서 미수라타에 도착했을 때는 오후 3시가 되어갈 무렵이다.

바닷가의 호텔에 체크인을 한 셋은 늦은 점심을 먹으려고 10층에 위치한 식당으로 들어섰다. 창가의 빈 테이블로 안내받은 셋은 양식으로 주문을 마쳤다.

눈앞에 지중해가 펼쳐져 있다. 오후의 햇살이 반사된 바다는 푸른 표면에 금박을 뿌린 것처럼 반짝였다.

"지금까지 우리가 꿈을 꾼 것 같아요."

바다를 향한 채 김선아가 혼잣소리처럼 말했다.

"아니면 지금 꿈속에 있는지도……."

"정신 차려."

민성희가 정색하고 김선아를 보았다.

"그래, 넌 꿈을 꾸고 있어. 정신 차리지 마. 깨어나지 말란 말야."

"뭐라고?"

"그냥 꿈꾸고 있으라고."

눈동자의 초점을 잡은 김선아가 민성희를 보았다.

"넌 안 돼."

"뭐가?"

"넌 지금 같은 전장(戰場)에 투입된다면 바로 지쳐서 죽을 거야."

"무슨 말야?"

"때로는 꿈속으로 들어가 잠깐이라도 쉬어야 되는데 넌 안 된단 말이지."

"미치겠네."

"넌 계속해서 계산기만 두드리다가 쓰러진다니까. 융통성, 임기응변 부족이지."

"미친 년."

그때 진성이 바다에서 시선을 떼고는 둘에게 말했다.

"스톱."

둘이 입을 다물었을 때 진성이 말을 이었다.

"누가 나한테 오늘 저녁에 술을 가지고 온다고 했어. 오늘 밤에는 파티를 하자."

이곳까지 셋이 차를 운전하고 온 것이다.

"내일은 시드라에서 모이게 될 테니까."

고영도가 이끄는 팀은 지금 시드라에 가 있는 것이다.

어느덧 꿈 이야기를 잊은 민성희가 진성에게 말했다.

"시드라에서 이틀간 쉬었다가 돌아가는 것이 좋겠어요."

본래 계획은 사흘이었다. 그런데 응찰 발표가 5일 후로 다가온 것이다. 민성희는 발표 이틀 전에는 트리폴리로 돌아가는 것이 낫겠다는 말이다.

진성이 고개를 끄덕였다.

"그러지. 오늘 밤은 이곳에서 쉬고 내일부터 이틀간 시드라에서 쉬기로 하자."

리비아는 금주 국가다.

호텔에서도 술을 판매하지 않는다. 차에 술을 싣고 올 수도 없었기 때문에 셋은 호텔에서 술을 받았다.

아부핫산이 보낸 심부름꾼이다. 사내에게 위스키 10병을 받은 진성이 민성희에게 건네주었다. 술값은 1천 불이다.

"오늘 2병만 마시고 나머지는 내일 모두 모여서 마시기로 하지."

"좋아요."

민성희가 기운차게 대답했다.

이곳 호텔은 스위트룸이 없어서 셋은 각각 일반실 하나씩을 잡았다. 아부핫산을 시켜 예약했는데 최상층인 11층이다.

볼 것이라고는 호텔방에서 내려다보이는 지중해 풍경뿐이었지만 민성희와 김선아는 들떴다. 김선아는 꿈꾸는 것처럼 말하다가 민성희의 비아냥을 받았지만 실제는 그 반대다. 민성희가 더 감성적이고 충동적이다. 김선아가 부러웠기 때문에 말도 안 되는 꼬투리를 잡았을 뿐이다.

검은 밤바다에 10여 개의 불빛이 떠 있다. 수평선 위에 나란히 떠 있는 불빛 위로 무수한 불덩이가 하늘을 메우고 있다. 별이다.

베란다에 나와 나란히 앉은 진성과 김선아, 민성희는 바다와 하늘을 번갈아 보면서 술을 마시고 있다.

"우리가 언제 이런 기회를 다시 갖게 될 수 있을까요?"

술잔을 든 김선아가 바다를 응시한 채 말을 이었다.

"저는 이렇게 셋이 나란히 앉아 지중해를 보던 오늘 밤을 잊지 못할 것 같아요."

민성희가 말을 거들 것으로 예상했지만 입을 열지 않았다.

베란다에 정적이 덮이면서 파도소리가 들려왔다. 바닷바람에 비린 물 냄새가 맡아졌다.

그때 위스키를 한 모금 삼킨 진성이 입을 열었다.

"삭막한 세상에서 이런 기회가 드물겠지. 그리고 앞으로 조직이 더 커지면 이런 분위기가 만들어지기 힘들 거다."

둘은 숨을 죽였고 진성의 말이 이어졌다.

"그래서 내가 너희들 관광을 보낸 거야. 시간이 날 때 힘껏 추억을 만들어야지."

그때 민성희가 말했다.

"전쟁터에서도 휴식시간이 있어야 할 테니까요."

고개를 끄덕인 진성이 술잔을 들고 말을 이었다.

"지금쯤 윤상화는 떠났겠구나."

불쑥 진성이 말했을 때 좌우에 앉은 둘이 일제히 고개를 들었다. 민성희는 술을 마시려다 '동작 그만'이 되었고 김선아는 안주를 씹다 말고 삼켰다.

파도소리가 한바탕 들리고 나서 김선아가 물었다.

"떠나다뇨? 사형집행 말인가요?"

"아니."

술잔을 든 진성이 한 모금에 삼켰다. 둘이 시선만 주었고 진성이 말을 이었다.

"서울로."

"서울로요?"

이번에는 민성희가 물었는데 목소리가 갈라져 있다.

"왜요?"

'어떻게요?'가 아니라 '왜요?'다. 이해가 안 가니까 그렇게 물었겠지.

바다를 응시한 채 진성이 말을 이었다.

"석방되었어."

"……."

"내가 CIA에 부탁을 했어, 석방시켜달라고."

"……."

"내가 어제 낮에 백화점에 간다고 나간 건 윤상화가 갇혀 있던 리비아 사막의 정치범 수용소에 갔다 왔기 때문이야."

"……."

"리비아 정보국 대령하고 헬기를 타고 가서 윤상화를 데려왔다."

230

"……"

"걷지를 못해서 내가 업고 헬기에 태워서 같이 돌아왔지."

"……"

"지금쯤은 한국행 비행기 안에 앉아 있겠지."

진성이 자신의 빈 잔에 위스키를 따르더니 다시 한 모금에 삼켰다. 파도 소리가 쉬지 않고 들려왔다.

"그렇구나."

방으로 들어선 김선아가 길게 숨을 뱉으면서 말했다.

술자리를 정리하고 베란다를 깨끗이 치운 후에 둘은 진성의 방을 나온 것이다. 이곳은 바로 옆방인 민성희의 방.

김선아가 따라 들어왔다. 술기운으로 얼굴이 붉어진 김선아가 창가의 의자에 앉았다.

"보스가 윤상화를 석방시켜 주었어."

"난 놀랍지는 않아."

앞쪽에 앉은 민성희가 말을 이었다.

"그런 일로 보스가 윤상화를 죽일 사람이 아냐."

"그년은 죽어야 돼."

김선아가 눈을 치켜떴지만 눈빛은 약했다.

"보스를 죽이려고 한 년이야."

"어쨌거나."

"뭐가 어쨌거나야?"

"보스는 살아나왔잖아?"

"그럼 그냥 둬야지. 왜 윤상화를 꺼내 주냔 말야."

"불쌍하기도 하고……."

"넌 보스가 윤상화한테 무슨 미련 같은 게 있다고 보는구나?"

김선아가 쏘아붙이듯이 묻자 민성희가 일어섰다.

"술 남은 거 가져왔는데 더 마실래?"

"좋아."

술병과 잔을 들고 온 민성희가 다시 앉으면서 말했다.

"보스다운 행동이야. 철저하게 짓밟아서 위엄을 보여도 좋겠지만 이건 그보다 몇 계단 위의 처신이야."

그때 김선아가 눈을 치켜떴다.

"뭐? 업어서 헬기를 태웠다고 했지? 너도 들었지?"

"그래."

"그랬다고 그년이 감격했을 것 같아?"

"아니?"

고개를 저은 민성희의 얼굴에 웃음이 떠올랐다.

"윤상화는 내가 직접 격어본 적 없지만 그런 거로 감동받을 여자는 아닌 것 같아."

"그러니까 보스가 명청한 짓을 한 거지. 어휴, 업어서 헬기 태웠다니. 그것을 자랑이라고 말해?"

"보스가 참 외로운 것 같지 않니?"

그때 김선아가 한숨부터 쉬었다.

"네가 그런 말 할 줄 알았어."

"업어서 태웠다는 말을 듣고 와락 보스가 안쓰러워졌어."

"아, 글쎄. 네 입에서 그런 소리가 나올 줄 알았다니까?"

"너보다는 정직하니까."

"뭐?"

"넌 말이 목구멍 밖으로 뱉어질 때는 뒤집혀서 나오거든."

"……"

"보스가 윤상화를 업고 나왔다는 말을 들었을 때 문득 무슨 생각이 떠올랐는지 아니?"

김선아는 술잔만 든 채 눈만 깜빡였다.

"그것으로 윤상화와의 미련, 인연, 애증 따위를 다 버렸다는 생각이 들었어."

"……"

"그대로 죽게 놔뒀다면 보스의 머릿속 인연은 끊어지지 않았을걸?"

그때 김선아가 고개를 끄덕였다. 이해가 간다는 표정이다. 민성희가 술잔을 들더니 한 모금에 삼켰다.

"정 부장님이 우리 이야기를 들으면 웃겠다."

그 순간 김선아가 꿈에서 깬 표정이 되더니 민성희를 보았다. 정수연의 얼굴이 눈앞에 떠오른 것이다.

그것을 본 민성희가 큭큭 웃었다.

"정 부장님한테 윤상화 이야기 네가 해야겠지?"

이제 현실로 돌아갈 시간이 되었다. 한동안 정수연을 잊고 있었다.

가든클럽의 현관 앞.

오늘 가든클럽은 손님들이 가득 찼다고 해도 맞다. 45개 룸 중에서 37개가 찼으니까. 역사상 최초다. 수익도 최대가 되겠지.

그래서 김세환은 의기가 충천한 상태. 가든클럽에 근무한 지 2년이지만 조직의 족보는 주르르 꿰고 있는 김세환이다, 이런 업종에 종사하면서 맨 먼저 배우는 것이 조직의 족보니까.

가든클럽은 이번에 도지무역이 가든호텔까지 건물을 통째로 인수하면서 전기(轉機)를 맞았다. 새롭게 바뀌는 기회다.

"어서 옵쇼."

앞으로 다가오는 사내 넷. 모두 건장한 체격.

풍기는 포스가 강했지만 신바람이 난 김세환이 기운차게 소리쳤다.

김세환은 단정한 양복 차림이지만 안내역이다. 영업사원 말단인 문지기. 지금은 기도라고 부르기도 한다. 그래서 다가오는 양복차림 넷이 강남의 2대 파벌 중의 하나인 오태곤파의 행동대 조장인 채시철이 부하 셋을 끌고 왔다는 것을 몰랐다.

다가선 넷에게 김세환이 허리를 굽혀 보이고는 묻는다. 웃음 띤 얼굴.

"사장님, 예약하셨습니까?"

"안 했는데, 방 있냐?"

옆쪽 사내가 불쑥 물었기 때문에 포스에 눌린 김세환이 다시 고개를 숙이고 나서 대답했다.

"방은 있습니다, 사장님."

안의 소음이 밖에까지 울리고 있다.

이것으로 38개째 룸이 채워진다. 대기실의 아가씨들은 진즉 동이 났고 보도방을 시켜서 채워야 한다.

문을 연 김세환이 사내들의 앞장을 서서 들어갔다.

"손님 오셨습니다."

호기 있게 소리쳤을 때 로비에 서 있던 조한수가 손님들을 보았다. 조한수. 29세. 박충식의 심복으로 가든호텔의 영업부장이다.

그 순간 조한수가 숨을 들이켰다. 오태곤파 행동대 조장 채시철을 알아본 것이다.

채시철도 단박에 조한수를 알아보았다. 조한수는 장안평파의 수금원이었다가 회장인 허기욱의 의심을 받아 추방된 인물. 채시철의 얼굴에 웃음이 떠올랐다.

"야, 조한수. 너 출세했구나."

주위가 순식간에 조용해졌고 놀란 김세환이 옆으로 비켜섰다. 그때 조한수가 쓴웃음을 지었다.

"출세? 아직 멀었지. 너 여기 왜 왔어?"

둘은 동급이다. 조직이 다르더라도 연수, 학교 간 횟수, 기간, 내용, 직급, 기술, 평판까지 엄중하게 체크하고 나서 타인의 중론으로 결정이 된다.

둘의 비중은 비슷하다. 그것을 서로 아는 터라 채시철이 어깨를 으쓱했다.

"일단은 내가 척후병으로 나온 셈인데."

"누가 나올 줄은 알았는데 네가 나왔군."

"이야기 좀 하지."

"좋아."

고개를 끄덕인 조한수가 옆에 선 부하에게 지시했다.

"38번, 39번 방 준비해."

"옛."

소리친 부하가 복도로 내달렸고 조한수가 채시철에게 말했다.

"가자."

38번 방에 조한수와 채시철이 마주보고 앉았다.

채시철을 따라온 부하들은 39번 방에 들어갔다. 테이블에는 위스키와 맥주, 그리고 안주까지 놓였지만 시중드는 아가씨는 없다.

채시철이 먼저 입을 열었다.

"어차피 한 번 전쟁이 일어날 건 너도 예상하고 있었지?"

"당근이지."

조한수가 고개를 끄덕였다.

"하지만 만만치 않을 거다."

"김덕무가, 그러니까 덕무 형이 중심인가?"

"야, 내가 간첩이냐?"

"다 알고 있어, 인마. 덕무 형이 스폰서를 끼고 나섰다는 거."

"다 알면서 왜 온 거냐?"

"요즘이 옛날 김두환 시대하고 같냐?"

"비슷하지 뭐."

"도지무역이라는 스폰서를 구워삶아서 기반을 굳히려는 것 같은데, 내가 마지막 경고를 하러 온 거다."

어깨를 부풀린 채시철이 숨을 가다듬었다.

6장
세상은 넓다

다음 날 시드라에서 팀원들과 합류한 진성 일행은 그곳에서 이틀을 함께 보내고 트리폴리로 돌아왔다. 팀원들의 행복한 관광이었고 추억에 남을 여행이었다.

그리고 돌아온 지 이틀 후에 입찰 결과가 발표되었다.

도지무역은 독자적으로 리비아 정부로부터 군수품 오더 3억 1천만 불, 생필품 오더 2억 1천5백만 불을 수주했다.

구매본부 1층 로비에 낙찰업체의 명단이 적힌 벽보가 붙어 있었던 것이다.

팀원 6명이 모두 오전 8시부터 구매본부로 달려가 기다리고 있다가 그것을 보고는 만세를 불렀다. 물론 만세를 부른 업체는 20여 개다. 20여 개의 품목으로 입찰이 나뉘어 있었기 때문이다. 구매본부 로비에 모인 수백 개 업체의 천 명도 넘는 입찰단원들의 희비가 극명하게 나눠지는 순간이었다. 입찰은 철저하게 비공개로 추진되었기 때문에 추측이 난무했지만 모두 오늘의 결과를 기다리고 있었던 것이다.

"도지무역이?"

국제상사의 오경환 전무가 잇새로 묻고는 잠시 침묵했다.

오경환은 법인장 고대성한테서 전화 보고를 받고 있다. 고대성이 구매본부에 나가 있었던 것이다. 이기철도 함께 갔지만 요즘 오경환에게 찍혀서 대화도 나누지 못하고 있다.

"예, 도지무역이 낙찰을 받았습니다, 전무님."

고대성이 분하다는 어투로 말했지만 당당하다, 입찰 책임은 오경환이니까.

"생필품 오더를 낙찰 받았단 말이지?"

갈라진 목소리로 오경환이 확인했더니 고대성이 한숨 소리부터 냈다.

"예, 전무님."

"얼마야?"

"그건 모릅니다. 낙찰 가격은 적혀 있지 않았습니다."

"그놈 진성이가 도둑놈이야."

"그런데요, 전무님."

"뭐야?"

"도지무역이 군수품 오더도 낙찰을 받았습니다."

"군, 군수품을?"

"예."

순간 오경환의 눈앞에 사장 박찬규의 얼굴이 스치고 지나갔다. 이어서 회장 박선호의 얼굴까지.

한동그룹은 입찰팀이 모두 귀국한 상황이어서 법인장 백영배가 보고를 받았다.

법인의 사원 하나만 보내 결과를 체크한 것이다. 보고를 받은 백영배가 전화기를 내려놓고 말했다.

"개자식. 난데없는 계집애를 입찰팀장으로 내보내더니 이건 무슨 개망신이야?"

법인장실 안에 혼자 있으니까 이런 말이 가능하겠지.

말 내놓은 김에 백영배가 한마디 더 했다.

"그놈은 계집 때문에 망할 거야."

한동 부사장이며 사주 박성철의 차남인 박윤태한테 하는 소리다.

낙찰업체는 구매본부에서 낙찰 확인증과 정식 오더시트를 받는다.

김선아와 고영도가 팀원과 함께 본부에 들어가 대통령 표창장 같은 낙찰 확인증을 받았고 디테일이 적혀 있는 오더시트, 부속서류에 서명을 하고 인수해왔다.

그동안 아부핫산이 호텔 근처의 건물에 사무실을 얻어 놓았기 때문에 민성희가 최미영과 함께 나가 건물주와 계약을 하고 사무실 등록 절차를 준비했다.

그날 저녁.

트리폴리 동쪽 외곽의 바닷가 카페 앞.

승용차 한 대가 멈추더니 터번에 쑵 차림의 사내가 내렸다. 장신이다.

오후 8시가 되었기 때문에 주위는 어둡다. 해변 바로 위쪽의 카페여서 바닷바람이 세다. 카페 주위는 허름한 민가였는데 불도 켜 있지 않았고 카페 창에서만 불빛이 흘러나오고 있다.

문을 열고 들어선 사내의 얼굴 윤곽이 드러났다.

진성이다.

카페 안은 텅 비었고 천장에 30와트 전등 하나만 켜져서 구석 쪽은 어둡다. 50평쯤 되는 홀의 구석에 앉아 있는 사내 하나뿐이다. 진성이 그쪽으로 다가가자 사내가 자리에서 일어섰다.

타르카리다.

쑴에 양복 상의만 걸친 타르카리가 다가온 진성의 어깨를 감싸 안고 뺨을 붙였다. 둘이 자리 잡고 앉았지만 종업원도 나타나지 않는다.

그때 진성이 입을 열었다.

"차에 가방이 있습니다. 어떻게 할까요?"

"내가 가져온 차가 뒤쪽에 있으니 나가서 옮겨 싣지요."

쓴웃음을 지은 타르카리가 말을 이었다.

"앞으로는 서류상으로 처리를 하지요."

"방법만 알려주시면 바로 조치하겠습니다."

진성이 웃음 띤 얼굴로 말을 이었다.

"로비 자금은 내가 직접 처리할 테니까요."

로비가 관행이 된 사회에서는 이것이 불법 개념이 아니다. 그 로비 자금을 당사자가 공적 용도로 사용하기 때문이다.

곧 카페 밖으로 나왔을 때 타르카리가 카페 뒤쪽에 주차된 검정색 벤츠를 끌고 와 승합차 옆에 붙였다.

승합차를 운전해온 아부핫산이 차에서 대형 트렁크를 꺼내 벤츠의 트렁크에 실었다.

현찰 2백만 불이다.

다시 어둠 속에서 타르카리와 포옹을 한 진성이 차에 올랐다.

하즈란에 대한 로비 자금 전달은 더 자연스러웠다.

다음 날 오전 10시.

공항으로 출국하려고 팀원들이 짐 가방을 꾸려 로비로 내려갔을 때 기다리고 있던 아부핫산이 짐을 실었다.

그중 검정색 짐 가방 하나까지 제 차에 싣고 공항으로 따라가 진성과 팀원들을 전송했다. 전송하고 돌아오는 길에 아부핫산은 주택가에 들어가 하즈란에게 그 가방을 전달하고 나왔다.

그것도 2백만 불이다.

"진성이는 우리하고는 전혀 관계가 없는 인간입니다."

고문 배창수가 말을 이었다.

"대학 나와서 회사 다니고 사업만 한 놈입니다. 김덕무하고도 얽힌 인연이 없습니다. 하지만."

배창수가 손에 들고 있는 자료를 내려놓았다. 그 자료는 복사해서 앞에 앉은 오태곤도 쥐고 있다.

오후 8시 반.

오성건설의 회장실에는 오태곤과 배창수, 강용규를 포함해서 부사장 5명이 다 모였다. 배창수가 진성의 조사를 맡은 것이다.

"가든클럽 관리를 김덕무한테 맡긴 것은 이쪽 세상을 파악하고 있다는 증거일 겁니다."

오태곤은 찌푸린 얼굴로 앞쪽만 보았다. 시선을 정면에 받은 배창수는 잔뜩 긴장하고 있다.

"김덕무가 본거지로 삼고 있는 곳이 상계동의 대양 폐차장인데요, 그곳의 소유주도 진성입니다."

"……."

"폐차장 일거리는 거의 없는데 그곳에 수십 명이 들락거리고 있습니다. 모두 장안평파나 상계동파, 최기동파에서 잘린 놈들이고 지방에서 온 놈들도 있습니다."

"그렇다면."

성질이 급한 전기철이 힐끗 오태곤의 눈치를 보고 나서 물었다.

"진성이란 놈이 김덕무를 내세워서 조직을 만든 것이나 같지 않습니까? 안 그래요?"

"그렇지."

배창수가 서열상 2인자였지만 실력자는 아니다. 그래서 행동대장 겸 부사장인 전기철에게 하대는 하지만 눈치를 본다.

"하지만 김덕무한테 어느 정도 결정권을 준 것 같아. 클럽 관리라든가 조직 관리는 모를 테니까 말야."

"그렇다면."

오태곤이 나섰기 때문에 모두 상체를 세웠다. 의자에서 등을 뗀 것이다.

오태곤이 배창수에게 물었다.

"가든클럽이 잘되는 바람에 리츠클럽이 요즘 손님들이 떨어지고 있어. 그리고 무엇보다도……."

눈을 가늘게 뜬 오태곤의 목소리가 굵어졌다.

"소문이 나쁘게 돌고 있어. 알고 있나?"

"알고 있습니다."

배창수가 대답했을 때 오태곤의 시선이 강용규에게 옮겨졌다.

"네가 그 소문 말해봐."

"예, 회장님."

숨을 들이켠 강용규가 오태곤을 보았다.

"김덕무가 리츠를 먹고 있다는 것입니다."

"그것뿐이냐?"

"리츠를 먹고 조금씩 우리 영역에 파고들 거라는 소문도 들었습니다."

"그것뿐이냐?"

"조직원을 벌써 2백 명 가깝게 모았다는 소문도 있습니다."

"그것뿐이냐?"

그때 강용규가 손바닥으로 이마의 땀을 닦았다.

방 안에는 숨소리도 나지 않았다. 땀을 닦았는데도 땀 한 줄기가 강용규의 볼을 타고 흘러 내려갔다.

그때 오태곤이 갈라진 목소리로 말했다.

"김덕무가 최기동파하고 제휴해서 나를 두 조각으로 낸다는 소문, 못 들었냐?"

"그, 그것은……."

강용규가 숨을 들이켜면서 오태곤을 응시했다.

이때 재떨이나 또는 술병, 또는 전화기도 날아올 수가 있다. 몇 년 전에는 호신용 권총을 뽑아서 쏘았다. 물론 맞지는 않았지만 식겁을 한 사건이다.

오태곤이 어깨를 늘어뜨리면서 주위를 둘러보았다.

"그, 진성이란 놈이 뭘 어떻게 한다는 거야?"

공항에 정수연과 이동철이 마중을 나왔기 때문에 진성은 셋과 같은 차에 타고 시내로 들어왔다.

오후 6시 반.

퇴근 시간이어서 진성은 곧장 오피스텔로 들어갈 작정이다.

이동철이 사장 전용차인 벤츠를 직접 몰고 나온 것은 할 이야기가 있다는 눈치인데 진성은 정수연을 차에 태웠다.

차가 공항을 빠져나올 때 진성이 옆에 앉은 정수연에게 물었다.

"회장님은 잘 계신가?"

"그 일 때문에 미리 드릴 말씀이 있는데요."

기다리고 있었는지 정수연이 바로 말을 이었다.

"회장님이 일주일쯤 전부터 회사에 나오시지 않았습니다."

"……."

"그래서 제가 연락해봤더니 곧 회사를 그만두신다고 하시더군요."

"……."

"사장님이 돌아오시면 만나 이야기를 하신답니다."

"만나 뵈어야겠군."

"윤상화 때문인 것 같습니다."

그때 이동철이 불쑥 말했다.

이동철이 백미러에서 진성의 시선을 잡았다.

"윤상화가 체포되었다는 소식을 한동 측에서 들으셨겠지요."

"……."

"아마 한동이 윤상화 가족에게 연락을 했고, 회장님께 윤상화는 처제가 되니까요……."

"……."

"사장님이 체포되셨을 때부터 심기가 편치 않으셨을 겁니다."

그때 정수연이 거들었다.

"모두 윤상화 짓이라는 걸 알고 계셨을 테니까요."

고개를 든 진성이 이동철과 정수연을 번갈아 보았다.

"윤상화가 귀국한 것 알고 있지?"

"예, 지금 집에서 쉬고 있답니다."

이동철이 대답했고 차 안은 정적에 덮였다. 진성은 소리죽여 숨을 뱉었다.

놀라운 일은 아니다. 전용환 회장이 떠날 때도 되었다.

밤 10시.

진성과 이동철이 가든호텔의 로비 라운지 밀실로 들어서자 기다리고 있던 김덕무와 박충식이 자리에서 일어섰다.

"다녀오셨습니까?"

둘이 동시에 허리를 구부리며 말했기 때문에 연습을 한 것 같다.

고개만 끄덕인 진성이 앞쪽 자리에 앉았다. 이동철은 그 옆쪽에 앉는다. 그때 김덕무가 입을 열었다.

"오태곤파에서 며칠 전에 가든클럽으로 사람을 보내 경고를 했습니다."

오늘은 그동안의 경과보고를 하는 자리다. 사주인 진성에게 업무보고를 하는 것이다.

진성은 시선만 주었고 김덕무가 말을 이었다.

"제가 사장님의 지시를 받는 대리인이라는 것을 놈들도 다 알고 있었습니다."

"……."

"물불 안 가리는 놈들이라 사장님께 곧장 들이댈 가능성도 있습니다. 그래서 미리 말씀드립니다."

김덕무는 예의바르고 정중했다. 조직세계에서 '회장님'을 대하는 자세보다 더 공손했다. 그것이 꾸민 건지 아닌지는 알 수 없지만 이동철에게는 좋

245

게 보였다.

고개를 든 김덕무가 진성을 보았다.

"그래서 만일의 경우에 대비해서 경호원을 두시는 것이 좋을 것 같습니다."

"알았어. 조처하지."

고개를 끄덕인 진성의 얼굴에 쓴웃음이 떠올랐다.

"어차피 사업은 밤이나 낮이나 같아. 목숨을 내놓고 일하는 건 마찬가지야. 우리는 전쟁을 밤낮으로 치르는 셈이지."

김덕무와 박충식은 눈만 껌뻑이고 있다. 진성이 말을 이었다.

"이제 시작했으니까 사업장을 서너 군데 더 알아보도록, 바로 인수해서 영역을 넓혀야 할 테니까."

"예, 사장님."

기운차게 대답한 김덕무가 박충식을 보았다. 다음은 '네 차례'라는 표정이다.

그때 박충식이 입을 열었다.

"제가 오태곤파 쪽 정보를 얻었는데 그놈들이 사장님을 습격할 것 같습니다."

"……."

"오태곤의 지시인지는 알 수 없습니다만 행동대장 전기철이 부하들을 시켰다는 소문을 들었습니다."

"……."

"전기철이 충성심을 보이려고 하는지도 모릅니다만 대여섯 명이 움직이고 있다는 정보를 받았습니다."

그때 김덕무가 거들었다.

"경쟁조직 자금주를 납치, 병신 만드는 건 보통입니다. 장안평파는 그게 전문이었지요. 오태곤은 사장님부터 노릴 가능성이 많습니다."

전기철에게 맡기고 모른 척할 수도 있다는 말이다.

그때 진성이 고개를 들고 김덕무와 박충식을 번갈아 보았다.

"셋만 나한테 보내라, 연락원 역할도 겸해서. 다른 건 걱정 말고."

"진성이 귀국했습니다."

배창수가 말하자 오태곤이 고개를 끄덕였다.

"알았어."

오전 10시.

오태곤은 방금 오성건설 회장실로 출근했다. 단정한 양복차림. 장신에 배도 나오지 않은 단단한 체격. 가늘게 뜬 눈에서 풍기는 독기가 일단 상대방을 제압한다.

배창수가 말을 이었다.

"리비아에서 오더를 따왔다고 합니다. 오더 따는 데는 재주가 있는 것 같습니다."

"그 새끼, 곧 쓴맛을 보게 되겠지."

의자에 등을 붙인 오태곤이 잇새로 말했다.

"선수를 쳐버리겠다."

구체적인 방법은 말할 필요가 없다, 배창수 역할이 아니니까.

그러나 이제 전쟁이 시작된 것이다.

회장실에서 나온 배창수에게 강용규가 다가가 섰다. 강용규는 요즘 바늘 방석에 앉은 분위기다.

리츠클럽의 손님이 확 줄어든 대신 길 건너편 가든클럽이 날고 있는 것이다. 그 소문이 강남에 퍼져 버렸으니 강용규는 '똥'이 되었다.

그리고 그것보다 더 겁나는 것은 오태곤의 처벌이다. 영업담당 부사장인 강용규는 어떤 처벌을 받을지 모르는 것이다.

"뭐라고 하십니까?"

"선수를 친다는데."

복도에서 마주 보고 선 배창수가 목소리를 낮췄다.

"진성의 정보를 따로 듣고 계시는 걸 보면 일이 진행되고 있어."

"그렇다면 전기철이가……."

"그렇겠지."

둘은 입을 다물었다.

큰일을 할 때 최소한의 인원만 동원하고 정보 유출을 막는 것이 원칙이다. 만일의 경우 약점으로 사용되기 때문이다. 조직에서 나간 후에 조직의 비밀을 폭로해서 멸망시킨 경우가 하나둘인가?

그때 배창수가 낮게 말했다.

"회장님이 진성을 우습게 보는 것 같다."

"무슨 말입니까?"

"진성 조사를 해봤더니 국제적으로 노는 놈이야. 전쟁 중인 나라에 엄청난 군수물자를 팔고 전쟁터를 제 안방 드나들 듯이 하고 있어."

"……."

"오히려 우리가 우물 안 개구리야. 진성이가 진짜 전쟁을 치르는 놈이라구."

"……."

"회장은 진성을 그냥 돈 많은 부동산업자나 사업가로 알고 있어."

"놔두십시다."

강용규가 입술도 달싹이지 않고 말했다.

"알아서 하겠지요."

"최광수입니다."

허리를 기억자로 꺾었다가 편 사내가 말했다.

180센티쯤의 키. 각진 얼굴. 눈동자가 또렷하다. 사내가 옆에 선 둘을 손으로 가리켰다.

"얘들은 김기백, 윤정복입니다."

진성이 웃음 띤 얼굴로 고개를 끄덕였다.

이곳은 도지무역 사장실 안.

진성은 테이블에 앉아 있고 비스듬한 옆쪽에 이동철이 서 있다. 테이블 건너편에 셋이 나란히 서 있는 것이다.

오전 11시.

셋은 김덕무가 골라서 보낸 진성의 경호원이다. 그러나 도지무역에서 경호원 직책이 없었기 때문에 총무부장 소속의 총무부 직원이다.

그때 이동철이 말했다.

"이 셋을 항상 측근에 두셔야 될 것 같습니다. 여기 윤정복이는 운전사, 최광수와 김기백이는 수행비서로 동행시키시지요."

이동철이 손으로 최광수를 가리켰다.

"최광수가 경호학교를 졸업한 경호 전문가입니다."

진성이 손에 쥔 이력서를 보았다.

29세. 여주 유도대학 경호학과를 졸업하고 해병대 교관. 제대 후에 소방관에 특채되어 1년 근무. 시위대 진압 중 사고 후 퇴직. 장안평파에 가입했다가 박충식과 함께 탈퇴.

경력이 그럴 듯했다. 김기백과 윤정복도 김덕무가 골라 뽑은 경호 역일 것이다.

서류에서 시선을 든 진성이 하나씩 셋을 훑어 나갔다.

"열심히 해라."

첫날부터 충성심 운운한다고 먹히겠는가?

오후 2시 반.

진성이 라마다호텔 라운지의 방으로 들어섰다.

그때 창가의 자리에 앉아 있던 전용환이 일어섰다. 웃음 띤 얼굴이다.

"어서 오게."

"그동안 안녕하셨습니까?"

다가간 진성의 손을 쥔 전용환이 고개를 끄덕였다.

"고생 많았지? 오더 딴 거 축하하네."

"감사합니다."

자리에 앉은 전용환이 지그시 진성을 보았다.

"진 사장, 이야기 들었겠지만 난 쉬려고 하네."

"회장님, 갑자기 그런 결정을 내리신 이유를 말씀해주실 수 있습니까?"

"갑자기가 아냐."

물 잔을 쥔 전용환이 말을 이었다.

"우리가 합병할 때부터 마음먹고 있었어. 한 달만 하겠다고. 그런데 벌써 석 달이 넘었어."

"윤상화 때문에 그러신 것 아닙니까?"

불쑥 진성이 물었더니 전용환의 얼굴에 천천히 웃음이 떠올랐다. 눈이 깊어지는 느낌이 들면서 전용환이 의자에 등을 붙였다.

"내가 이야기 들었어."

"……"

"리비아 기관에 체포되었다는 연락을 받았을 때 가슴이 철렁 내려앉았어. 그땐 자네하고 함께 체포된 것으로 알았네. 나한테 연락해온 사람도 정보가 늦었지. 리비아 현지에서도 자네가 풀려나온 줄을 모르고 있었던 것 같네."

"……"

"나중에야 들었어. 자네가 풀려나오고 상화가 체포된 것."

"……"

"그러고 나서 기다리는 며칠 동안 많은 것을 생각하게 되더구만."

전용환의 얼굴에 다시 웃음이 떠올랐다.

"그러다가 상화가 석방되었다는 소식이 들렸고 내가 직접 연락을 했어."

"……"

"상화가 그러더구만. 자네가 감옥까지 와서 석방시켜 주었다고. 차분한 목소리로 이야기를 하는데 내가 듣다가 먼저 전화를 끊어버렸어."

"……"

"상화가 귀국했어도 난 만나지 않았어. 상화도 날 찾지 않았고."

물 잔을 쥔 전용환이 다시 깊어진 눈으로 진성을 보았다.

"진 사장."

"예, 회장님."

"내가 상화 대신 사과하네."

"아닙니다. 원인은 제가 만들었습니다."

"그리고 고맙네."

전용환이 말을 이었다.

"난 물러가지만 좋은 인연은 이어가도록 하세."

진성은 시선을 내렸다.

가슴이 벅차면서 말문이 막힌다. 서툴게 표현하느니 가만있는 것이 낫다.

"지금 라마다호텔 12층 라운지 밀실에서 누구를 만나고 있습니다."

채시철이 말을 이었다.

"비서 한 놈을 데리고 왔는데 그놈은 복도에 서 있는데요."

"넌 어디 있는데?"

수화기에서 울리는 목소리는 전기철이다.

"예. 로비에 있습니다."

"그놈, 차 갖고 왔어?"

"예. 운전사가 지하 2층 주차장에서 대기하고 있습니다, 부사장님."

"그렇다면 주차장으로 내려가겠구만."

"예, 부사장님."

"운전사까지 셋이냐?"

"예, 그렇게 됩니다."

"12층 감시는 누가 하는데?"

"김만규가 엘리베이터 앞에서 왔다 갔다 하고 있습니다."

채시철이 손목시계를 보았다. 오후 3시 5분 전이다.

도지무역 앞에서 대기하고 있다가 이곳까지 따라온 것이다. 차 2대로 따라왔다가 한 대는 신호에 걸려 떨어졌고 나머지 한 대가 겨우 따라붙었다.

차로 따라붙는 미행은 영화에서는 밥 먹듯이 하지만 실제로는 거의 불가능에 가깝다. 영화는 다 뺑이다.

그때 전기철이 말했다.

"상황 봐서 덮쳐."

"예, 부사장님."

"차는 버리고 발로 뛰어라. 무슨 말인지 알지?"

"압니다."

"목표는 진성이야. 죽여도 되지만 병신 만드는 게 가장 좋다."

"쇠뭉치로 뒷머리 치면 됩니다."

채시철이 가볍게 대답했다.

전용환이 먼저 일어나 나갔기 때문에 진성은 방 안에서 인사를 하고 헤어졌다.

1분쯤 늦게 밖으로 나왔더니 앞쪽 벽에 붙어 서 있던 최광수가 다가왔다. 복도에는 오가는 손님, 종업원이 많았기 때문에 최광수가 낮게 말했다.

"사장님, 여기 오실 때 미행당한 것이 분명합니다."

걸음을 늦춘 진성이 벽 쪽에 붙었다. 진성의 시선을 받은 최광수가 말을 이었다.

"뒤쪽 차에 탔던 놈을 여기서 봤습니다."

고개를 끄덕인 진성이 엘리베이터를 향해 발을 떼었다.

최광수는 경호 전문가다. 차를 타고 오면서 미행 차를 발견했지만 확신하지 못했던 것이다.

엘리베이터에 탔을 때 안에는 10여 명의 탑승객이 모여 있었다. 최광수는 진성을 맨 뒤쪽 구석에 붙여 세우고는 그 앞에 가로막듯 섰다. 진성 옆에는 외국인 여자가 짙은 향수 냄새를 풍기며 서 있다.

엘리베이터는 거의 층마다 멈추면서 내려가고 있다.

채시철이 어금니를 물고는 심호흡을 했다. 그러자 옆에 선 서양여자의 짙은 향수 냄새가 코로 흡입되면서 와락 구역질이 났다. 숨을 멈추고 구역질을 참는 동안에 다시 한 개 층을 내려갔다.

8층. 또 손님이 탄다. 내리는 손님이 없었기 때문에 엘리베이터 안에는 10명도 넘는 인원이 탔다. 14인승이어서 아직 여유는 있다.

진성은 바로 서양여자의 옆이다. 그러나 서양여자가 비대한 체격이어서 거리가 멀다. 진성의 앞에 수행비서가 붙어 섰는데 빈틈이 없다.

어깨를 늘어뜨리고 서 있었지만 이런 자세가 탄력을 받아 반응속도가 빠른 것이다. 굳어 있는 놈은 느리다.

엘리베이터가 다시 한 개 층을 내려가서 7층. 문이 열렸지만 사람은 안 탔다. 버튼만 누르고 가버린 모양.

문이 닫혔을 때 앞쪽에 서 있던 구택상이 꾸무럭거리면서 옆쪽을 보는 시늉을 했다. 구택상 재킷 가슴에는 회칼이 채워져 있다.

길이 20센티짜리 회칼이 가죽 칼집에 넣어져서 가슴에 딱 붙여진 것이다. 저놈은 칼잡이다. 폼이 아니라 저놈이 칼만 쥐면 어김없이 피를 보는 것이다.

그리고 그 옆쪽에 박태호. 이놈 바지 주머니에 '쇠 장갑'이 들어 있다. 놋쇠로 만든 1킬로짜리 쇠 장갑에 맞으면 부서진다.

그리고 채시철. 팔에 2킬로짜리 쇠뭉치를 붙여 놓았다. 길이 20센티. 손잡이가 있어서 손에 딱 붙는다.

이렇게 셋이 엘리베이터에 탔다. 12층에 올라와서 기다리고 있었던 것이다.

엘리베이터가 4층에서 멈췄을 때 다시 두 명이 탔다. 그래서 거의 빈틈이 없어졌다.

254

진성은 옆쪽 서양여자의 옆에 선 사내를 아까부터 의식하고 있었다.

건장한 체격, 말끔한 양복 차림에 늘어뜨린 왼손에는 서류봉투를 들었다. 그런데 봉투 안에서 1센티쯤 삐져나온 신문지가 보였다. 서류봉투에 신문을 넣었다.

진성이 심호흡을 했을 때 엘리베이터가 곧장 내려가 1층에서 멈췄다.

그때 손님들이 내리기 시작했다. 비대한 서양여자도 내렸기 때문에 안에는 여섯 명이 남았다. 지하 1층에서 근무하는 모양인 종업원 복장의 여자 하나, 그리고 진성과 최광수, 사내 셋이다.

엘리베이터 문이 닫히더니 다시 내려가기 시작했다.

진성과의 거리는 50센티 정도.

진성은 앞을 응시한 채 서 있다. 그 앞쪽의 경호 비서는 엘리베이터가 비었기 때문에 조금 앞으로 나가 서 있다.

그런데 몸을 비스듬히 돌린 자세여서 옆쪽의 구택상, 박태호의 옆모습을 보는 형국. 그리고 1미터 거리의 채시철도 시야에 들어가 있다.

채시철은 수행비서의 얼굴을 거의 정면으로 보는 자세였는데 시선은 목에 닿았다.

엘리베이터가 지하 1층에서 멈추더니 종업원이 내렸다.

그때다.

"여기 좀 들르자."

진성이 말하더니 발을 떼어 앞쪽 구택상을 스치고 지나갔다. 구택상이 놀란 듯 재킷 안주머니에 손을 넣었지만 최광수의 어깨와 부딪쳤다. 최광수가 바로 진성의 뒤를 따라 발을 떼었기 때문이다.

종업원, 진성, 최광수의 순서로 엘리베이터를 빠져나간 것은 순식간이다.

1초의 절반도 안 되는 순간에 최광수까지 1열로 섰고, 구택상, 박태호, 채시철은 뒤엉켰다.

공격은 채시철의 선공으로 시작할 계획이었기 때문이다. 채시철의 지시가 있어야 했다.

둘이 빠져나갔을 때 문이 닫히려고 했고 구택상이 손을 뻗어 문을 잡았다. 다시 문이 열렸을 때 채시철이 말했다.

"주차장에서 기다리자."

지하 1층은 식당가다. 오가는 사람이 많다.

그때 다시 문이 닫혔고 엘리베이터는 지하 2층으로 내려갔다.

식당가 복도로 나온 진성이 최광수에게 물었다.

"안의 세 놈은 날 노리는 놈이었다. 맞지?"

"예, 사장님."

서둘러 발을 떼면서 최광수가 번들거리는 눈으로 진성을 보았다.

"1층 계단으로 올라가시지요. 거기서 사람들 사이에 끼어 밖으로 나가셔야 합니다."

고개를 끄덕인 진성이 계단으로 향하면서 다시 묻는다.

"넌 어떻게 할 계획이었지?"

"엘리베이터 문이 닫히자마자 사장님 옆의 놈을 치고 그다음에 그 앞의 놈을 칠 계획이었습니다."

"1 대 3이 되겠어?"

계단을 오르면서 진성이 묻자 최광수가 바지주머니에서 '쇠주먹'을 꺼냈다.

어느새 손에 끼워져 있다.

"눈치챈 것 같으냐?"

전기철이 채시철을 노려보았다.

오후 6시.

둘은 오성건설 빌딩의 사무실에 마주 앉아 있다.

"예, 그런 것 같습니다."

상황 설명을 해준 채시철이 고개를 숙였다.

"진성 그놈이 눈치가 빨랐습니다."

"네놈의 순발력이 늦었다는 생각은 안 하냐? 병신 같은 놈아."

"예, 맞습니다, 부사장님."

"내가 오늘 일 치른다고 회장님한테 보고 안 한 것이 다행이네."

"죄송합니다, 부사장님."

"보고했다면 내가 강용규 짝이 될 뻔했는데."

"앞으로는 제가······."

"시끄러, 새꺄."

고개를 든 전기철의 눈동자에 초점이 흐려졌다.

"그 새끼가 운이 좋은 건지 능력쟁이인지는 곧 알게 되겠지."

그 시간에 진성이 앞에 앉은 김덕무에게 말하고 있다.

"오후에 어떤 놈들이 호텔까지 날 미행했다가 기습하려고 했는데 겨우 빠져나왔어."

"옛?"

놀란 김덕무가 숨을 들이켰다.

이곳은 강남의 가든호텔 라운지 밀실 안. 진성이 이곳을 임시 사무실로 사용하고 있다.

그때 옆에 앉아 있던 이동철이 엘리베이터 안에서 있었던 일을 설명해주었다. 방 안에는 셋이 둘러앉아 있다. 이동철의 말이 끝났을 때 김덕무가 진성을 보았다.

"오태곤이 시킨 놈들입니다."

"그놈들이 경고를 하더니 바로 행동으로 나왔어."

"제가 처리하겠습니다."

그때 진성이 고개를 들었다.

"그만둬."

"예?"

"내가 직접 처리할 테니까 내 지시를 받으라구."

"알겠습니다."

진성이 말을 이었다.

"내가 김 사장을 부른 건 상황 설명이나 해주려는 게 아냐."

숨을 죽인 김덕무를 향해 진성이 쓴웃음을 지었다.

"김 사장."

"예, 사장님."

"난 돈만 대는 스폰서가 아냐."

"……."

"이미 이런 일도 예상하고 있었어."

"……."

"내가 이번에 리비아에서 반역 사범으로 몰려 사막 안의 교도소에 수감되었다가 총살 직전까지 갔다는 사실은 모를 거야."

김덕무가 고개를 들자 진성이 다시 웃어보였다.

"그러다가 석방되어 오더를 따왔어. 무려 5억 불. 거기서 나오는 이익금으

258

로 이런 가든호텔을 10개쯤 구입할 수가 있지."

"……"

"저쪽 오 아무개파 놈들은 날 모르고 있겠지만 오히려 다행이야. 하지만 앞으로 내 수족이 되어야 할 김 사장은 날 알아야 돼. 앞으로 겪게 되겠지만 말야."

"예, 사장님."

김덕무가 겨우 대답했을 때 진성이 고개를 끄덕였다.

"김 사장, 당신의 역할은 크게 될 거야, 상상도 못할 정도로. 하지만."

진성이 똑바로 김덕무를 보았다.

"내 수족이란 사실을 잊지 말도록."

"예, 명심하겠습니다."

심호흡을 하고 나서 김덕무도 진성의 시선을 맞받았다.

"진심으로 수족이 되도록 노력하겠습니다."

"시간이 지나면 서로의 믿음이 저절로 형성되겠지만."

돌아가는 차 안에서 진성이 옆에 앉은 이동철에게 말했다.

"지금 확실하게 해두는 것이 낫다."

"예, 사장님."

이동철이 고개를 끄덕였다.

"김 사장은 무역회사와 밤의 조직을 함께 직접 관리하는 것이 무리라고 생각했던 것 같습니다. 지금까지 그런 예가 없었으니까요."

진성이 쓴웃음을 지었다.

그 반대의 예는 있을 것이다. 어설프지만 밤의 사업에서 축재를 해서 낮의 기업으로 기어 나오는 경우. 그런데 진성은 양자를 병행하려는 것이다.

앞쪽에 앉은 최광수와 윤정복은 숨을 죽이고 있다.

그날 밤 10시 반이 되었을 때 문에서 노크 소리가 났다.

문을 연 진성은 앞에 서 있는 이현을 보았다. 이현이 활짝 웃는다. 양손에 비닐봉지를 쥔 이현이 방으로 들어서며 말했다.

"술 드실 것 같아서 안주를 준비해왔어요, 술하고."

"옳지."

만족한 진성이 비닐봉지를 받아 주방 위에 올려놓았다.

"네가 제일이다."

"이등, 삼등도 있어요?"

"많아."

몸을 돌린 진성이 이현의 허리를 뒤에서 껴안았다. 이현이 등을 더 붙이더니 두 손을 뒤로 뻗어 진성의 머리를 감아 안는다. 자연스러운 동작이다.

곧 이현이 몸을 돌려 얼굴을 내밀었다. 입술이 반쯤 열렸고 눈은 감았다. 기다리는 표정이 아닌가?

유리창을 열어 놓아서 차도를 달리는 차량들의 타이어 마찰음이 울리고 있다.

옛날에는 엔진 음만 울렸는데 엔진 소음이 차 밖으로 나오지 않는 대신 밖에 있는 타이어가 땅을 짓밟는 소리만 난다.

"너 의류가게를 하고 싶다고 했지?"

이현의 허리를 당겨 안은 진성이 물었다.

밤. 벽시계가 2시 반을 가리키고 있다.

방 안의 열기가 식어가면서 벗은 등에 서늘한 기운이 덮였다. 이현이 진성의 가슴에서 얼굴을 떼었다.

"아뇨, 싫어요."

"싫다니?"

"마음 바꿨어요."

이현이 진성의 목을 두 팔로 감아 안았다.

"폐차장을 나올 때 들으니까 김 사장이 강남에 가게를 더 늘린다고 하더군요."

"……."

"가게에서 일하게 해주세요."

진성이 이현의 시선을 잡았다. 그때 이현이 말을 이었다.

"관리를 맡겨주시면 잘할 수 있어요."

"관리를 말이지?"

"리츠클럽에서 보면 거기 관리자가 너무 고압적이고 편파적이에요. 그래서 손님들이 제대로 서비스를 받지 못하는 경우가 많아요."

"……."

"제가 관리하면 잘할 수 있을 거예요."

진성이 소리죽여 숨을 뱉었다.

룸살롱을 경영하고 싶다는 것이다. 룸살롱 대표가 되면 의류가게보다 엄청난 수입을 얻게 되겠지. 자신의 능력에 따른 보상을 받게 되는 것이다.

진성이 고개를 끄덕였다.

"좋아. 김 사장한테 이야기해주지."

지금은 얼마든지 인력이 필요한 시기다.

진성이 이현의 허리를 다시 당겨 안았다. 이현이 능력을 발휘해서 새로운 기반을 굳힐 수도 있을 것이다.

다음 날 오전.

회사에 출근한 진성에게 이동철이 보고했다.

"강남이 아직 개발 중이어서 아래쪽에 과수원이나 농지가 매물로 나온 곳이 많습니다. 거긴 사람들이 거의 관심을 보이지 않아서 땅값이 평당 1천 원 미만인데요."

이동철이 말을 이었다.

"제 정보원이 경제부처 공무원인데 그쪽이 장기적으로 투자가치가 있는 땅이라는군요. 어떻게 할까요?"

지금 이동철은 진성의 지시를 받고 강남 요지의 건물, 모텔을 5채나 구입해놓았다. 모두 아래층에 식당이나 3류 룸살롱, 카페를 운영하고 있는 곳이었다. 그곳을 개조해서 새로운 영업장으로 만들려는 것이다.

그때 진성이 고개를 끄덕였다.

"매물이 나오는 대로 다 매입해."

"예, 사장님."

이동철이 기운차게 대답했을 때 진성이 쓴웃음을 지었다.

"은행 이자보다 부동산 투자가 몇 배 이익이라는 말을 들었다."

그리고 진성은 적극적인 성격인 것이다.

여유 자금을 은행에 묵혀두는 사업가는 없다.

서초동의 일식당 '도쿄'는 TV 탤런트들이 자주 찾는 식당으로 소문이 났다. 실제로 뉴스에서도 여러 번 보도되어서 예약 손님만으로 방이 꽉 찰 정도다.

그 '도쿄'의 주인이 오태곤이다. 물론 소문은 안 났지만 조직사회에는 다 알려진 사실.

오후 1시.

도쿄의 밀실 안에서 오태곤과 정필수가 마주 앉아 있다.

정필수는 40대 후반쯤으로 말쑥한 용모에 금테 안경을 썼다. 서초경찰서
장이다.

"정 서장, 내가 요즘 골치 아픈 일이 있어."

술잔을 든 오태곤이 정필수를 보았다.

"뭡니까, 또?"

그러나 얼굴에는 웃음이 떠올라 있다.

그때 한 모금 술을 삼킨 오태곤이 말을 이었다.

"도지무역이라고 아나?"

"들은 것 같은데."

고개를 기울였던 정필수가 눈을 크게 떴다.

"아, 맞다. 이번에 리비아에서 큰 오더를 땄다고 하더군. 뉴스에서 봤
어요."

"그놈이야."

"누가요?"

"거기 사장 놈 말야. 진성이란 놈인데."

어깨를 부풀린 오태곤이 말을 이었다.

"그놈이 가든호텔과 아래층 클럽까지 인수하더니 이 새끼가 겁도 없이
영역을 넓히고 있어."

"……."

"벌써 건물 대여섯 개를 인수하더니 거기에다 영업장을 만들고 있다구."

"어쩌자는 겁니까?"

"해보겠다는 것이지."

"그, 진성인가 그자가 말입니까?"

"그래."

"도지무역이란 회사에서 말입니까?"

"그놈이 장안평파에서 나온 김덕무란 놈을 대리인으로 내세운 거야."

"아, 그렇군."

"김덕무가 바지 사장인 거지."

"도대체."

정필수가 고개를 기울였다.

"엄청난 오더를 받고 뻗어나가는 기업이 왜 이런 사업을 할까?"

"그놈이 욕심이 많은 거지."

"웃기는 놈이네."

"동생이 기억해둬."

"무슨 일 시키시려고 하는 거요?"

오태곤이 정필수의 잔에 술을 따라주며 말했다.

"먼저 가볍게 처리할 일이 있어."

오늘 만난 목적은 이것이다.

진성이 앞에 선 박충식을 보았다.

이곳은 도지무역 사장실 안.

박충식은 오늘 처음 도지무역에 들어왔다. 아니, 박충식 인생에서 무역 회사에 들어온 것도 이번이 처음이다. 사장실도.

박충식은 그동안의 업무 보고차 이곳에 온 것이다. 어제 만났던 김덕무가 박충식에게 실무보고를 시킨 것이다.

"거기 앉아."

진성이 눈으로 앞쪽 자리를 가리켰다.

박충식은 잔뜩 긴장하고 있었기 때문에 비서실 민성희가 들어와서 앞에 커피 잔을 내려놓고 돌아갔어도 '누가 왔는지' 모르는 것 같다.

그때 진성이 물었다.

"내가 김 사장 만나서 이야기 한 거 들었나?"

"예, 사장님."

박충식이 똑바로 진성을 보았다.

"위험했습니다, 사장님."

"그랬지."

"제가 최광수한테서 자세히 들었더니 그 엘리베이터에 탄 놈들 중 하나가 가든클럽에 찾아왔던 채시철이란 놈 같았습니다. 최광수가 잘 기억하고 있었습니다."

박충식이 물기로 번들거리는 눈을 크게 뜨고 진성을 보았다.

"사장님."

"뭐냐?"

"어제는 잘 하셨습니다만……."

"그래서?"

"위험했습니다."

"그랬지."

"김덕무 씨한테서 들었습니다만 전쟁터 같은 무역 활동하고 이런 세계는 전혀 다릅니다. 김덕무 씨는 제대로 말씀드리지 못한 것 같습니다."

"그럼 네가 말해봐."

"여긴 페어플레이가 없습니다. 본래가 법 밖에서 사는 게 습관이 된 인종들이어서요."

"그쯤은 안다."

"사장님이 온전하셔야 우리도 삽니다. 물론 배신 때리려는 놈들은 그것을 반기겠지만요."

"내가 지금 배우는 중이다."

"앞으로는 드러내놓고 활동하지 마시기 바랍니다."

진성의 시선을 받은 박충식이 말을 이었다.

"오태곤이는 건설회사 사장이지만 밤에만 시내에 나갑니다. 어디 갈 때면 미리 사전 조사를 하고 호위차가 최소 3대 따릅니다. 집에는 야간 경호가 항상 붙습니다. 평시에도 이러는데……."

그때 진성이 박충식을 보았다.

"박 상무, 네 직책이 지금 뭐지?"

"명함은 가든클럽 상무로 박았습니다."

"그럼 내일부터 도지무역 총무부 차장으로 인사 발령을 낼 테니까 여기서 근무하도록."

"예?"

"네 말대로 내 경호 책임을 맡으란 말이다. 너한테 전권을 주지."

"아, 예."

"그리고 그보다 중요한 일은."

진성이 똑바로 박충식을 응시했다.

"네가 밤의 사업과 나를 연결시키는 역할을 해야겠다. 내가 배워야겠단 말이야."

"예, 하지만 저는 학력이 짧아서, 대학도……."

"네 경력이면 충분해."

진성이 한마디로 잘랐다.

"어서 오십시오."

일단 허리를 꺾어 인사를 했던 조찬수가 허리를 펴는 순간에 분위기를 파악했다. 그러나 이미 늦었다.

"우리 서초서에서 나왔는데."

앞장선 사내가 '쩌렁' 울리는 목소리로 소리쳤다.

"모두 신분증 준비하도록."

그 순간 로비는 난리가 났다.

웨이터 서너 명만 남기고 경리까지 포함한 아가씨들이 냅다 안쪽으로 피신했기 때문이다. 가든클럽 로비는 금방 난장판이 되었다.

"뒷문으로 도망갈 수 없어!"

사내가 다시 버럭 소리쳤다.

"뒷문도 막아놓았으니까! 도망가다 잡히면 무조건 구속이야!"

조찬수가 어금니를 물었다. 어쩔 수 없다. 당해버린 것이다.

최소한 15일, 또는 한 달. 손을 잘 쓰면 15일쯤 후에 풀리지만 재수 없으면 3개월. 그렇다면 문 닫는다.

오후 10시 반.

오늘은 늦게까지 사무실에서 일하다가 간부들과 함께 회사 근처 한식당에서 저녁을 먹던 진성에게 박충식이 다가왔다.

진성 옆으로 다가온 박충식이 귀에 입을 붙였다.

"사장님, 급한 일이 생겼습니다."

고개를 끄덕인 진성이 박충식과 함께 방을 나왔다.

"뭐냐?"

복도에 선 진성이 묻자 박충식이 입을 열었다.

"가든클럽을 경찰이 습격했습니다. 미성년자 고용에 마약 판매까지 뒤집어 씌워서 지금 문을 닫았습니다."

"뭐? 마약?"

놀란 진성이 눈을 치켜뜨자 박충식이 어깨를 부풀렸다가 내렸다.

"놈들이 방에 마약봉지 4개를 뿌려놓고 덮어씌운 겁니다."

"……."

"1그램짜리 4개인데 이것만으로도 영업정지입니다."

"……."

"거기에다 미성년자 두 명, 수배 중인 애들 두 명이 걸렸고 불법취업 3명, 주거부정이 3명입니다."

"……."

"심각합니다. 잘되어도 영업정지를 먹을 것 같고 대표는 구속될 것 같습니다."

"……."

"오태곤이 손을 쓴 겁니다. 오태곤이 서초서장하고 형, 동생 한다는 소문이 있었거든요."

술 먹고 오태곤이 자랑을 했겠지만 증거는 남기지 않았을 것이다.

고개를 끄덕인 진성이 몸을 돌렸다.

이제는 이쪽도 전쟁이 시작되었다.

"무슨 일 있으세요?"

간부 회식에 참석했던 민성희가 회식을 마치고 식당을 나올 때 물었다.

진성이 고개를 끄덕였다.

"내가 '밤의 사업'을 하는 거 알지?"

"예, 사장님."

걸음을 멈춘 둘의 옆을 재무부장 주성호와 업무부장 최용성이 지나
갔다.

진성이 말을 이었다.

"거기도 로비가 필요할 것 같다."

"어떻게요?"

"매수된 경찰이 사업장을 단속해서 영업정지를 시킬 가능성이 있어."

"그건 법으로……."

말을 멈춘 민성희가 진성을 보았다.

"제가 할 일은요?"

"일단 윤곽을 알고만 있어."

"알겠습니다."

진성이 발을 떼었다.

민성희는 비서실장 역할이다. 밤의 사업도 파악해야 된다.

"김 사장, 나야."

수화기에서 진성의 목소리가 들렸다.

"예, 사장님."

김덕무가 전화기를 귀에 붙이고는 심호흡을 했다.

이곳은 가든호텔 라운지 안, 오후 11시 반.

가든클럽으로 달려온 김덕무가 진성의 전화를 받는 것이다.

"현재 상황은 어때?"

"예, 클럽 문은 닫았습니다."

한숨을 쉰 김덕무가 말을 이었다.

"다섯 명이 경찰서로 연행되었습니다. 영업부장 조찬수하고 대표마담이 참고인으로 끌려갔구요. 그놈들이 마약을 덮어씌워서······."

"걱정하지 말라고 해, 내가 변호사 선임해서 다 풀어줄 테니까."

"예, 사장님."

"그리고 종업원들한테 가서 전해. 클럽이 영업하지 않는 동안 회사에서 월급을 주겠다고."

"예, 사장님."

통화가 끝났을 때 김덕무가 길게 숨을 뱉었다. 날벼락이다.

이것은 오태곤파 소행이 분명하다. 전쟁이 시작되었는데 우리의 대응은? 사장한테 맡겨야 한단 말인가?

"흐흐흐."

참을 수가 없어진 김준기가 어깨를 들썩이며 웃었다.

오전 12시 반, 리츠클럽의 대기실 안이다.

"잘되었다."

김준기가 웃느라고 띄엄띄엄 말을 잇는다.

"그 새끼들 하루살이지. 불에 뛰어든 불나방이 맞다, 안 그러냐?"

"그렇구만요."

조석기가 맞장구를 쳤다.

"화무십일홍이죠."

"얼씨구."

김준기가 머리를 젖히고 웃었다.

"개새끼, 문자 쓰네."

오늘도 손님이 방 5개밖에 없었지만 김준기는 만족했다.

소문이 금방 퍼져서 가든클럽 안에서 히로뽕이 담긴 비닐봉지가 14개나 발견되었다는 것이다. 입에 입을 거치면 그렇게 불어난다.

김준기의 경험으로 보면 이건 영업정지에다 클럽 대표가 구속된다. 이것은 모두 고위층의 작전일 것이다. 김준기는 무럭무럭 일어나는 충성심을 가누지 못해서 벌떡 일어섰다.

그때다.

"꽈광 꽝!"

엄청난 폭음이 울리더니 테이블 위의 술병이 엎어졌다.

지진 같다. 아니, 폭탄인가?

"전소했습니다."

2시간 후인 오전 2시 반.

진성이 장충동 저택에서 보고를 받는다. 앞에 선 박충식의 두 눈이 번들거리고 있다.

"주방의 가스레인지에서 가스가 새어나왔다고 합니다. 그것이 기름통에 번져서 폭발한 것입니다."

박충식이 숨까지 고르고 나서 말을 이었다.

"소방서에서 발표했으니까 정확합니다."

"저런."

TV를 보고 있던 진성이 혀를 찼다.

"TV에는 안 나오던데."

"방송이 빨랐지요. 곧 TV에서 찍으러 갈 겁니다."

"하룻밤 사이에 길 하나를 사이에 둔 두 업체가 망했구나."

"리츠클럽이 더 망했지요. 거긴 4층 건물이 다 전소했으니까요. 지하 1층에서 번진 폭발로 단숨에 불길이 올라간 겁니다."

"……."

"사망자, 사상자는 하나도 없습니다. 주방이 끝 쪽에 있어서 모두 앞문으로 도망 나왔거든요."

"……."

"아주 불이 기술적으로 잘 났지요. 몇 명 타 죽었다면 더 어울리겠는데……."

마침내 박충식의 본색이 나왔기 때문에 진성이 고개를 끄덕이며 말했다.

"안됐다. 오태곤 씨가 충격을 받았겠다."

"이런 개 같은 경우가……."

어깨를 들썩였던 오태곤이 앞에 선 강용규를 노려보았다.

이곳은 리츠클럽에서 가까운 루비클럽의 방 안.

안에는 고문 배창수와 전기철, 리츠클럽 지배인 변상호까지 들어와 있었기 때문에 꽉 찬 분위기다.

그런데 오태곤과 배창수, 전기철은 앉아 있었지만 강용규와 변상호, 그리고 리츠클럽에서 구사일생으로 빠져나온 김준기 등은 서 있다. 변상호와 김준기는 얼굴에 검정 칠이 남았고 머리가 그슬려서 탄 냄새까지 났다.

오태곤이 강용규에게 씹어뱉듯이 물었다.

"분명 가스 폭발이야?"

"예, 회장님."

시선을 내린 강용규가 지가 불을 지른 범인인 것처럼 대답했다.

"소방서에서도 확인했습니다."

"분명히 저 새끼들의 장난은 아니지?"

"아닌 것 같습니다."

"같습니다."

"아, 아닙니다."

"뭐가 아냐?"

"저놈들의 짓이 아니라는 말씀입니다."

"개새끼들."

방 안에 잠깐 오태곤의 거친 숨소리만 들렸다가 다시 목소리.

"이거, 이상하잖아?"

오태곤이 앞에 놓인 위스키 병을 집더니 그대로 테이블에 내려쳤다.

병이 박살나면서 술이 배창수, 전기철의 상반신에 튀었다. 유리조각이 날아가 서 있는 변상호의 가슴에 맞고 떨어졌다.

"가든클럽 문을 닫게 했더니 리츠가 불이 나버리다니! 그것도 같은 날 밤에 말야!"

오태곤이 고래고래 고함을 쳤다.

"아냐! 그놈들 짓이야! 소방관 놈들이 돈 먹었다구!"

다시 방 안에 오태곤의 식식거리는 소리가 들렸다.

강용규는 어금니를 물었다. 아까부터 방광이 터질 것 같은 느낌이 들고 있다. 그러나 화장실에 가면 나오지 않을 것이다.

그것은 리츠클럽의 화재보험 문제다. 리츠클럽은 화재보험에 가입하지 않았기 때문에 지금 그대로 망한 상황이다. 오태곤은 흥분한 상태라 그것 까지 아직 의식하지 못하고 있는데 만일 깨닫게 된다면 누구 하나를 죽이려고 들 것이다. 제가 보험료 내는 것이 아까워서 보험에 들지 말라고 했어도 그렇다. 제 잘못이라고 넘어갈 놈이 아닌 것이다. '왜 가입하라고 밀어붙이지 않았느냐?'라면서 죽이려고 할 것이다.

장충동 저택은 2층 대저택으로 두 달 전에 구입했지만 진성이 입주하지 않았다.

왜냐하면 혼자 사는 터에 집이 너무 컸고 불편했기 때문이다. 집을 관리하려면 최소한 넷은 필요했다.

저택은 2층짜리 대리석과 철근 구조물로 연건평이 250평, 대지 5백여 평의 대저택이다. 방이 9개, 응접실이 2개에 회의실, 서재, 작은 풀장까지 갖춘 데다 정문 옆에 20평짜리 정원사와 경비원용 숙소도 있다.

대기업 사장이 살다가 부도가 나서 내놓은 건물인데 가구까지 함께 구입한 것이다.

이곳에 진성은 박충식과 최광수, 김기백, 윤정복, 그리고 박충식이 데려온 경호원 넷까지 8명을 입주시켰다.

거기에다 이동철이 선발해 온 여자 넷이 포함되었다. 주방 일, 청소 등 담당이다. 그래서 저택은 10여 명의 남녀가 채워졌다.

오전 9시.

저택에 손님이 찾아왔다. 미리 약속을 했기 때문에 열린 정문으로 대형 승용차가 들어섰고 곧 차에서 사내 하나가 내렸다.

40대쯤의 사내로 평범한 용모. 사내는 현관 앞에서 기다리던 박충식의 안내를 받아 곧장 2층 응접실로 안내되었다.

"어서 오십시오."

기다리고 서 있던 진성이 사내에게 다가가 손을 내밀었다.

"이제 얼굴을 뵙는군요."

사내가 웃음 띤 얼굴로 진성의 손을 잡는다. 진성이 사내에게 자리를 권하고는 몸을 돌려 나가려는 박충식에게 말했다.

"박 차장, 너도 여기 앉아."

진성이 옆쪽 자리를 가리켰다.

"너도 함께 듣는 것이 낫겠다."

그러고는 진성이 사내에게 박충식을 소개했다.

"내 보좌관입니다. 수행비서도 되고. 직책은 총무부 차장인데……."

그때 사내가 바로 말했다.

"심복이군요."

자리에서 일어선 박충식이 허리를 꺾어 인사를 했다. 진성의 손님인 것이다.

"박충식입니다."

그때 사내가 일어나 손을 내밀었다.

"사장님이 같이 듣자고 하시니까 내 신분을 밝혀야겠군요. 난 미국대사관 경제담당 영사 마이클 정이오."

놀란 박충식이 숨을 들이켰지만 표시는 나지 않았다. 자리에 앉았을 때 진성이 마이클을 보았다.

"어제 수고하셨습니다."

"아니, 그런 일은 어렵지 않습니다."

쓴웃음을 지은 마이클이 말을 이었다.

"지하층만 폭발시키기는 어려워서 4층까지 다 태웠다고 하더군요."

그 순간 박충식이 숨을 들이켰는데 이번에는 표시가 났다. 그래서 진성이 힐끗 시선을 주었다.

그때 마이클이 말을 이었다.

"그런 일은 얼마든지 부탁하셔도 됩니다. 서로 협조해야지요."

"감사합니다."

박충식은 시선을 둘의 중간쯤에 둔 채 이제는 숨도 참았다.

어젯밤 리츠클럽 대폭발 사건은 너무 우연이었던 것이다.

가든클럽은 분명히 오태곤의 사주를 받은 서초경찰서 팀이 쳐들어와서 마약봉지를 뿌리고 검문을 해서 덮어씌운 사건이다. 이런 뒤집어씌우기 작업으로 망한 업체가 한둘이 아닌 것이다. 그것이 가든클럽에도 일어났다.

그런데 바로 몇 시간 후에 리츠클럽이 대폭발을 일으켜 아예 4층 건물이 전소되었다. 이런 우연을 믿는다면 바보다.

그러나 어쩌겠는가, 증거가 없는 것을. 소방서가 가스폭발이라고 발표까지 한 것을.

그런데 그 진상이 밝혀졌다.

진성의 부탁으로 이 미국대사관 영사가 저질렀다.

그때 마이클이 입을 열었다.

"그런데 가든클럽의 방에서 발견된 마약 4봉지 말입니다."

진성의 시선을 받은 마이클이 쓴웃음을 지었다.

"서초경찰서 팀이 가든클럽에 누명을 씌우려고 가져왔지만 실제로 마약 사업은 오태곤파에서 하고 있지요."

마이클이 어느덧 정색하고 진성을 보았다.

"우리는 오래전부터 파악하고 있었습니다. 마약은 중국에서 배로 들어옵니다. 지금 강남지역에 뿌려지는 마약의 절반 이상이 오태곤파에서 공급하는 것이지요."

아연한 박충식이 다시 숨을 삼켰다.

소문을 듣기는 했지만 사실인 것 같다.

'차원이 다르다.'

마이클을 배웅하고 몸을 돌린 박충식의 머릿속에 떠오른 생각.

장안평파 회장 허기욱은 말할 것도 없고 강남의 오태곤도 감히 이런 공작을 할 수 있겠는가?

박충식의 머릿속에서 진성에 대한 존경심이 무럭무럭 자라나기 시작했다. 그때 진성이 말했다.

"그 우물 안 개구리 같은 놈들이 우물에다 독약을 푸는 꼴이 되었다, 그렇지 않으냐?"

마약 이야기를 하는 것이다.

"예, 그렇습니다."

박충식이 바로 대답하자 진성이 말을 이었다.

"네가 별도의 팀을 만들어서 그 조사를 해라."

"예, 사장님."

"네가 겪었던 조직에서는 이런 경우에 어떻게 조사를 했지?"

진성의 시선을 받은 박충식이 긴장했다.

'어떤 식'이라는 것이 애초에 없었기 때문. 장안평파 같은 경우에는 허기욱이 '해라' 하면 했을 뿐이다.

"예, 그저 시킨 대로 그냥 몇 명이……."

진성이 고개를 끄덕였다.

"네 팀에 정보담당을 배속시켜 주마. 체계적으로 정보 수집하는 것을 도와줄 거다."

"예, 사장님."

"김 사장한테 말해서 네 팀의 전력을 보강시켜 줄 테니까 네가 지휘해라."

"예, 사장님."

"오늘부터 네 팀의 예산을 책정해줄 테니까 네가 전결로 집행하도록."

이런 경우는 배꼽 떨어지고 나서 처음이었기 때문에 박충식이 멍했다.

예산을 책정해준다니. 내 전결이라니.

10초쯤 시간이 지나서야 박충식은 말뜻을 깨달았다.

그런데 얼마나 될까, 내가 쓸 수 있는 예산이란 것이?

"흐흐. 오태곤이가 식겁을 했겠다."

순댓국을 삼킨 허기욱이 웃느라고 밥알이 튀어나왔다. 앞에 앉은 처남 겸 행동대장 최경태는 그 밥알이 김치그릇에 떨어진 것을 보았다.

허기욱이 묻는다.

"리츠클럽 건물이 오태곤이 소유 아니냐?"

"예, 맞아요."

밥맛이 떨어진 최경태가 반도 안 먹은 순댓국을 내려다보면서 수저를 내려놓았다.

"거기에다 화재보험도 안 들어서 아주 망했다고 합니다."

"아이구, 잘됐다."

"강용규가 재떨이에 어깨를 맞았다고 합니다. 보험을 안 들었다구요."

"왜 머리통에 안 맞았지?"

"오태곤이 보험료 내는 게 아까워서 내지 말라고 했다는 겁니다."

"그런데도 재떨이를 던져?"

"왜 보험 들라고 밀어붙이지 않았느냐고 했다는데요?"

그때 주위를 둘러본 허기욱이 목소리를 낮추고 말했다.

"야, 양배한테 전해. 화재보험 안 든 사업장은 모두 들라고."

"다 안 들었을걸요?"

"싸게 해주는 보험회사 있을 테니까 견적 받아서 보고하라고 해."

"예."

허기욱이 처남인 최경태한테는 체신 깎이는 말도 한다. 원체 집안에서 속속들이 겪은 사이였기 때문이다. 그래서 체신은 깎이지만 가장 요직인 행동대장을 맡겨놓았다.

그때 식당 안으로 고정만이 들어섰다.

고정만은 영업담당 부사장이다. 다가온 고정만이 허기욱 앞에 서더니 허리를 굽혀 귀에 대고 말했다.

"김기준하고 이창배를 박충식이가 데려갔습니다."

허기욱은 눈만 크게 떴고 고정만이 말을 이었다.

"데리고 있던 놈들도 10명 가깝게 빠져나갔습니다."

"이 개새끼들."

수저를 내려놓은 허기욱이 앞에 앉은 최경태를 노려보았다.

"어떻게 된 거냐? 그 새끼들을 잡으라고 했잖어?"

"예, 곧 잡습니다."

최경태가 어깨를 부풀렸다가 내렸다.

지금까지 김덕무가 데려간 조직원이 30명도 넘는 것이다. 멀쩡한 조직원들을 빼내간 것은 전쟁을 선포한 것이나 같다. 그래서 허기욱은 김덕무와 박충식을 제거하라는 지시를 한 것이다.

이제는 불똥이 이쪽으로 튄 것을 실감한 허기욱의 얼굴이 일그러졌다. 오태곤의 봉변에 웃었던 것이 5분도 안 되었다.

오후 2시 반.

사우나에 앉아 있던 전기철이 3분짜리 모래시계를 다시 뒤집어 놓았다.

이곳은 극동호텔 지상 1층의 사우나 안. 전기철의 전용 사우나나 같다.

극동호텔은 무궁화 3개짜리 호텔이지만 지하 1층에 나이트클럽, 2층은 룸살롱, 지상 1층이 사우나와 식당가로 배치된 강남 양재동의 요지다.

이곳도 오태곤 소유인 것이다. 그래서 전기철은 매일 점심시간이 지나면 이곳 사우나에서 피로를 풀고 오후 일과를 시작한다. 보통 '밤의 기업'은 오후 5시부터 시작되니까.

사우나실 문이 열리는 소리가 들렸지만 전기철은 눈을 뜨지 않았다.

수건으로 아랫도리만 가린 채 통나무 벤치에 반듯이 앉아서 3분을 견뎌내고 있다. 모래시계의 반 정도가 남았다.

익숙해져서 모래가 다 내려갔을 때 눈이 떠질 것이다. 앞으로 3개를 더 돌려야 한다. 15분 동안 섭씨 60도에서 견뎌내는 것이다.

온몸에서 땀이 물벼락을 맞은 듯이 흘러내리고 있다. 옆쪽 마룻바닥이 흔들렸다. 조금 전 들어온 손님이 자리를 잡는 모양이다.

다음 순간 전기철은 목에 얼음덩이가 들어갔다가 반대쪽으로 빠져나가는 느낌을 받고 눈을 떴다. 큰 충격이다.

눈을 뜬 전기철은 앞에 선 사내를 보았다. 벌거벗은 알몸. 평범한 체격에 평범한 얼굴. 차분한 표정.

그런데 손에 회칼을 쥐었다. 그리고 회칼에서 피가 뚝뚝 떨어진다.

다음 순간 전기철은 입을 딱 벌렸고 갈라진 목에서 피가 분수처럼 뿜어졌다. 그러나 성대가 잘려서 소리는 뱉어지지 않았다.

그때서야 목에 격심한 통증이 왔고 저도 모르게 전기철이 벌떡 일어섰다. 그러나 중심이 잡히지 않아서 잘린 머리가 뒤로 꺾어지더니 그대로 넘어졌다.

그때 사내가 사우나 밖으로 나가는 것이 보였다.

전기철의 소식을 가장 먼저 보고 받은 사람이 강용규다.

강용규는 극동호텔 2층 룸살롱에서 지배인과 회의 중이었다.

"부사장님! 사우나에서……."

사우나 지배인이 다급하게 말했는데 손과 소매에 아직도 핏자국이 남아 있다.

놀란 강용규가 눈을 치켜떴다.

"누가?"

"모릅니다. 사우나 안에서 당했습니다."

건식 사우나에 들어갔던 손님이 소리를 지르는 바람에 종업원이 뛰어왔을 때는 이미 전기철의 숨이 끊어진 후였다는 것이다.

망연한 얼굴로 강용규가 자리에서 일어섰다가 다시 앉았다.

"위에다 보고해!"

강용규가 지배인에게 소리쳤다. 자신이 보고할 필요가 없는 것이다.

20분 후.

오태곤은 배창수한테서 보고를 받았다.

오성건설의 회장실 안.

배창수의 보고를 받은 오태곤이 눈만 치켜뜬 채 가쁜 숨을 뱉었다. 소식을 들은 간부들이 모여 있었지만 방 안에는 오태곤의 숨소리만 들렸다.

이윽고 고개를 든 오태곤이 흐려진 눈으로 앞에 선 간부들을 보았다.

"누구 짓이야?"

알면서도 확인차 묻는 것이다.

그러나 아무도 대답하지 않는다. 전기철이 살아 있고 다른 간부가 죽었다면 대번에 김덕무나 박충식, 도지무역 이름이 나왔을 것이다.

몇 번 숨을 고르고 났을 때 오태곤의 얼굴이 굳어졌다. 상대방의 '가차 없음'이 피부로 느껴졌기 때문이다.

30분 후.

오태곤이 회의를 한 시간에서 30분 후라는 말이다.

오후 4시쯤 되었다. 사건 발생 1시간 반 후.

이곳은 대양 폐차장 사장실 안.

밖에는 20여 명의 사내가 왔다 갔다 하고 있었는데 폐차장 인부 차림이 아니다. 이곳이 '인재양성소' 또는 '103보충대'라고 불리는 이유다.

김덕무가 어깨를 웅크린 자세로 앞쪽의 박충식을 노려보았다. 박충식은 방금 도착했다.

"그게, 너는 모르는 일이란 말야?"

"모른다니까요. 저도 놀랐습니다."

"아니, 그럼."

김덕무의 눈동자가 흔들렸다.

"전기철의 목을 자를 만큼 원한이 있는 놈이 있나?"

"지금 오태곤파하고 전쟁 중인 건 우리뿐입니다."

숨을 고른 박충식이 말을 이었다.

"더구나 그놈들은 우리 사장님을 손보려다가 기회를 놓쳤지요."

"그리고 나서 경찰 시켜서 가든클럽을 날렸고 말야."

눈을 가늘게 뜬 김덕무가 말을 이었다.

"그러다가 리츠클럽이 날아갔지."

"……"

"이쪽에서 뺨 때리면 저쪽은 도끼로 찍어버린 꼴인데."

"저쪽이 우리란 말씀이군요."

"맞는 말 아니냐?"

박충식이 입을 다물었을 때 김덕무가 노려보았다.

"넌 알고 있지?"

"뭘요?"

"넌 사장님 측근이잖아? 나한테도 비밀로 할 거냐?"

오늘은 소식을 들은 김덕무가 급하게 박충식을 부른 것이다. 김덕무의 시선을 받은 박충식이 입을 열었다.

"리츠클럽은 우리가 했어요."

숨을 멈춘 김덕무에게 박충식이 마이클 정을 만난 이야기를 했다. 이야기가 끝날 때까지 숨도 안 쉬고 듣던 김덕무가 입을 열었다.

"밤의 세계가 이제야말로 업그레이드가 되겠구나."

"예?"

'업그레이드'란 말이 자주 쓰이는 단어가 아니다. 더구나 김덕무가 이런 '어려운' 단어를 쓰는 것을 박충식은 처음 들었다.

물론 김덕무가 지방대 중퇴 학력이어서 무시하는 건 절대 아니다. 김덕무는 '밤의 세계'에서 '학위'로 불리는 '전과'를 6개나 땄으며 학교에서 8년이나 '수학'했으니 박사 딴 것보다도 윗길이다.

요약하면 '밤의 세계' 인사들은 '낮의 세상'에서 딴 학위쯤은 전혀 인정하지 않는 것이다. 그런데 '업그레이드'라니.

그때 김덕무가 번들거리는 눈으로 박충식을 보았다.

"사장님 덕분에 말이다. 나는 정말로 사명감을 느낀다."

박충식은 거두절미하고 김덕무가 요즘 굉장히 '유식해지고' 있다는 것을 느낀다.

시선을 마주친 둘이 동시에 고개를 끄덕였다.

'전기철 사건'은 따질 필요가 없다. 당분간 둘만 알아도 될 일이다.

"이상하지?"

오후 7시 반.

오태곤파 고문 배창수가 강용규에게 낮은 목소리로 물었다.

서초동 오성건설 건물 2층의 일식당 안.

비상 상황이었기 때문에 본부 격인 오성건설 주변 분위기는 분주하다. '활기 없는 분주함'이라고 표현해야 맞다. 조직원들이 바쁘게 오가면서도 활기가 보이지 않는다.

대신 살기, 또는 당황, 또는 혼란한 분위기가 덮여 있다.

오성건설이 입주한 18층 빌딩은 오태곤 소유다. 오성건설은 3층에서 6층까지 4개 층만 사용하고 나머지는 상가, 사무실이 입주했다.

방 안에는 둘뿐이었지만 강용규가 주위를 둘러보았다.

"뭘 말요?"

"가든클럽 말야."

물 잔을 든 배창수가 지그시 강용규를 보았다.

"마약사건이 터졌는데 언론이 보도를 안 하고 있어. 사흘이 되었는데 말야."

"그런가요?"

"그거 얼마나 큰 사건이야? 딴 때 같았다면 TV에도 나왔을 텐데."

"그런데 오늘 전기철이는 어떻게 되었죠? 서초서에서 병원에 다녀갔다면서요?"

"회장님이 거기에다 연락을 했어."

배창수가 외면한 채 말을 이었다.

"사우나 안에서 칼로 목이 잘렸다면 나라가 떠들썩해질 테니까 그냥 덮으려는 모양이야."

"그래야지요."

그렇다고 원한을 덮는 건 아니다. 복수를 해야 조직이 산다. 놔둔다면 그 조직은 망한다.

그렇지만 조직의 간부가 칼로 목이 잘렸다는 보도가 나가면 대통령이 조폭을 소탕하라고 지시를 내릴 것이다. 그러면 다 죽는다.

그때 강용규가 고개를 기울였다.

"그것도 손을 썼나? 마약 이야기가 나오면 우리도 찜찜하니까 말입니다."

"글쎄."

"언론 보도만 막고 경찰 시켜서 놈들을 영업 정지시켜버리는 수단 아닙니까?"

"언론 쪽은 전기철이가 맡았는데……."

배창수의 눈동자가 흐려졌다. 그런데 전기철은 지금 목이 잘려서 성모병원 영안실에 누워 있다.

강용규가 손목시계를 보면서 일어섰다.

"병원에 가야 됩니다."

전기철의 장례식 준비다.

오태곤의 지시로 내일 발인하여 화장을 치르기로 한 것이다. 그래서 오늘 간부들이 밤을 새워야 한다.

"박 차장, 운영비로 일단 10억이 책정되었으니까 써."

이동철이 말하자 박충식이 숨만 쉬었다.

장충동 저택의 1층 응접실 안.

진성은 2층으로 올라갔고 둘이 탁자를 사이에 두고 마주 앉았다. 이동철이 박충식 앞에 통장과 쪽지를 내밀었다.

"이건 10억이 예금된 통장이고 비밀번호야. 언제든지 입출금 가능해."

"이, 이런."

입 안의 침을 삼킨 박충식이 통장을 내려다보았다.

박충식의 월급은 150만 원. 일류기업 과장 월급이 100만 원인 시대다. 서울 마포의 20평짜리 아파트가 3천만 원인 시대인 것이다.

당시는 쌀 80킬로 기준으로 물가 시세를 비교했는데 80킬로 한 자루로 4인 가족이 한 달은 먹는다. 그 한 자루 값이 5만 원. 일류기업 과장은 쌀 20자루를 받는 세상이었다.

그런데 10억이라니. 지금 아파트 33채 값을 쓰라고 받았다.

이게 바로 업그레이드된 인생이다.

서울경찰청 정보국장 치안감 오정호는 경찰청 내부의 실세다.

정치권과 잘 통하고 서울청장의 신임을 받고 있다는 소문. 대전경찰청장을 거쳤기 때문에 내년에 치안정감으로 승진하면서 서울청장이 된다고 알려져 있다. 현 서울청장 박기동은 치안총감으로 승진, 경찰청장이 되고.

경찰 내부의 정보는 대체로 정확하다. 맨날 하는 업무가 정보수집이기 때문에 제 정보는 귀신보다 더 환하지.

그 오정호가 오늘, 경찰청으로 정필수를 불렀다.

오전 9시 10분, 둘은 정보국장실에서 마주 앉아 있다.

정필수는 잔뜩 긴장한 상태. 금테 안경을 여러 번 손끝으로 밀어 올리는 것이 그 증거다.

오정호가 손을 쓰면 정필수는 전라도나 경상도 군 소재지 경찰서장으로 즉각 전보될 수도 있다. 마음만 먹으면 내일이라도.

그 이유는 1백 개도 더 만들 수 있겠지. 25년째 경찰 생활을 하는 정필수다. 오정호는 33년.

오정호가 무슨 용건인지도 말해주지 않아서 정필수는 더 불안했다. 찔리는 일이 많기 때문이지.

그때 오정호가 입을 열었다.

"서초서, 요즘 바쁘지?"

"예, 국장님."

상반신을 쫙 편 정필수가 오정호를 보았다.

오정호가 영등포 경찰서장이었을 때 정필수는 경찰학교를 졸업하고 당산동 파출소장이었었다. 그것이 오정호와의 인연이었지만 3개월 만에 오정호는 경찰청 과장으로 영전되어 떠나서 기억도 못 하겠지.

높은 놈들은 그렇다.

오정호가 가늘게 뜬 눈으로 정필수를 보았다.

"정 총경, 진급할 때 되었지?"

"예? 저, 저는……."

입 안의 침을 삼킨 정필수가 오정호를 보았다. 눈동자가 흔들렸다.

"아직 부족합니다, 국장님."

"자네가 나한테 경찰대 8년 후배 되지?"

"예, 국장님."

"자네 동기들은 작년에 경무관으로 처음 승진이 되었더군, 세 명이."

"예? 옛."

"자네도 올해에 기대하고 있겠군."

"아닙니다. 전, 아직도……."

"참, 최백준 치안정감께서 다음 달에 퇴직하셔. 알고 있나?"

불쑥 오정호가 묻는 순간 정필수의 얼굴이 하얗게 굳어졌다.

최백준이 정필수의 '백'이었던 것이다.

지금 최백준은 부산 경찰청장으로 있다. 그런 최백준이 다음 달에 퇴직하다니? 임기가 1년 반이나 남았는데. 경찰 5인방 중 하나로 그 양반이 있는 동안은 진급을 보장받았는데.

정필수는 최백준을 8년 동안이나 모신 최측근이었던 것이다. 경찰청마다 따라다녔고 같이 진급을 했다.

그때 오정호가 의자에 등을 붙였다.

"나도 유감이야. 훌륭하신 선배였는데."

다시 정필수의 가슴이 미어졌다.

아, 사고다. 사고로 물러나는 것이다. 그렇게 되면 최백준의 '줄'은 다 망한다. 역적의 3족을 멸하는 것처럼 다 뜯어낸다. 그래야 진급의 숨통이 트이는 것이다.

오정호의 목소리가 다시 이어졌다.

"그런데 말야, 정 총경."

"예, 국장님."

"서초서 구역에서 마약 유통 현장을 잡았다면서?"

"예, 국장님."

"유통자는 잡았나?"

"아닙니다. 유흥주점 방 안에서 발견된 것이라……."

"검문 형사가 떨어뜨렸다는 신고가 들어왔어."

숨을 들이켠 정필수를 향해 오정호가 쓴웃음을 지어보였다.

"국회의 위원장 급 의원한테 말이야."

"……."

"사건이 일어난 지 나흘째인데 서초서에서는 마약 유통 현장을 잡았다는 보고를 하지 않았더군."

"예, 확실한 물증을 잡고 보고할 예정이었습니다."

그것이 가든클럽만 영업정지를 때리려는 정필수의 작전이었다, 물론 오태곤과 공모를 한 것이지만.

그때 오정호가 고개를 끄덕였다.

"이봐, 내가 서울청 정보국장이야."

"예, 국장님."

"무슨 말인지 이해가 가나?"

"……."

"이 테이프를 들어보지."

오정호가 서랍에서 소형 녹음기를 꺼내더니 책상 위에 놓았다. 그러고는 버튼을 누르고는 의자에 등을 붙였다.

그때 녹음기에서 사내의 목소리가 울렸다.

"이봐, 동생. 마약은 노출시키지 마. 언론이 알면 곤란해져."

"아. 압니다. 사건이 커지면 우리도 골치 아파요."

이미 정필수의 얼굴은 누렇게 굳어 있다. 자신과 오태곤의 목소리인 것이다.

오태곤이 말을 이었다.

"그놈들 영업정지나 시키고 몇 놈 구속시키는 선으로 해줘."

"알겠습니다."

"어젯밤에 사과상자 받았지?"

"예, 고맙습니다."

그때 버튼을 눌러 녹음기를 끈 오정호가 초점 없는 눈으로 정필수를 보았다.

"오태곤이지?"

정필수가 숨만 쉬었을 때 다시 오정호가 말을 이었다.

"지금 집으로 수사관 보내면 사과상자에 얼마 들었는지 알 수 있겠군."

"⋯⋯."

"자네는 구속되고 한 5년 살 거야. 대통령께서 펄쩍 뛰시겠군. 이건 최백준 치안정감이 1백 명 남아 있어도 안 돼."

"⋯⋯."

"최 정감도 회사에서 돈 받은 것이 걸렸어. 자네보다는 못하지만⋯⋯."

그때 오정호가 똑바로 정필수를 보았다.

"자. 어떻게 할 거냐? 네 이야기부터 듣자."

이제는 너라고 부른다.

그때 정필수가 어금니를 물었다가 풀었다.

"자살하겠습니다."

정필수가 번들거리는 눈으로 오정호를 보았다.

"제가 죽음으로 사죄드릴 테니 총경으로 가족들이 기억하게 해주십시오."

"언제 죽을 건데?"

"오늘 밤에 죽겠습니다."

"유서를 잘 써놓아야 오해가 풀릴 텐데."

"오태곤과 결탁했다는 내용을 자백하겠습니다."

"그럼 네 직책은 남을지 모르지만 명예는 시궁창에 버려질 텐데."

"다 좋을 수는 없겠지요."

정필수가 한마디씩 끊어 말했다.

"제 자식들에게 아비는 그대로 명예롭게 죽었다는 기억을 남겨주고 싶습니다."

"좋다."

어깨를 편 오정호가 손바닥으로 책상을 쳤다. 오정호도 두 눈을 부릅뜨고 있다.

"그럼, 내가 시키는 대로 해라."

"거길 알고 있습니다."

서기채가 말을 이었다.

"두 번이나 최경태가 답사를 했어요."

"답사?"

경황 중에도 김덕무가 전화기를 고쳐 쥐고 웃었다.

오후 3시.

김덕무는 대양 폐차장에서 전화를 받는다.

"유적지 답사 하냐, 그 병신 같은 놈이?"

"형님, 심각합니다."

서기채가 목소리를 낮췄다.

"모두 연장 준비했어요. 인원 점검까지 마치구요."

"예상은 했어."

"이번에 김기준하고 이창배를 충식이 형이 데려간 후에 서둘고 있습니다."

"몇 명이냐?"

"전 빠져서 모릅니다."

서기채는 최경태의 행동대 소속 조장이다. 그런데 전에 김덕무하고 친했다고 작전에서 뺀 것이다. 서기채가 말을 이었다.

"이번에 빠진 애들이 많습니다. 천일수, 장팔식, 윤재봉이까지 빼놓았습니다."

"잘됐다. 빠진 애들은 다 이리 와라."

"형님, 글쎄, 이번에 끝장을 본다고 한다니까요?"

"알았다. 고맙다."

"거긴 비워두시는 게 낫습니다. 최경태가 지방 애들까지 산 것 같으니까요."

"알았다. 이따 보자."

통화를 끝낸 김덕무의 얼굴은 굳어져 있다.

"전경문입니다."

고개를 숙인 사내가 곧 어깨를 폈다.

"잘 왔어. 거기 앉아요."

악수를 나눈 진성이 앞쪽 자리를 권했다.

도지무역의 사장실 안.

안에는 민성희와 이동철, 정수연까지 넷이 모여 있다. 진성이 탁자 위에 놓인 서류를 들었다.

전경문의 인사 서류다.

35세. 일성고, 일성대 경영학과 졸. 2위 재벌그룹인 우신그룹 부장까지 고속 승진했지만 2개월 전에 퇴사. 이렇게만 적혀 있다. 미혼.

고개를 든 진성이 전경문을 보았다.

턱이 야무진 사각형 얼굴. 어깨도 넓고 얼굴 윤곽도 굵다. 175 정도의 신장. 진성을 정면으로 응시하는 눈이 또렷하다.

"우신에서 수출업무를 했나요?"

"예, 사장님."

"도지무역을 어떻게 생각하지요?"

"능력을 발휘하고 인정받을 수 있는 회사라고 생각합니다."

"우신은 아닌가요?"

"대기업이어서 결재라인이 많고 매너리즘에 심하게 빠진 상태입니다. 제가 그만둔 이유도 그것 때문입니다."

"여기도 커지면 그렇게 되지 않을까요?"

"제가 경영자 급이 되었을 때 고치도록 하지요."

진성의 얼굴에 웃음이 떠올랐다. 정수연도 웃는다.

전경문은 현재 공석 중인 수출2부장 후보다. 윤상화의 빈자리를 메우려고 지금까지 네 명째 면접을 보고 있다.

진성이 다시 물었다.

"여기 오기 전에 나에 대해서 들었다면 느낀 점을 말해 봐요."

이것이 맨 마지막 질문이다. 그때 전경문이 대답했다.

"저도 그렇게 되었다면 회사를 차렸겠지요. 하지만 분수를 모르고 남 흉내를 내다 쪽박 차는 사람 많이 보았습니다."

전경문이 거침없이 말을 이었다.

"전 우신에서 8년 근무해서 조직체계를 잘 압니다. 그것이 대기업의 장점이기도 하죠. 빈틈없는 상호 견제, 해외 진출, 또는 조직 정비 같은 체제 말씀입니다. 그 노하우를 도지무역에 심고 저도 발전하겠습니다."

전경문이 다시 똑바로 진성을 보았다.

"전 수출부장이 적격입니다. 그리고 앞으로 도지무역과 함께 일생을 살
겠습니다."

진성이 고개를 끄덕였다.

"곧 통보를 하지요."

전경문이 돌아간 후 진성이 방 안에 남은 셋을 둘러보았다.

"어떠냐?"

"좋아요."

먼저 정수연이 대답했다.

정수연과 함께 수출1, 2부를 나눠 맡게 될 인물이다. 지금까지 수출부장
후보 면접을 모두 같이 본 것이다.

정수연이 말을 이었다.

"솔직해요. 대기업 경험을 배울 수도 있을 것 같구요."

"지금까지 본 후보 중 가장 나은 것 같습니다."

민성희는 그렇게 대답했다.

진성의 시선을 받은 이동철이 어깨를 폈다. 원서를 받고 나서 이동철이
1차 면접을 했던 것이다.

"인사기록에 미혼이라고 했지만 5년 전 이혼했고 7살 난 아들을 대전에
있는 어머니가 키우고 있습니다. 하지만 이혼남에 자식 1명이라고 쓸 것까
지는 없다는 생각이 듭니다."

방 안이 조용해졌다. 진성이 바로 이혼남이기 때문이다. 그것을 모두 아
는 것이다.

그때 진성이 말했다.

"이 부장이 그렇게까지 말한 이상 입사시키지 않을 수가 없겠구나."

진성이 이동철을 노려보았다.

"난 말 길게 하는 놈 정말 싫어."

그때 이동철은 고개를 숙였고 정수연과 민성희는 제각기 외면했다.

모두 방에서 나갔을 때 박충식이 들어섰다.

비서실의 허락을 받지 않고 사장실에 출입할 수 있는 직원은 박충식뿐이다. 박충식은 이제 말쑥한 양복 차림에 넥타이도 단정하게 매었다.

다가선 박충식이 진성에게 말했다.

"사장님, 오늘 밤에 장안평파가 폐차장을 습격할 예정입니다."

시선만 주는 진성에게 박충식이 말을 이었다.

"내부 정보원이 김 사장한테 정보를 줬습니다. 밤 12시 정각에 약 50명이 행동대장 최경태 지휘로 습격합니다."

"……."

"모두 회칼, 일본도, 쇠파이프로 무장했는데 김 사장은 꼭 병신을 만들거나 죽여도 좋다고 했다는데요."

박충식이 바짝 다가섰다.

"김 사장이 사장님의 지시를 기다리고 있습니다."

고개를 든 진성이 박충식을 보았다.

김덕무는 보충대 인원들과 폐차장에서 숙식하고 있는 것이다. 폐차장에 컨테이너 15개를 갖다놓고 임시 숙소를 만들어 놓았는데 주방도 있고 회의실도 갖춰졌다. 겹으로 쌓아 놓아서 3층짜리 숙소다.

"장안평파 회장 거처는 아나?"

"압니다."

바로 대답한 박충식의 두 눈이 번들거렸다. 진성이 말을 이었다.

"오늘 밤 장안평파 회장을 치라고 해."

"예, 사장님."

"그 방법은 내가 말 안 해줘도 알겠지?"

"물론입니다."

"폐차장을 습격한 놈들은 허탕을 치게 만들고."

"예, 회장이 당하면 대가리 잘린 뱀 꼴이 될 것입니다."

진성이 고개를 끄덕이자 박충식이 서둘러 몸을 돌렸다.

정필수가 고개를 들고 말했다.

"가든클럽 사건, 없던 일로 해."

"예?"

수사과장 배동식은 53세. 순경 출신으로 경찰생활 28년. 정필수보다 선배다. 경정 4년째. 총경으로 진급할 가능성은 없고 경정으로 경찰을 끝낼 입장이다.

그래서 정필수를 응시하는 눈빛이 강하다. 왜? 하고 묻는 시선.

그때 정필수가 말했다.

"마약 문제로 떠들다가 우리뿐만 아니라 본청까지 깨지겠어."

"……."

"내가 들어가서 깨지고 나왔어. 일 벌여서 뒷감당 어떻게 할 거냐고."

배동식이 외면했다.

마약봉지는 정필수의 지시를 받은 강력계장 노영춘 경감이 제 주머니에서 꺼내 뿌렸다는 것을 알고 있기 때문이다. 노영춘은 정필수의 수족이지만 배동식의 눈을 속일 수는 없다. 노영춘 부하가 배동식의 정보원이니까.

정필수가 한숨을 쉬었다.

"나, 서초서에서 당분간 말뚝 박아야 될 것 같아."

"알겠습니다."

그 소리에 배동식은 감을 잡았다. 정필수는 끈 떨어진 연 신세가 된 것이다.

그래서 서초서에 말뚝을 박지만 서초서는 여전히 정필수의 손바닥 안이다. 그러니까 잠자코 말 들으라는 표시지.

"자료 폐기하고 가든클럽 영업중지 풀지요."

모두 수전산전 겪은 도사들이라 말 몇 마디면 감 잡는다.

이때가 오후 5시다.

장안평 시장 위쪽의 이층 단독주택.

붉은색 벽돌집. 정사각형 구조. 마당은 10평쯤 되고 가로 세로 각각 15미터 규모. 이차선 도로에서 50미터쯤 일방통행로로 들어간 길가에 위치함. 주위는 엇비슷한 단독주택. 일차선 도로 건너편에도 3층 연립주택이 있음.

이 이층 단독주택이 장안평파 회장 허기욱의 거처다.

엄밀히 말하면 허기욱의 애인 또는 정부의 집.

카페 마담이었던 오미선을 데려다가 살림을 차려준 집이다.

"여긴 행동대장 최경태도 모르는 곳입니다."

차로 벽돌집 앞을 지나면서 서기채가 말했다.

승합차 안은 김덕무와 박충식까지 넷이 타고 있다. 선팅이 된 유리창 밖에서는 안이 보이지 않는다.

서기채가 말을 이었다.

"그래서 이곳 경비는 허기욱의 경호원들만 알고 있습니다. 오늘 밤에도 아마 다섯 명쯤 데리고 오겠지요."

승합차는 저속으로 벽돌집 앞을 지나 일방통로를 빠져 나왔다. 박충식과 김덕무가 얼굴을 마주 보았지만 입을 열지는 않았다.

오후 6시 반이다.

그 시간에 허기욱이 최경태에게 지시를 하고 있다.

작전의 마지막 지시다.

"나한테 연락할 것 없다. 괜히 통화내역 조사하면 귀찮아지니까 해치우고 내일 아침에 시치미 딱 떼고 보자."

"예."

"김덕무는 꼭 죽이도록."

허기욱이 이제는 '죽이는 것'을 강조했다. 중상을 입히고 병신을 만드는 것보다 '죽이는 것'이 훨씬 쉽기 때문이다.

이곳은 허기욱의 단골 식당인 내장탕 식당 안이다. 둘은 구석자리에 마주 보고 앉아 있었는데 식당 안의 손님 절반은 장안평파 부하들이다.

고개를 끄덕인 최경태가 자리에서 일어섰다.

"그럼 갔다 오겠습니다."

최경태는 여러 번 일을 치렀지만 김덕무 같은 거물은 처음이다.

오후 8시 반.

조선호텔 701호실에 세 사내가 둘러앉았다.

진성과 오정호, 그리고 마이클 정이다.

그중 진성과 오정호는 초면이어서 인사가 조금 길었다. 셋이 원탁에 둘러앉았을 때 오정호가 웃음 띤 얼굴로 진성에게 말했다.

"아직 40도 안 되어서 그런 대기업을 세우시다니, 곧 재벌 되시겠습니다."

오정호는 치안감이지만 52세. 앞으로 치안정감, 치안총감까지 올라갈지 말지 예측 못 한다.

하지만 진성은 벌써 매출액 10억 불 가까운 중견기업을 이뤄내었다. 그렇게 말할 만하다.

"과찬이십니다."

진성이 쑥스럽게 웃었다.

오늘 만남은 진성과 오정호가 서로 원했다. 중재 역할을 한 마이클 정이 입을 열었다.

"서로 필요로 한 관계니까 도움이 될 겁니다."

이번 서초서 정필수 처리도 진성이 마이클 정에게 부탁해서 만들어졌다. 마이클이 오정호에게 내막을 말해준 것이다. 마이클과 오정호는 전부터 정보를 주고받아온 사이다.

그때 오정호가 말했다.

"정필수를 놔둔 이유는 그놈을 이용해서 마약 루트를 소탕하기 위해서입니다."

오정호의 얼굴에 웃음이 떠올랐다.

"오늘 가든클럽에 영업정지 해제 통보가 나갈 테니까 오태곤이 펄쩍 뛰겠지요."

상황은 마이클한테서 들었기 때문에 진성이 고개만 끄덕였다.

직위가 높으면 큰 것을 본다. 조폭과 결탁해서 비자금을 챙겨온 정필수를 살린 이유가 있는 것이다.

오정호가 지그시 진성을 보았다.

"진 사장님이 지금 엄청난 자금을 강남지역의 부동산 구입에 투자하고 계시더군요."

"예, 그렇습니다."

"대기업이나 부동산 정보에 빠른 사람들이 강남의 부동산을 구입하고 있지만 진 사장님처럼 현금 동원 능력이 많지 않습니다."

진성은 잠자코 오정호를 보았다.

그렇다. 지난 오더에서 남은 수익금이 1천억 원이 넘는다. 그것으로 한흥상사를 인수하고 강남의 부동산을 구입하면서 밤의 세계로 진출했다.

오정호가 말을 이었다.

"잘 하시는 겁니다. 도지무역처럼 건강한 기업이 부동산을 확보하고 유흥업, 밤의 사업에 진출해야 합니다. 그래야 밤낮이 건강해지지요."

"고맙습니다."

"마약사업을 장악하셔야 돼요."

오정호의 말에 진성이 고개를 들었다. 잘못 들은 줄 알았기 때문이다.

그때 오정호가 말을 이었다.

"마약은 중국에서 들어와 이곳 오태곤파 책임자가 받아서 도매상들한테 넘겨주었어요."

"마약사업을 장악하라고 하셨습니까?"

진성이 확인하듯 물었을 때 마이클이 대답했다.

"그렇소. '우리'가 장악하지 못하면 중국 놈들이 다른 루트를 찾을 테니까."

"마약 루트를 차단하는 것이 낫지 않겠습니까?"

그때 마이클이 고개를 저었다.

"그럼 중국 놈들이 다른 거래 선을 찾을 테니까, 차라리 우리가 장악하는 것이 나아요, 진 사장."

오정호가 거들었다.

"그들은 조선족이오. 한국인들과 구분하기 힘듭니다."

진성이 사업가가 아니었다면 이해하기 힘들 뻔했다.

소비와 공급의 법칙이 사업의 시작이다. 소비가 있는 곳에는 공급이 있다. 그것이 정지되었을 때는 다 죽었을 때다.

그때 오정호의 시선이 마이클을 스치고 지나갔다.

"이건 진 사장이 맡아주셔야 합니다. 그래서 정필수를 살려 보냈으니까. 극동호텔 사우나에서처럼 처리할 수도 없고."

순간 진성이 소리죽여 숨을 들이켰다.

오정호도 알고 있구나. 아니, 마이클한테서 들었을 수도 있겠다.

"이거 네 금고에다 넣어놔."

허기욱이 씻고 나온 오미선에게 가방을 건네주었다.

"뭔데요?"

가방을 받은 오미선이 묻자 허기욱이 벌거벗은 채로 냉장고로 다가가면서 말했다.

"돈여, 3천만 원이다."

자주 있는 일이었기 때문에 오미선이 돈 가방을 냉장고 옆의 금고에 넣었다. 커다란 금고였고 비밀번호도 만들지 않았는지 그냥 넣고 닫는다.

방 안은 후덥지근한 열기로 가득 찼다. 방금 난잡한 정사를 끝낸 후여서 오미선은 팬티만 걸친 차림이다. 풍만한 젖가슴이 불빛에 드러났다.

그때 오미선이 고개를 기울이면서 밖을 내다보는 시늉을 했다.

"마루방에 누구 있어요?"

"있기는 누가?"

침대에 반듯이 누운 허기욱이 담배를 입에 물면서 말했다.

이곳은 2층 침실이다. 침실 밖은 마루방으로 응접실 역할을 한다. 아래층에 경호원 5명이 있을 테지만 이층은 올라오지 못하는 것이다.

벽시계가 밤 11시 25분을 가리키고 있다. 벽시계를 본 허기욱이 담배에 불을 붙이면서 혼잣소리를 했다.

"지금쯤 시작했겠군."

"또 시작해요?"

침대에 오르던 오미선이 잘못 듣고는 눈을 흘기며 물었는데, 요염했다. 뭐라고 대답을 하려고 입을 열었던 허기욱은 앞쪽에 위치한 방문이 열리는 것을 보았다.

"악!"

놀란 외침을 뱉은 허기욱이 몸 위로 엎어지려는 오미선을 밀쳤다. 그사이에 김덕무가 바로 앞까지 달려왔다. 세 발짝을 뛴 것이다. 손에 쥔 쇠뭉치를 치켜들고 있다.

저것은 바로 철근이다. 집을 짓는 철근을 1미터쯤 잘랐구나.

김덕무는 세 걸음을 내달려 허기욱의 앞에 닿았다.

여자는 엄청나게 큰 엉덩이를 이쪽으로 내민 채 허기욱의 상반신 위로 몸을 기울인 상태. 아직 이쪽으로 고개를 돌리지도 않았다.

허기욱의 놀란 표정, 손가락 사이에 낀 담배, 누워서 일어나기도 전, 벌거 벗은 몸, 똥배, 아래쪽 물건도 시야에 들어왔다.

다음 순간 김덕무가 철근을 내려쳤다.

"퍼석!"

허기욱의 머리통 부서지는 소리가 그렇게 났다.

그 시간에 대양 폐차장에는 불길이 솟아오르고 있다.

폐차장을 습격했던 최경태가 빈 것을 보고는 불을 지른 것이다. 컨테이너로 쌓인 3층 숙소가 불길에 휩싸였다.

"어, 잘 탄다."

최경태가 폐차장 복판에 서서 불길을 보고 감탄했다.

"컨테이너가 마치 장작더미 같네."

"형님, 갑시다."

초조해진 박해수가 옆에서 재촉했다.

주위에는 50여 명 가까운 사내들이 둘러서 있다. 최경태가 선발한 장안평파 30명에다 지방에서 불러온 용병들이다. 물론 용병들은 일당을 준다.

"형님, 불을 보고 곧 경찰하고 소방차가 올 거요!"

다시 박해수가 재촉하자 최경태는 마지못한 표정을 짓고 발을 떼었다.

허탈했지만 분하지는 않았다. 쳐들어온 부하들도 그렇고 용병들은 말할 것도 없다, 이곳에 진을 쳤던 김덕무 일당은 얼마 전까지만 해도 한솥밥을 먹던 사이였으니까.

회장이 시켜서 치러왔을 뿐이지 원한이 있을 리가 없다. 회장 처남인 최경태는 조금 다를 수도 있지.

"회장님 지금 어딨냐?"

폐차장을 빠져나가면서 최경태가 박해수에게 소리쳐 물었다.

내일 아침에 보고하라고 했지만 찜찜했기 때문이다.

"아마 시장 옆집에 가신 것 같습니다."

시장 옆집이란 바로 오미선의 집이다. 허기욱은 처남인 최경태에게 비밀로 했지만 최경태는 모른 척했을 뿐이다.

"개새끼."

혼잣말로 욕했어도 옆을 달리는 박해수는 들었다.

그때 소방차의 사이렌 소리가 들렸다.

"죽었어?"

놀란 오태곤의 목소리가 와락 높아졌다.

오전 8시.

지금 오태곤은 극동호텔 최상층 펜트하우스에서 전화를 받는다. 이곳이 오태곤의 별장 중 하나다.

"예, 쇠뭉치에 맞아 즉사했습니다."

보고자는 고문 배창수. 지금 장안평파 회장 허기욱의 피살을 보고하는 중이다.

자리를 차고 일어난 오태곤이 물었다.

"누가?"

"경찰은 강도 소행이라고 추측하고 있습니다."

"강도 좋아하네. 그놈들이야, 김덕무, 도지무역 놈들이라구!"

마침내 오태곤의 입에서 장안평파처럼 도지무역 이름이 뱉어진 순간이다. '도지무역파'가 될 것인가?

그때 수화기에서 배창수의 목소리가 울렸다.

"강도들이 장안평시장 허기욱의 애인 집을 습격해서 안에 있던 경호원 다섯을 때려 중상을 입혔습니다. 죽은 놈은 없어요. 이층에서 애인하고 있던 허기욱만 머리가 부서져서 죽었습니다."

"……."

"같이 있던 애인은 강도가 복면을 해서 얼굴은 못 보았답니다. 아래층 경호원들도 그렇습니다. 모두 10명 가까운 떼강도라고 합니다."

"……."

"이층 금고에 있던 돈 가방 3개를 모두 털어갔다는데요. 금액이 얼마인지는 애인도 모른다고 합니다."

그때 정신을 수습한 오태곤의 눈동자에 초점이 잡혔다.

"비상회의 소집시켜!"

사장실로 출근한 진성의 뒤를 민성희가 따라왔다.

"사장님, 박 차장이 지금 오고 있는 중이라는데요."

진성이 고개를 끄덕였다.

박충식을 심부름 보냈던 것이다. 코트를 벗은 진성이 민성희에게 말했다.

"내가 이 부장한테 말했어. 넌 오늘부로 차장 승진이 된다."

"제가요?"

놀란 민성희의 얼굴이 상기되었다.

기쁠 수밖에. 현재 비서실 직원은 5명. 과장 하나, 대리 둘, 사원 둘이다. 진성이 말을 이었다.

"직원도 4명 더 충원될 거다."

"알겠습니다. 기조실 기능을 갖추겠습니다."

"넌 해낼 수 있을 거야."

상기된 민성희의 얼굴을 본 진성이 고개를 끄덕였다.

박충식이 차장 직급으로 비서실 옆쪽 사무실을 차지하고 있는 것이다. 민성희를 박충식과 동급으로 만들어놓고 비서실 기능을 확대해야 한다.

지금 박충식은 '밤의 도지' 비서실 역할이고, 민성희는 '낮의 도지' 비서실이니까.

조직의 정리가 필요하다.

"장안평파는 곧 무너질 것입니다."

앞에 선 박충식이 무표정한 얼굴로 보고했다.

오전 9시 반.

박충식은 김덕무를 만나고 온 것이다.

"허기욱은 후계자를 키우지 않았고 2인자도 없습니다. 부하들을 서로 견제시켜 왔기 때문에 허기욱이 없어지면 나설 놈이 없지요."

박충식의 얼굴에 처음으로 쓴웃음이 떠올랐다.

"처남으로 행동대장이던 최경태는 이제 공적이 되었습니다. 최경태 부하들도 떨어져 나오고 있습니다."

고개를 끄덕인 진성이 입을 열었다.

"서둘지 말고 하나씩 접수하도록."

"예, 사장님."

"아마 내부 분란이 일어날 거다. 일어날 때까지 놔두었다가 처리하는 것이 낫다."

"김 사장도 기다리고 있습니다."

진성의 눈빛이 흐려졌다.

장안평파는 회장이 급사했지만 큰 조직이다. 특히 구역이 넓은 데다 군소 조직이 수십 개여서 소두목이 각각 20명부터 50명까지 행동대를 거느리고 '지역 영주'로 군림했다.

그것을 허기욱이 '직할령'의 무력을 기반으로 통치해 온 것이다. 자체 경호대는 10여 명이지만 행동대가 1백 명 가깝게 되었고 직할령의 각 영업장

수십 개에서 바로 직할군을 동원할 수 있기 때문이다.

따라서 직할령의 각 영업장은 심복들로 배치했다. 그러나 그 심복들을 서로 경쟁시켰기 때문에 영향력이 고만고만한 놈들인 것이다.

김덕무는 행동대장 출신이었고 박충식은 직할령 심복 영주 출신인 것이다.

진성이 입을 열었다.

"의심이 많은 보스는 결국 제 의심 때문에 망한다."

반면교사다.

진성은 장안평파의 멸망을 보면서 또 한 가지를 배운다.

이렇게 '밤의 조직' 세계를 배워나가야 한다.

"아니, 이것 봐, 동생."

오태곤이 눈을 부릅떴다.

오후 12시 반.

이곳은 서초역 근처의 일식당 밀실.

오태곤과 정필수가 마주 보고 앉아 있다. 식탁 위에 회와 술병이 놓여 있었지만 둘은 젓가락도 들지 않았다.

"가든클럽이 오늘부터 영업재개를 하는 바람에 내가 '똥'이 되었어. 그놈들이 갑자기 영업중지 해제가 된 이유는 뭔가?"

"마약 문제가 오픈되었기 때문이오."

정필수가 입맛을 다셨다.

"내가 서울 청에 불려가서 왜 마약수사를 공개로 돌리지 않느냐고 질책을 받았단 말입니다."

오태곤이 입을 다물었고 정필수가 말을 이었다.

"가든클럽 문 닫게 하기는 쉬웠지만 마약 유통이 공개되면 여럿 죽습니다. 수사가 당장 착수될 것이고 서초서 구역에 마약부가 투입되면 그 불똥이 어디로 튈 것 같습니까?"

"음."

오태곤의 입에서 신음이 흘러나왔다.

"내가 생각이 짧았어."

"내가 형님 마약 거래를 덮고 있는 것도 한계가 있습니다."

"알고 있어. 고맙게 생각하고 있어."

말은 그렇게 했지만 그런 얼굴은 아니다. 그 대가를 지불하고 있기 때문이지.

이제는 가든클럽을 왜 영업정지 해지시켰느냐는 말이 쏙 들어갔다.

그때 정필수가 고개를 들었다.

"형님, 여기서 마약은 누가 받습니까?"

"무슨 말야?"

"마약을 받는 놈이 걸리면 폭망하는 거 아닙니까? 그럼 다 죽어요."

"동생은 그런 걱정 안 해도 돼."

"좀 압시다. 내가 알아야 급할 때 빨리 손을 쓸 수 있는 것 아뇨?"

이제는 정필수가 눈을 부릅떴다.

"서울 청에서 서초서 마약 이야기를 꺼낸 걸 보면 나도 걸릴 가능성이 있단 말입니다."

"알겠어. 무슨 말인지."

"누굽니까?"

"내가 직접 받아."

"……."

308

"한 달에 한 번 정도 몇 킬로씩 받는 건데 누구 시킬 일 있나? 많이 알면 알수록 위험한데."

"그렇죠. 그걸 형님이 도매상에 나눠주는 겁니까?"

"내가 그놈들 떼돈 벌게 해줄 일이 있나? 내가 애들 시켜서 3 대 1 또는 5 대 1의 비율로 섞어서 도매상한테 나눠주는 거지."

"누가 섞어서 나눠줍니까?"

"그건 비밀이야."

"난 이번에 죽은 전기철인 줄 알았는데."

전기철 이름을 들은 오태곤의 표정이 바로 변했다.

눈썹이 치켜 올라갔고 볼의 근육이 드러났다. 어금니를 문 것이다.

"전기철이는 도지에서 보낸 칼잡이가 죽였어. 김덕무 그놈이 시킨 거야."

"……."

"어젯밤 허기욱이도 그놈들한테 당한 거야. 강도단이라니. 어림도 없지."

오태곤의 입가에 게거품이 일어났다.

"요즘 어떤 강도 놈들이 조폭 회장을 친단 말야? 그렇게 발표하는 경찰 놈들도……."

말을 그친 것은 눈앞의 정필수가 바로 경찰이었기 때문. 숨을 고른 오태곤이 핏발 선 눈으로 정필수를 보았다.

"도지가 나타난 후에 밤 세상이 시끌벅적해졌지만 그놈들이 생각한 것처럼 쉽지 않을 거야."

오태곤이 젓가락도 대지 않은 회 접시를 내려다보면서 말을 이었다.

"나도 곧 그놈들한테 돌려줄 테니까 동생이 뒷감당을 좀 해주게."

"윤상화는 지난주에 이사로 영전했습니다."

업무보고를 하려고 들어왔던 정수연이 말을 이었다.

"물론 내년 초에 주총에서 이사 선임이 되어야겠지만, 되겠죠. 그래서 지금 기조실 무역 부분을 맡았습니다."

"잘되었다."

진성이 서류에서 시선을 들고 정수연을 보았다.

"나한테 알려주는 이유는 뭐냐?"

"요즘 바쁘신 것 같아서요."

"바빠도 궁금하지 않아."

"지피지기면 백전백승이죠. 윤상화는 적이니까요."

"그만하면 됐다."

"윤상화가 한동의 박윤태 부사장 심복이라는 소문이 그룹 내에 다 퍼졌다고 하더라구요."

사장실 안에는 둘뿐이다.

진성의 시선을 받은 정수연이 말을 이었다.

"제 후배가 한동상사 자재부에 다니는데 정말 못 봐줄 지경이라고 하더군요."

"……."

"대놓고 박윤태 씨를 내세워 호가호위 한다는 거죠."

"……."

"박윤태 씨는 곧 사장으로 승진이 된다고 하더군요."

"그만."

손을 들어 보인 진성이 의자에 등을 붙이고는 지그시 정수연을 보았다. 시선을 받은 정수연의 볼이 조금 상기되었고 눈이 반짝였다.

진성이 입을 열었다.

"요즘에야 내가 깨달았어."

"……."

"문제는 나야. 내가 위선적인 행동을 보였기 때문이야."

정수연은 시선을 준 채 움직이지 않았고 진성의 말이 이어졌다.

"윤상화가 떨어져 나간 것은 내가 선한 사람도, 그렇다고 악질도 아니었기 때문이야. 차라리 순 악질이었다면 윤상화가 저렇게 되지 않았어."

"잠깐만요."

손을 들어 말을 막은 정수연이 고개를 저었다.

"무슨 말씀인지 알겠으니까 그만하세요."

정색한 정수연이 말을 이었다.

"사람은 다 그래요. 괜히 자책하지 마시고 그대로 하세요."

진성이 쓴웃음만 지었을 때 정수연이 말을 이었다.

"전 사장님 백으로 호가호위 안 할 것이고 설령 무슨 일이 있다고 해도 도지에서 버틸 겁니다."

그러더니 정수연이 자리에서 일어섰다.

남녀 간 상하관계는 이것이 거추장스럽다.

장안평파 영업담당 부사장 고정만은 직속 부하가 없다.

장안평파 족보로는 서열 10인방 안에 들어가지만 '직할령'이라 불리는 직할 영업장이 없는 것이다. 그러니 직속 부하가 없어서 경호원 한 명만 데리고 영업 관리를 했다.

이것이 죽은 허기욱의 용병술이었다.

영업담당 부사장은 최고 요직이다. 이 직책으로 직할령까지 보유한다면 당장에 위협 세력이 될 수도 있는 것이다.

이런 체제는 오태곤파도 마찬가지다. 다른 조직도 비슷하다.

그 고정만이 오늘 저녁에 반쯤 탄 대양 폐차장의 컨테이너 건물을 옆으로 보면서 김덕무와 마주 앉아 있다. 김덕무가 부른 것이다.

고정만은 42세. 김덕무와 비슷한 연배였고 같은 위치였다.

177의 신장에 80킬로. 전과 7범. 모두 폭력이지만 포악하지는 않다. 의리가 있고 깡도 있지만 멍청하다는 평.

그 멍청하다는 것이 요령이 없다는 말이나 같다. 조직사회에서도 요령이 있어야 출세를 하고 돈을 모으는 것이다.

"어떡할래?"

김덕무가 지그시 고정만을 응시하며 물었다.

김덕무 뒤쪽에는 김기준, 이창배를 비롯하여, 놀라지 마시라, 어제까지 허기욱과 최경태 주변에서 얼쩡거렸던 천일수, 윤재봉, 장팔식, 서기채의 모습이 보였다.

이틀 전 바로 이곳으로 쳐들어와서 불을 싸질렀던 놈들도 있다. 허기욱이 죽자마자 조장급만 20여 명이 모였기 때문에 번호표를 줄 정도였다.

허기욱이 입버릇처럼 자랑하던 '5백 결사대' 중 절반은 넘어왔을 것이다. 이틀 만에. 회장이 대가리가 부서져서 폭망한 조직이다.

그때 고정만이 핏발 선 눈으로 김덕무를 보았다. 고정만은 허기욱 장례식장에 있다가 이곳에 왔다. 김덕무가 연락을 한 것이다.

"누가 친 거야?"

"강도라고 경찰 발표도 났지 않아?"

김덕무가 되물었다.

"나도 알고 싶다, 야. 내가 알게 된다면 그놈 머리를 똑같이 부숴줄 텐데."

"난 쉴란다."

시선을 돌린 고정만이 말을 이었다.

"고향에 가서 비닐하우스나 할 거다."

"돈은 있냐?"

"어머니하고 같이 살면 돼."

"애가 내년에 중학교 들어가지?"

"네가 상관할 거 없고."

"너 전세금 빼면 1천만 원도 안 되지?"

"너나 나나 비슷하지."

"난 지난달에 마포에 벽돌로 지은 2층 주택을 샀어. 1억 2천 줬다."

"건평 80평에 대지 120평이야. 애들이 어떻게나 좋아하는지, 마누라는 말할 것도 없고."

"……."

"무슨 돈이냐고? 우리 보스가 줬다. 나한테 계열사 사장 대우를 해준다는군."

"……."

"내가 한 달에 5백5십만 원 월급을 받는다. 뭐, 요즘 대기업 사장이 그렇게 받는다는군."

"……."

"마누라가 내 월급봉투를 받아들고 펑펑 울더라. 난생 처음 받아보는 월급봉투인 데다가 내가 장안평파 행동대장일 때 가져가던 돈이 한 달 50만 원이었던가? 그것도 쪼개서. 거지 동냥 받는 것처럼……."

김덕무가 이야기하는 동안 사무실이 조용해졌고 모두 숨소리도 내지 않고 듣는다.

폐차장 사무실은 커서 옆쪽 엔진 쌓아놓은 곳까지 건달들이 앉거나 서 있다. 모두 40명쯤은 될라나?

그때 김덕무가 말을 이었다.

"우리 보스 말씀은 우리는 정상적인 사업을 하는 거야. 낮에 하는 사업하고 똑같이. 잘살게 하는 것이라구."

그러더니 김덕무가 똑바로 고정만을 보았다.

"새 세상으로 같이 살아보자, 정만아."

"돈으로 떡칠을 합니다."

강용규가 일그러진 얼굴로 말했다.

"저놈들 가든클럽파 말입니다."

강용규는 김덕무가 이끌고 있는 새 조직을 가든클럽파로 부르고 있다.

둘은 오성건설의 회의실에 앉아 있었는데 방 안에는 둘뿐이다.

"곧 장안평파는 제대로 된 반격도 못 하고 저놈들에게 흡수될 것 같습니다."

"나도 들었어."

배창수가 담배를 꺼내 입에 물었다.

"도지무역 사장이 돈을 뿌리는 거야. 돈을 당할 장사는 없지."

"전기철을 친 것도 도지 사장이 손을 쓴 것이라는 소문이 있습니다."

강용규가 말을 이었다.

"도지 사장이 발이 넓다는 겁니다."

그렇다.

문제는 도지 사장이다. 오태곤파의 오태곤, 장안평파의 허기욱은 수십 년간 온갖 행적을 남긴 바람에 다 드러나 있다고 봐도 될 것이다.

그런데 도지의 사주 진성은 알 리가 나?

조직세계 간부 중 기업체 동향에 대해서 아는 놈이 있으면 손 들어봐라. 없다.

그러니 이건 신비의 인물이다. 감을 잡을 수가 없는 인물. 그래서 요즘 허기욱이 박살나고 오태곤이 봉변을 당하고 있다.

그때 배창수가 말했다.

"욕심이 문제야."

강용규의 시선을 받은 배창수가 말을 이었다.

"마약 사업이 어떻게 되는지 넌 아냐?"

"알 리가 있습니까?"

"명색이 고문인 나도 모른다."

"죽은 전기철이가 심부름은 몇 번 한 모양인데요."

강용규가 심호흡을 했다.

"한 달 물동량이 1백억쯤 되는 갑디다."

그것을 조선족한테서 받아 물량을 불린 다음에 도매상에게 넘기는 것이다.

배창수가 고개를 들었다.

"내가 도매상 한 놈을 알아."

"……."

"그놈이 강남지역 공급자지. 다른 건 다 감춰도 차 자랑은 못 감춰. 한국에 3대밖에 없는 포르쉐를 타고 다니는 놈."

"나도 압니다."

강용규가 쓴웃음을 지었다.

"회장님이 그놈을 만나는 거 봤어요."

이렇게 퍼즐이 맞춰진다.

"너 박충식이 아녀?"

버럭 외침소리가 울렸다.

오후 9시 10분.

장안평 경동호텔 뒷거리의 경동클럽 앞. 이쪽은 유흥가여서 불빛이 휘황하다.

걸음을 멈춘 박충식이 천천히 몸을 돌렸다. 박충식의 뒤를 따르던 김기백, 윤정복도 비슷한 속도로 몸을 돌린다. 그 뒤쪽으로 30여 명의 가든클럽파가 따라오고 있었기 때문에 한 무리다. 모두 몸을 돌렸다.

자, 앞으로 또 한 무리의 사내들이 다가오고 있다. 앞장선 사내가 바로 최경태, 죽은 장안평파 회장 허기욱의 처남이다.

장안평파 행동대장으로 위세를 날렸지만 지금은 '외로운 늑대'가 되었다. 그러나 늑대는 늑대다. 37세. 박충식보다 연상인 데다 전과, 경력, 거기에다 실력 면에서도 상수.

여기서 상수(上手)는 죽이는 수단이다. 어설프게 복싱, 레슬링, 격투기 따위의 실력이 아니다. 이쪽 사회에서는 룰이 없는 마구잡이 실력이 인정된다. 붙었을 때 이긴 놈이 상수다.

이빨로 얼굴을 물어뜯어서 최경태가 이긴 적이 있다.

상대는 복싱 챔피언을 지낸 건달. 그런데 '딱' 붙잡혀서 얼굴을 물어뜯는 바람에 기절을 했다. 한쪽 볼을 지름이 6센티 정도로 뜯어먹었기 때문이다. 구멍이 '뻥' 나서 혀가 다 보일 정도였다. 제 모습을 거울로 본 복싱 챔피언은 다시 기절했다는 소문.

그 최경태가 어깨를 부풀리며 다가와 섰다, 뒤를 장안평파 잔여 세력 40여 명이 따랐고.

이곳에 온 이유가 바로 이것이다.

경동클럽은 장안평파의 리츠클럽이나 같다. 장안평 지역에서 가장 크고 시설이 훌륭한 특급으로 방이 46개, 아가씨 2백 명을 자랑하는 에이스다.

아가씨 수준이 강남 특급보다 뒤지지 않아서 강남 손님들이 원정을 오는 곳. 이곳 매상이 리츠클럽과 맞먹는다는 소문이 난 곳이다.

이 경동클럽도 허기욱이 직할로 운영하면서 수익금을 직접 챙겼는데 세금을 피하려고 명의는 먼 친척에게로 옮겨놓았다. 그것을 최경태도 오늘 알게 된 것이다. 이것은 곧 경동클럽이 임자 없는 보물이 되었다는 것을 의미한다.

아무리 무지렁이 시골 친척이라도 허기욱이 죽은 이상 호락호락 명의를 내놓겠는가?

그래서 오늘 밤 박충식이 경동클럽을 둘러보겠다고 선언하고 나타난 것이다. 그것은 '나'를 막아볼 장안평파가 남아 있다면 나와 보라는 선전포고다.

짠. 결사대를 이끈 최경태가 기다리고 있었던 것이다.

어깨를 늘어뜨린 박충식이 다가오는 최경태를 보았다.

거리가 10보쯤으로 좁혀졌다. 둘 다 180센티가량의 신장. 몸무게는 비슷했지만 박충식이 팔이 조금 더 길어서 날씬하게 보인다.

박충식은 '막복싱'을 했는데 복싱에다 마구잡이를 섞은 것을 말한다. 킥복싱이나 격투기하고도 다르다, 그것들은 룰이 있으니까. 막복싱은 룰이 없다. 물고 뜯고, 사타구니나 눈깔, 이빨 등을 먼저 공격하는 것이다.

최경태는 자칭 합기도 4단. 레슬링, 유도까지 도사였고 '맞장 떠서' 진적이 없다는 소문. 그리고 둘 다 연장을 즐겨 쓴다는 공통점이 있다.

박충식과 세 걸음 간격이 되었을 때 최경태가 멈춰 섰다.

양측의 80명 가까운 인원, 경동클럽 현관으로 나온 20여 명의 남녀 종업원까지 둘을 주시하고 있다. 거리 양쪽은 딱 막혀서 통행금지.

이곳은 차량 왕래가 없는 곳이라 양측의 경비병이 통행인을 몰아내었기 때문에 50미터쯤의 직사각형 링이 만들어졌다. 링 주위에 양측 1백 명 가까운 관중 겸 병사가 둘러섰고.

박충식이 지그시 최경태를 보았다.

지금까지 박충식은 최경태와 맞장 떠본 적이 없다. 장안평파에 있을 때 최경태는 박충식보다 한 계단쯤 선배인 입장이었다, 박충식은 행동대장이었던 김덕무의 심복이었고 최경태는 회장 허기욱 처남으로 직할령 영주 중의 하나였으니까.

그때 최경태가 잇새로 말했다.

"이 배신자 새끼."

얼굴이 웃는다. 여유.

"오늘 내가 죽여주마."

목소리가 어둠 속에 울린다.

그것을 본 클럽 아가씨 중 하나가 문득 '글래디에이터'에서, 검투사 러셀 크로우가 황제에게 입술만 달싹이면서 말하는 장면을 떠올렸다. 입술만 달싹였는데도 관중이 다 듣는 것 같았다.

"내 이름은 막시무스 오르가니우스."

오르가니우스가 아닌가? 어쨌든 분위기가 그때와 비슷했다.

그때 박충식이 따라 웃었다.

"네 매형이 없어졌는데 그게 될까? 넌 매형 없으면 오줌도 못 싸잖아?"

그것을 들은 아가씨는 러셀 크로우가 뱉었던 말보다 분위기가 떨어진다고 느꼈다.

그때 최경태가 어깨를 부풀리며 말했다. 어둠 속에서 두 눈이 번들거리고 있다.

"너 오늘 죽는다."

"시발 놈, 폼 잡기는."

목소리를 높인 박충식이 고개를 들고 최경태 뒤에 몰려 선 장안평파 부하들에게 말했다.

"오늘 단체로 떼쌈 할 것 없다. 그런 영화는 요즘 보지도 않는다!"

"좋아. 이 새끼!"

최경태가 맞받아 소리쳤다.

"우리 둘이 결정하자! 애들까지 붙일 것 없어!"

"좋아! 너하고 나 둘 중 하나가 뻗으면 싹 물러나는 거다!"

박충식이 소리치자 최경태가 어깨를 치켜세우며 소리쳤다.

"좋아, 이 새꺄!"

그때 박충식이 양복 재킷을 벗으려고 두 손으로 깃을 움켜쥐었다. 최경태도 동시에 재킷 깃을 쥐었다. 날렵한 동작.

그 순간이다.

박충식의 오른손이 왼쪽 재킷 안으로 쑥 들어가더니 그대로 앞을 향해 뭔가를 뿌렸다. 거리는 2미터다.

"악!"

비명은 옆쪽 경동클럽 앞쪽에서 울렸다.

다음 순간.

보라, 최경태의 오른쪽 가슴에 깊게 대검이 박혀 있다. 군용 대검, 한국군의 군용 대검을 시퍼렇게 갈아놓은 것. 조리사 보조처럼 회칼을 들고 다니는 것이 아니다.

그때 최경태는 재킷을 벗으려고 가슴을 쫙 벌린 자세였다. 가슴에 깊게 박힌 대검을 내려다 본 최경태가 입을 짝 벌렸다. 아직 고통을 느끼기도 전. 충격은 받았지만 고통은 좀 늦게 오는가 보다.

그때 그것을 본 뒤쪽의 박충식 부하들이 일제히 탄성, 외침을 뱉었다. 놀랍기도 해서 짧은 외침이 많다.

최경태의 뒤에 선 장안평파는 아직 영문을 몰랐고.

"엉!"

그때 최경태의 입에서 그런 외침이 터졌다. 놀람, 분노, 거기에다 공포감으로 무의식중에 터진 외침. 고통이 시작되었다.

그때 박충식이 와락 다가갔다. 그러고는 장풍을 쏘는 것처럼 손바닥을 쫙 벌리더니 대검 손잡이 끝을 '팍' 밀었다.

그러자 5센티쯤 남아 있던 대검이 자루 끝까지 쑥 들어갔다.

"억!"

최경태가 신음을 뱉었을 때 굳어 있던 클럽 앞쪽 여자들이 일제히 비명을 질렀다.

"꺄아악!"

막시무스의 검투사 칼질보다 더 잔혹한 장면인 것이다.

"끄응!"

다음 순간 최경태가 털썩 무릎을 꿇더니 손으로 대검 손잡이를 쥐었으나 뽑지 못했다.

"얌마, 빼지 마."

박충식이 소리쳐 경고했다.

"거긴 심장이 아니니까 병원 가서 빼, 이 병신아!"

박충식이 고개를 들고 최경태 뒤에 선 장안평파 똘마니들에게 소리쳤다.

"얌마, 이 새끼 병원 데려가!"

박충식의 목소리가 거리를 울렸다.

"칼 빼지 말고! 그대로!"

"119 불러!"

뒤쪽에서 그러니까 박충식의 부하 하나가 이어서 소리쳤다.

"박힌 곳은 염통 쪽이야! 서둘러 새끼들아!"

그때 글래디에이터를 떠올렸던 경동클럽 아가씨는 이 싸움이 더 쿨하다고 느꼈다.

"허기욱은 맞아 죽은 것 아뇨?"

배기성이 묻자 오미선은 말이 끝나기도 전에 고개를 저었다. 기가 막힌다는 표정을 짓고 있다.

"미치겠네. 누가 그래요?"

"증인을 댄다면 어쩔 거요?"

"대봐요."

오미선이 눈을 치켜떴다.

오후 10시, 오늘도 배기성이 찾아와 묻고 있다.

혐의가 있다면 경찰서로 소환해서 묻는 것이 당연하지만 이미 조사받고 풀려난 상황이다. 오늘은 배기성이 지나가다 들렀다면서 이렇게 아파트 앞에서 묻고 있다.

이곳은 오미선이 임시로 사는 언니네 아파트 앞이다. 둘은 아파트 문 앞에서 마주 보고 서 있다. 문은 물론 달아두고.

그때 배기성이 말했다.

"다 알아. 부하들하고 당신 입까지 막아놓았다는 거."

"알면 말해보든지."

"허기욱의 금고에 있던 돈을 아마 아래층의 부하들에게 나눠주고 입막음을 했겠지."

"어이구, 기가 막혀."

배기성이 어깨를 부풀렸다.

배기성은 동대문경찰서 강력계 반장이다. 허기욱을 맡고 있다가 죽어버리자 허무한 생각까지 들 정도다.

"당신도 한몫 챙기고 말야."

"기가 차서. 그럼 내가 그랬단 말이에요?"

"아니, 김덕무가."

"미쳤어."

오미선이 고개를 저었다.

"변호사한테 다 말해서 당신 고발할 거야."

"두고 봐."

배기성이 심호흡을 하고 나서 한 걸음 물러섰다.

"내가 끝까지 추적할 테니까."

강도단 추적은 흐지부지 되고 있는 상황이다.

중상을 입은 다섯 명이 하나같이 모른다고 나섰기 때문이다. 고문을 해서 자백을 받을 수도 없었기 때문에 배기성은 오미선에게 마지막으로 들른 셈이다.

끝까지 추적한다는 말은 빈말이다.

어디, 형사 생활 1, 2년인가? 이건 김덕무가 금고 돈을 다 나눠주고 입막음을 한 거야.

"경동대첩에서 끝난 겁니다."

밤 11시 반.

극동클럽의 방에서 강용규가 배창수에게 말했다. 얼굴에 쓴웃음이 떠올라 있다.

"원 샷에 끝난 거죠. 이제 장안평파는 사라졌습니다."

둘은 지금 경동클럽 앞에서 박충식이 최경태를 '보낸' 사건을 말하는 중이다. 테이블에는 위스키 1병과 안주만 놓여졌고 방 안에는 둘뿐이다.

강용규가 말을 이었다.

"최경태는 병원에서 수술을 받는 중인데 생명에는 지장이 없다는군요."

"……."

"50명을 끌고 갔다가 대장끼리 맞장을 뜨자는 합의를 보고 나서 칼을 맞은 것이지요."

"……."

"이젠 박충식이가 떴습니다. 아마 장안평파 애들이 가든클럽파로 몰려가겠지요."

"가든클럽파라고 했나?"

배창수가 묻자 강용규는 쓴웃음을 지었다.

지금 가든클럽은 영업 중이다. 길 건너편의 리츠클럽은 아예 건물이 불타버려서 흉한 꼴이 되어 있는 것과 대조적이다.

"예, 이제는 가든클럽파라고 부르더군요. 우리 애들도 말입니다."

"김덕무 소행이 아냐."

배창수가 목소리를 낮추고 말했다.

"이곳 사우나에서 전기철이를 죽이고 가든클럽 마약 사건을 금방 덮고, 허기욱이를 습격해서 죽인다……."

고개를 저은 배창수의 두 눈이 번들거렸다.

"도지무역 진성이야."

"……."

"지금 강남의 부동산을 대거 구입하고 있어. 진성이가……."

"……."

"우리 회장은 그 스케일을 못 따라가."

그때 강용규가 가볍게 헛기침을 했다. 오태곤을 무시하는 것 같은 발언이었기 때문이다.

그때 배창수가 흐려진 눈으로 강용규를 보았다.

"회장은 지금까지 마약사업으로 엄청 벌었어."

"……."

"한 달에 1백억 물량이 유통되었는데, 아마 70, 80억은 회장이 먹었을 거야."

"고문님."

마침내 강용규가 주위를 돌아보면서 목소리를 낮췄다.

"어쩌려고 이러십니까?"

"뭐가 어쨌다고 그러는 거야?"

"마약 이야기는 꺼내지 않는 것이 규칙 아닙니까?"

"규칙은 개뿔."

전기철이 죽은 후에 행동대장은 아직 공석이다. 행동대장은 행동대뿐만 아니라 정보원을 관리하고 있어서 간부들의 언행과 사생활까지 조사한다.

마약 사업을 시작했을 때부터 마약은 '금지어'가 되어 있었던 것이다. 정보 유출 방지를 위한 오태곤의 지시였다.

배창수가 말을 이었다.

"전기철이 죽기 전에 나한테 홧김에 한 말이 있어. 우리는 마약 때문에 망할지도 모른다고 말야."

"지기미."

마침내 강용규도 투덜거렸다.

"우리야 내막도 모르는데 뭘 당한단 말이오?"

강용규는 리츠클럽이 불타고, 보험까지 안든 '죄'로 오태곤 앞에 나타나지 못하고 있다.

'네 얼굴 보면 죽일 것 같으니까' 나타나지 말라고 오태곤이 말했기 때문.

<3권에 계속>